DREAMBOOKS★

DREAMBOOKS★

DREAMBOOKS

DREAMBOOKS

시니어 신무협 장편소설
ORIENTAL FANTASY STORY & ADVENTURE

일보신권
21

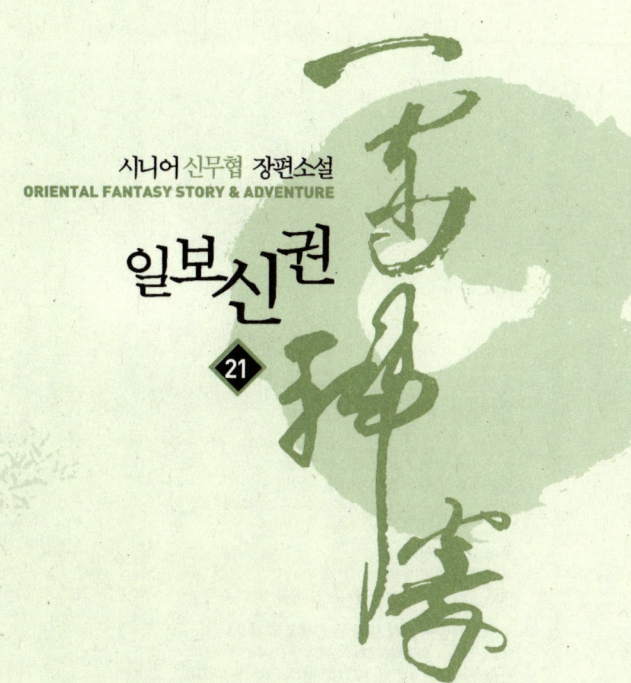

일보신권 21 무림 최강자

초판 1쇄 인쇄 / 2015년 1월 23일
초판 1쇄 발행 / 2015년 1월 30일

지은이 / 시니어

발행인 / 오영배
책임편집 / 편집부
펴낸 곳 / (주)삼양출판사 · 드림북스

주소 / 서울특별시 강북구 솔샘로67길 92
대표 전화 / 02-980-2112 팩스 / 02-983-0660
편집부 전화 / 02-980-2116 팩스 / 02-983-8201
블로그 / blog.naver.com/dreambookss

등록번호 / 제9-00046호
등록일자 / 1999년 3월 11일

ⓒ 시니어, 2015

값 8,000원

(주)삼양출판사 · 드림북스의 서면 허락 없이는 어떠한
형태나 수단으로도 이 책의 내용을 이용하지 못합니다.

ISBN 978-89-542-5831-9 (04810) / 978-89-542-3281-4 (세트)

* 지은이와 협의하에 인지는 생략합니다.
* 잘못된 책은 구입한 곳에서 바꾸어 드립니다.

이 도서의 국립중앙도서관 출판시도서목록(CIP)은 서지정보유통지원시스템홈페이지(http://seoji.nl.go.kr)와
국가자료공동목록시스템(http://www.nl.go.kr/kolisnet)에서 이용하실 수 있습니다.
(CIP제어번호: 2015001876)

시니어 신무협 장편소설
ORIENTAL FANTASY STORY & ADVENTURE

일보신권

무림 최강자

목차

제1장 은퇴의 이유   *007*

제2장 은퇴 선언 후   *047*

제3장 무림첩   *091*

제4장 그를 꺾으면 맹주가 된다   *133*

제5장 장건의 위기　175

제6장 내일을 준비하는 자들　217

제7장 개회제일천(開會第一天)　259

제8장 개회제삼천의 날　301

제1장

은퇴의 이유

　소림사를 대표하는 원주들이 모였다.
　소림의 각종 대소사를 결정하고 논의하는 중요한 자리이니만큼 진지한 분위기여야 했다.
　하지만 원주들의 표정은 그야말로 각양각색이었고, 대체로는 황당한 얼굴들이었다.
　원주들은 방금 자신들이 무슨 얘기를 들었는지 이해하지 못한 듯 어리둥절해 했는데, 그것은 정말로 이해하지 못해서라기보다는 너무 엉뚱한 얘기를 들은 탓이었다.
　그래서인지 원주들은 몇 번이나 같은 말을 되묻고 있었다.

"금분세수요?"
"지금 금분세수라고 하셨습니까?"
"그러니까 강호에서 은퇴를 하겠다구요?"
원호가 귀찮아하지 않고 다시 대답했다.
"그렇다네."
원주들은 기가 막혀서 '허허허' 하고 웃었다.
그도 그럴 것이, 은퇴하겠다는 사람이 육십 줄, 칠십 줄의 노인도 아니고 아직 십 대 후반의 새파란 소년, 장건이니 말이다.
"어른들을 놀려도 유분수지요."
"조그만 녀석이 정말 못하는 말이 없군요."
"제 나이가 몇인데 은퇴를 하겠답니까?"
원호가 다시 말했다.
"장난이 아니라 진담이라네."
"예?"
"허어, 그 무슨?"
원주들이 제각기 한 마디씩을 했기 때문에 대전은 금세 시끄러워졌다. 몇몇은 불호를 외기도 했다.
긴나라전주 원상은 소란이 잠시 잦아든 틈을 타 원호에게 물었다.
"방장 사형은 그 말을 듣고 그냥 내버려 두셨습니까?"

"내버려 두지 않으면?"

"그야 헛소리하지 말라고 꾸짖기라도 하셨어야 하는 거잖습니까."

"처음엔 나도 자네들과 같은 생각이었지."

원호가 길게 숨을 내쉬면서 말을 이었다.

"그런데 그 녀석의 얘기를 듣다 보니, 그럴 만하다고 인정하게 되더라 그 말일세. 자네들도 들어 보면 납득하게 될 게야."

원호의 표정이 사뭇 씁쓸했기 때문에 원주들은 의아해졌다.

"대체 은퇴를 하겠다는 이유가 뭐였는데 그러시는지요?"

"건이가 은퇴하려는 이유는 말야……."

원호는 잠시 뜸을 들였다가 말했다.

"그저 소중한 사람들을 지키고 싶어서라고 했네."

그 순간.

소란스럽던 대전은 놀랍도록 조용해졌다.

모두가 멍청해진 얼굴로 원호를 쳐다보기만 하고 있었다.

원호는 그것 보라는 듯 고개를 흔들었다. 장건의 말을 듣고 자기 또한 순식간에 납득했던 것처럼 원주들 역시 같은 마음이 된 것이다.

잠시 시간이 흐르자 원주들은 매우 허탈해 했다.

"거 참."

"살다가 이런 얘기를 다 듣게 될 줄이야."

일부는 허탈한 표정에서 화가 난 표정으로 바뀌기도 했다.

"아니, 어떻게 그런 말을 할 수 있습니까? 지난번 우리가 저 때문에 얼마나 큰 부담을 안고 나한을 이끌었는지, 알기나 하는 겁니까?"

"그렇습니다. 자기 때문에 우리 소림이 몇 번이나 대가를 치렀는데!"

"허허, 자괴감이 다 드는군요."

원호는 원주들에게 조용히 일렀다.

"진정들 하게."

"어떻게 진정할 수 있습니까!"

원호가 설명했다.

"건이에게 살수가 붙었었다 하네. 물론 실패했으니까 건이가 아직까지 살아있어서 내게 금분세수를 하겠다고 찾아온 거겠지."

그 말에 원주들 몇몇이 울컥해서는 염주를 쥔 손을 부들부들 떨었다.

"그런 말도 안 되는!"

"대관절 우리 소림을 뭘로 보고."

원주들은 노기를 참지 못했다.
살수라는 말에 자존심이 크게 상했다.
거기에 장건이 한 말이 더해져서 그들의 심금을 울렸다.

소중한 사람들을 지키기 위해서.

그건 다른 말로 소림사가 장건을, 장건과 관련된 이들을 지켜주지 못하고 있다는 뜻이었다.
그게 지금 소림사의 현실이다.
소림사의 이름을 대면 한발 물러서서 양보해주는 게 아니라 코웃음을 치는 것이다. 소림사의 제자라고 함부로 건드릴 수 없다고 생각하는 게 아니라 그냥 소림사를 무시하고 건드리는 것이다.
이젠 더 이상 소림사의 제자라고 해서 안전을 보장받을 수 있는 시대가 아니었다.
아니, 사실 그런 시대는 오래전부터 지나 있었다. 원 자배가 그런 시대를 겪고 살았으니까.
원호가 말한 것처럼, 좀 더 일찍 깨달아야 했다.
제자를 보호하지 못하는 문파는 결국 존재하기 어렵게 된다는 걸.
그래서 내실을 다지려 봉문 아닌 봉문을 선택하게 되었

고, 또 이번엔 선대와 똑같은 잘못을 반복하지 않기 위해 최고수들을 상대로 큰 피해를 각오하면서까지 대립하지 않았던가!

하지만 너무 늦었던 모양이다.

그동안 얼마나 시달렸으면 그걸 견디다 못해 강호를 은퇴하겠다는 생각까지 하게 된 걸까.

소림사의 한심한 처지에 원주들은 침통했다.

평소에 장건을 미워하고 골칫덩어리로 생각했던 게 부끄럽기도 하였다.

하지만 곤혹스럽다.

이 상황에서도 일종의 안도감이 드는 것이다.

"창피합니다."

선현각주 원률이 운을 떼며 말했다.

"저는 한편으로 건이를 결국 내보낼 수 있게 되어 다행이라는 생각을 버릴 수가 없습니다."

일부 원주들이 거의 보이지도 않을 정도로 작게 고개를 끄덕여 소심하게나마 동감의 뜻을 드러냈다.

문수각주 원전이 동의했다.

"그렇습니다. 솔직히 말씀드리자면, 건이는 이미 무림에서는 최고 수준의 고수 반열에 올라 있다고 봅니다. 그런 인재를 잃는 것이 본사로서는 매우 아까운 일이겠지요. 하지만 세상사 모든 일에는 명암이 있다 했던가요."

원전이 잠시 뜸을 들였다가 말을 이었다.

"건이를 잃는 대신에 녀석이 무림 최고 고수로서 강호에 남아 있을 때 본사가 다른 문파들과 겪어야 할 지속적인 갈등은 물론이고, 분파해서 생길 문제까지 말끔히 사라지겠지요. 일장일단. 본사로서도 결코 나쁜 일은 아닐 겁니다. 그렇지만 말입니다."

갑자기 원전의 눈가에 시퍼런 독기가 흘렀다.

"이유를 막론하고 본사의 제자에게 살수를 보낸 자들은 결코 용서할 수 없습니다."

원주들이 하나같이 동의했다.

"그러합니다! 더 이상 얕보일 수 없습니다!"

"본사의 힘을 똑똑히 보여야 합니다!"

한순간에 대전이 훅 달아올랐다.

원호가 한 마디를 던졌다.

"그게 황궁이라도?"

아주 잠깐, 잠깐 동안 굉장한 침묵이 파도처럼 휩쓸고 지나갔다.

그러나 이미 원주들은 조금 전과 달랐다.

원익이 벌떡 일어나서 원주들을 둘러보고 마지막으로 원호에게 시선을 주었다.

"우리가, 더 잃을 게 남았습니까? 제가 황궁으로 가겠습니다. 설사 그 명을 내린 것이 황제라 할지라도 가서 따지고 오겠습니다."

이번엔 원률이 일어섰다.

"허, 그건 우리 선현각에서 할 일이니, 내가 가겠네."

그러자 원주들이 뜨거운 목소리로 너도 나도 가겠다고 외쳤다.

"가면 살아 돌아오기 힘드니 가장 쓸모없는 소제가 가겠습니다."

"어허, 나이 많은 내가 가야지."

모두가 책임지겠다고 나서는데 하나같이 비장한 얼굴이었다.

본래가 소림사의 승려들은 양강의 무공을 익히기 때문에 승려이면서도 성격이 불같고 괄괄했다. 그동안은 어쩔 수 없이 기가 죽고 살았으나 드디어 서서히 본성을 드러내게 된 것이다.

"잠시만 진정하게. 그 전에 먼저 물을 일이 있으니."

원호가 원주들을 진정시키고는 물었다.

"그렇다면 자네들 모두 건이가 강호를 떠나는 것에 찬성하는 건가? 더 이상 본사의 제자가 아니게 되는 것을?"

노전승 원구가 계율원주 원읍에게 물었다.

"계율상으로 문제는 없습니까?"

"없네. 다소의 절차가 조금 복잡하긴 해도. 파문이라면 무공이라도 거두겠지만 은퇴라면 그럴 필요도 없네."

원주들은 서로를 돌아보더니 고개를 끄덕였다.

"허면 문제없습니다."

"더 이상 말리기에는 저희가 면목이 없지요."

몇 마디의 의견이 오간 후에 원호가 최종 결정을 내렸다.

"그럼 결정되었네. 반년 후로 날을 받아서 전 강호에 건이의 은퇴를 공표하고, 그때까지 본 소림은 모든 여력을 건이의 보호에 힘쓰도록 할 것일세. 그리고……."

원호가 주먹을 꾹 쥐었다.

"그게 어떤 방법이든 간에 본사의 제자를 핍박한 황궁은 어떤 식으로든 반드시 대가를 치르게 할 것이야."

　　　　*　　　*　　　*

장건은 네 소녀들에게 진심으로 사과했다.

"미안해, 다들."

소녀들은 한숨을 푹푹 내쉬었지만 어쩔 도리가 없었다.

장건이 원호에게 말하기 전에 이미 소녀들에게 상의를 했기 때문이다. 비록 완전히 찬성할 수는 없었더라도 그게 장건을 위한 길이라는 건 알고 있었다. 장건이 힘들어하고 괴로워하는 걸 옆에서 보아왔으니 차마 반대할 수가 없었다.

"무인으로서의 장 소협도 좋지만, 그게 아닌 장 소협도 나쁘진 않은 거 같아."

하지만 아쉬운 건 아쉬운 거다.

"내 사모 자리는, 히잉."

"수백 명의 제자들은……, 휴."

"대종사가 되어 연단에 설 때 어떤 옷을 입을지도 다 생각해놨는데."

양소은도 몇 번이고 한숨을 내쉬었다.

"왜 전에 태사숙조께 사사한다고 했잖아. 그때부터 예견된 일인지도 몰라."

문 자 배에게 사사했다면 배분이 홍 자 배와 같아진다. 실제로 정식 제자로 거둔 것은 아니니 큰 의미는 없지만 어쨌거나 홍 자 배가 은퇴하는 것이 장건의 은퇴와 맞물리는 게 묘한 느낌을 주었다.

제일 기대가 많았던 건지, 아니면 정말로 감투욕이 컸던 건지 제일 침울해 하는 건 백리연이었다.

백리연은 완전히 풀이 죽어 있어서 다른 소녀들이 보기에도 안쓰러울 지경이다.

그때 하연홍이 골똘히 생각하다가 혼잣말을 중얼거렸다.

"존경받는 대사모가 될 수는 없어도 수천 명을 거느리는 거상의 안주인이라면……, 뭐 나쁘지 않겠네."

다른 소녀들이 흠칫했다.

"안주인?"

비록 대종사는 물 건넜더라도 어쨌거나 장건이 여전히 거대 상방을 물려받을 독자라는 건 변하지 않는다.

"하인들이나 상단의 일꾼들까지 하면 수만 명이 될 지도?"

그 순간 소녀들의 탄식 가득한 눈빛이 활기로 생생해졌다.

소녀들의 새로운 목표가 생겼다.

"그럼 오라버니를 뭐라고 부르지?"

"장 대인?"

"어, 장 대인!"

"그거 좋다. 장 대인이 장 소협보다 낫네!"

소녀들이 눈을 번쩍번쩍 빛내면서 장건을 쳐다보았다.

"장 대인!"

"하하하."

장건은 소녀들의 눈빛이 무섭긴 했지만, 그래도 어떤 식으로든 자신에게 맞춰주고 이해하려는 모습에 조금 편안한 기분이 들었다.

＊　　＊　　＊

솔직히 말하자면 하분동은 펄쩍 뛸 정도로 놀랐다.
충무원이 장건을 잡아두기 위한 위장술이었다는 것도 놀라웠지만 노집사가 황궁의 고수였다는 것에도 놀랐다.
하지만 그 어떤 것보다도 장건의 말이 가장 놀라웠다.
"금분세수를?"
"네. 방장 사백님께 말씀드렸어요. 먼저 말씀 못 드려서 죄송해요."
하분동은 이상한 감회에 사로잡혔다.
그건 말 그대로 이상하다고 밖에 할 수 없는 기분이었다.
'모든 걸…… 버리고…… 떠난다?'
그것은 아주 오래전 하분동이 굉목이란 법명으로 있을 때에 가장 하고 싶던 일 중 하나였다.
그런데 자신은 결국 버리지 못했다.
차마 버릴 수 없어서 그저 복잡한 인연을 모른 척 회피하고 살아왔다.
하지만 눈앞의 이 아이는 그렇지 않았다. 모든 걸 내려놓겠단다.
지금도 강호 무림에서 차지하고 있는 위치가 낮지 않은

데, 아니 앞으로 강호 무림에 끼칠 수 있는 영향력이 어마어마할 것인데 그로 인해 얻을 수 있는 모든 권력과 이득을 내팽개치고 떠나겠다는 것이다.

하분동은 장건을 가만히 쳐다보았다.

한참이나 아래로 내려다보던 예전의 꼬마가 아니었다. 여전히 마르고 왜소한 편이었지만 눈높이도 얼추 맞게 자랐다.

'이 녀석이 언제 이렇게 자랐지?'

더 이상 어리지 않다는 걸 갑자기 느꼈다.

내내 시간이 흐르고 있었는데 자기만 모른 게 아니었을까?

'거 참……'

하분동은 설명하기 어려운 감정의 동요를 감추기 위해 더 냉정하게 말했다.

"치기 어린 생각으로 금분세수 같은 중대한 일을 함부로 입에 담는 것이 아니다. 그리고 그건 내게 허락을 맡거나 보고할 일도 아니고."

하분동이 말을 하면서 휙 몸을 돌려 가려 하는데 장건이 순식간에 앞을 가로막았다.

"이 녀석이?"

하분동은 장건을 노려보았다. 하나 장건은 하분동의 시

선을 회피하지 않고 똑바로 마주보며 물어왔다.

"노사님도 제가 달아나는 거라고 생각하세요?"

하분동은 멈칫했다.

장난으로 하는 말이 아닌 건 아까부터 알고 있었다.

하분동은 잠시 고민했다. 그러다가 천천히 입을 열었다.

"달아난다는 건 그런 게 아니다."

내가 했던 짓이 달아난다는 것이지, 하분동은 뒷말은 차마 하지 못하고 삼켰다.

"네?"

그때 뒷말을 잇지 못하고 약간 주저하는 하분동을 구원하기라도 하듯 속가 제자이자 부교관인 구이남이 근엄한 모습으로 나타났다.

"금분세수를 회피 목적으로 한 자들은 많았습니다. 그러나 그중에서 멀쩡히 강호를 은퇴한 자들은 별로 없었습니다. 강호에서 은퇴한다는 건, 지난날 자신이 얻은 모든 은원을 목숨을 걸고 청산하겠다는 뜻인 겁니다."

구이남이 다가와 진지하게 포권했다.

"금분세수의 날에는 누구의 도움도 받지 못하고 스스로의 힘으로 은원을 청산해야 합니다. 자신의 과오에 정면으로 맞서는 일이 어떻게 달아나는 일이 될 수 있겠습니까. 힘내십시오, 대형."

구이남의 진지함에 장건은 뭉클해져서 마주 합장했다.
"그동안 감사했어요."
"앞으로도 저는! 대형이 은퇴를 한다 해도 영원히 대형의……!"
하분동이 혀를 차며 구이남의 말을 가로막았다.
"그만하게. 아까까지가 딱 좋았어."
"하하하! 말이 그렇다는 것이지요. 당금 무림에서 누가 감히 우리 대형에게 덤비겠습니까."
하분동은 떠나려다가 문득 멈춰서서는 말했다.
"골칫덩어리가 강호를 은퇴한다니까 좋긴 한데, 그러면 어쨌거나 소림에서의 적(籍)도 사라지겠구나."
"죄송해요. 사백숙님들께도 그렇고 노사님께도 그렇고."
"내게 미안할 게 뭐 있느냐. 그때가 되면 나는 더 이상 네 사제가 아닐 터인데 속 시원하지."
"어, 그러고 보니 그러네요?"
"그러니 미리 그때가 왔다 치고, 네 사제가 아니라 연장자로서 말하는 건데."
유독 말이 길고 본론을 꺼내지 못하는 하분동이었다.
하분동은 조금을 더 우물쭈물거리다가 결국 말했다.
"금분세수 준비 잘하거라."
"어, 지금 저 걱정해주시는 거죠?"

"연홍이를 울릴까봐 하는 얘기다! 연홍이 할애비로 하는 말이야!"

하분동이 '크흠!' 하고 기침을 하며 갔다.

아직도 그런 말이 부끄러워 잘 하지 못하는 하분동이다.

장건은 하분동의 뒷모습을 한참이나 바라보았다.

"고맙습니다, 노사님."

예전에도 지금도, 하분동은 장건을 가장 아껴주는 따뜻한 사람들 중 한 명이었다.

물론 처음 봤을 때만 빼고.

* * *

노집사는 장건의 살행에 실패한 그날 이후로 사라졌다.

그리고 곧바로 충무원의 폐쇄가 결정되었다.

충무원의 수련생들은 조금 허탈해했다.

"어쩐지 처음부터 수상하더라니."

"노집사가 교두를 죽이려고 왔던 자객이었구만."

"우린 그냥 이용당한 거야?"

"앞으로 어쩐다?"

"어쩌긴, 그냥 하던 대로 포교 짓하고 먹고 살아야지."

"거 참. 세상이 어찌되려고."

하지만 수련생들은 장건이 보여주었던 진지함을 잊지 않았다. 비록 무공의 고수들이 마을을 쑥대밭으로 만들어 빛이 바라긴 했으나, 마을의 궂은일들을 맡아했던 추억도 의외로 나쁘지 않았었다.

개중에는 돈을 받고 장건의 교육을 외부에 유출시켰던 이들도 있었는데, 대부분 찜찜해 하거나 미안한 표정을 짓고 있었다.

"하이고, 이제 좀 익숙해질 만했더니."

한 수련생이 천 하나를 들고 샤샥 접었다. 다들 그 모습에 피식거리고 웃었다.

하지만 이내 분위기는 숙연해졌다.

수련생 한 명이 말했다.

"우리 꼬마 교관 말야. 얼마나 치여 살았으면 그런 결정을 했을까? 듣자하니 강호 무림에서 우리 꼬마 교관 굉장히 유명하다던데."

다른 수련생이 말을 받았다.

"난 강호에선 무공만 세면 다일 줄 알았는데 그것도 아닌가봐."

한 수련생이 울분 어린 목소리로 말했다.

"그 작자들이 마을에 와서 난리친 거만 봐도 뻔하잖아. 무공은 세지만 나이가 어리니까. 얼마나 어수룩해 보여. 그러니까 지들이 이리저리 휘두르려고 아주 갖은 짓을 다 했겠지."

"나쁜 놈들. 난 그것도 모르고……, 에이."

몇 달을 넘게 생활해온 탓인지 그들은 장건이란 인물을 어느 정도 파악했다.

처음 보았을 땐 정말 마귀인줄 알았으나, 사실은 그냥 순둥이였다. 마냥 착하다고는 할 수 없지만 적어도 남들에게 해를 끼치고 사는 성격은 아니었다.

그래서 자연히 장건에게 동정이 갔다.

온갖 비리로 점철된 관이나 계략과 술수가 판치는 황궁만큼이나 강호 무림의 사정이 복잡하다는 것도 안타까웠다.

사람 사는 세상이란 어쩔 수 없는 걸까?

수련생들은 절로 쓴 표정을 지을 수밖에 없었다.

마지막 인사를 하려고 장건이 단상에 서는데, 평소보다 더 밝은 표정이라서 그게 더 씁쓸했다.

수련생들은 말을 멈추고 장건을 바라보았다.

"그동안 부족한 저를 따라주시느라고 고생 많으셨어요. 어…… 지금은 좀 마을 상황이 좋지 않게 됐지만, 마을 분들도 여러분들께 많이 감사하고 있다고 하세요."

장건은 딱히 더 할 말이 없는지 짧게 말을 마쳤다.

"감사하고, 또 죄송했습니다."

장건이 합장을 하며 고개를 숙이는데, 갑자기 수련생 중에서 털보 남자가 툭 뛰어나왔다.
"교관은 열심히 했고 우리는 따랐을 뿐이오. 미안해할 거 없습니다."
털보 남자는 허리를 쭉 펴고는 힘차게 주먹을 손바닥에 치며 장건을 향해 포권을 했다.
척!
최연장 수련생인 노인도 앞으로 나왔다.
"재밌었수다. 교관은 좀 더 당당하게 가슴을 내미시구랴."
노인도 장건을 향해 꼿꼿이 서서 포권을 했다.
다른 수련생들도 나와 한 마디씩을 말했다.
"그동안 고생하셨습니다."
"수고하셨소."
수련생들은 너나 할 것 없이 모두 장건을 향해 포권을 했다.
처처척!
사십 명의 수련생들이 포권을 하고 단상의 장건을 올려다본다.
막 합장을 하던 장건은 잠깐 망설이고 있다가 이윽고 뭔가를 깨달은 듯, 합장을 풀고 포권을 했다.

그리고 고개를 살짝 숙이며 말했다.
"수고하셨습니다."
장건 뒤에 시립해 있던 하분동과 구이남도 함께 포권했다.
수련생들이 포권한 채 일제히 고개를 숙이며 소리쳤다.
"수고하셨습니다!"
충무원은 해산되었다.

　　　　　　　　*　　*　　*

서가촌에 머물고 있던 최고수들은 장건의 소식에 크게 한 방 먹은 얼굴이었다.
약관도 되지 않은 애송이가 강호를 은퇴한다는 것.
무림 역사상 아마도 이번이 최초임에 분명할 터였다.
"허허, 정말 허무맹랑한 놈일세."
"도대체 제 놈 나이가 몇인데 금분세수니 하는 말 같지도 않은 소리를 운운하는 게야?"
최고수들은 오히려 은퇴해야 할 나이임에도 슬슬 미루며 안하고 있는 자신들이 머쓱해졌다.
하지만 자신들이 좀 심했나? 하고 자책하는 이들은 한 명도 없었다.

수고스럽게도 자신들이 직접 손을 섞으며 매일같이 비무 상대를 해주고 무공에 대한 가르침을 내려주는데 왜 불만인지, 남들이라면 바닥에 백 번 절을 하고 집문서를 들고 와도 그런 기회를 못 얻어서 안달인데 무엇이 불만인지.

그들의 완고한 구시대적 사고관으로서는 그것이 장건에게는 괴롭힘으로 이어진다는 걸 도무지 이해할 수 없었던 것이다.

"이래서 집안이든 문파든 어른이 제대로 가르쳐야 하는 게지."

소림사의 역대 어른인 홍오와 지금의 어른인 원호를 두고 하는 말이었다.

"쯧."

최고수들은 혀를 찼다.

어쨌거나 장건이 금분세수를 마음먹었고 소림사에서 후견인이 되어 공식으로 선포하게 된다면 더 이상은 장건을 괴롭힐 수 없었다. 어차피 충무원이 폐쇄되면서 장건이 출퇴근할 일도 없게 되었고.

이제 장건과 매일 나누던 즐거운 시간이 사라지면서 그들의 낙도 사라진 셈이다.

"어쩔 셈이신가들?"

"소림사로 가 봐야 눈칫밥이나 먹을 테고 문파로 돌아가

봐야 무공서라도 저술하고 죽으라 독촉할 것이고."

"우리가 이렇게 모일 기회도 마지막일 터인데 당분간 이곳에서 논검(論劍)을 하면 어떻겠소?"

"뭐, 그럽시다."

"그것 좋소."

그리하여 최고수들은 장건이 더 이상 서가촌에 들르지 않게 되었음에도 서가촌에 남아 논검의 장을 열기로 했다.

* * *

마침내 소림사에서는 강호에 정식으로 포고를 하였다.

　　강호의 동도 제현(諸賢)에게 고합니다.
　　천액아이우(天阨我以遇)하면 오형오도이통지(吾亨吾道以通之)이니, 천차아내하재(天且我奈何哉)라.
　　본디 사람이란 스스로 원하지 않으면 하늘이 정해준 길도 마다하고, 혹은 하늘이 막는다 하여도 가고자 하는 길을 포기하지 못한다 하였습니다. 삶의 주인이 곧 자신이니 자신이 가는 곳이 곧 진리의 수행처(隨處作主入 處皆眞)가 되는 것입니다.
　　본사의 장 씨가(氏家) 건 자명(字名)의 제자는 비록 나이는 어리나 묵자간(默自看)에 스스로가 인이 부족함을 알고 의가 부족함(仁不足 義不足)을 알았습니다.

이에 일심 귀원(一心 歸元) 요익창생(饒益蒼生)을 결심하여, 다시 본래 있던 곳으로 돌아가 많은 사람들에게 이로운 삶을 살게 하려 합니다. 서운함과 이로움, 본사의 제자가 강호에서 맺었던 모든 연을 세 자루의 향과 한 그릇 대야의 물에 담아 떠나보낼 것입니다. 사소한 연도 외면하지 않을 터이니, 모쪼록 참가하여 자리를 빛내 주시기 바랍니다.

상기 금분세수식은 강호의 법도에 따라 본사의 주관 하에 모일부터 삼 일 간 열리게 될 것입니다.

어찌 보면 초청장이나 포고문이 아닌 도전장 같은 느낌이 들기도 하였다.

하나 내용은 중요한 게 아니었다.

금분세수식이란 게 어차피 은원을 모두 정리하는 자리였다. 원한이 있으면 그날 찾아가 장건과 무력으로 담판을 내면 된다. 그날 찾아오지 않는다거나 무력 담판에 실패한다면 같은 원한에 대해 다시 따질 수 없다.

이를 지키지 않으면 강호 전체의 지탄을 받게 되는 것이다.

그러니 강호에 이름난 명숙들은 어지간해선 장건에게 시비를 트기 어렵다. 간혹 어중이떠중이들이 금분세수의 도리를 무시할 수도 있긴 하나 장건이 그 정도에 당할 리는 만무한 것이고…….

사실상 이로써 장건은 강호 무림으로부터 자유로워질 수 있는 것이다.

은퇴식.

그 날짜는 장건이 소림사와 약조한 십 년의 기한이 끝나는 계절, 바로 지금으로부터 육 개월 후의 봄이었다.

* * *

장건의 금분세수는 놀랍기도 놀랍지만 당혹스러움이 더 컸다.

대부분의 문파들은 머리가 복잡해졌다.

그야말로 묘한 일이었다.

대외적으로 소림사가 공표한 바에 따르면, 장건은 은퇴하고 그냥 본업인 상인의 길을 간다고 했다.

하나 그 말을 있는 그대로 믿는 문파는 단 한 군데도 없었다.

몇몇 문파에서는 수뇌부들끼리 긴급회동에 나섰다.

"아무리 관계가 복잡하다 치더라도 그만한 인재를 내친다는 게 말이 됩니까?"

"내치는 게 아니라 은퇴하는 거지요."

"그게 그거잖소. 내가 못 먹을 떡은 남도 못 먹게 하겠다는 뜻으로 보아야 하오?"

"사실상 소림소마는 이제 누군가의 독점적인 제자가 되기엔 너무 늦었고 오히려 공동 전인에 가까운 상태입니다. 소림사로서는 크게 잃을 것이 없는 것이지요."

"그러니까 더욱 이상하다는 것 아니외까."

"소림사에서는 딱히 얻을 것도 없으니 차라리 버리자는 걸 지도요. 생각해보니 이번 서가촌에서의 사건들로 인하여 소림소마가 위상을 떨치기는 하였으되, 뭇 문파들의 미움을 사게 되지 않았습니까?"

"그렇지요. 여럿 창피를 당하였지요."

"소림사의 방장 대사로서는 타문파와의 악연을 끊기 위해 꾸민 일이 사태를 더욱 악화시킨 셈이지요. 그러니 아예 끊어내려는 것은 아닐까, 그렇게 생각되는 부분이 있습니다."

"하나 각 문파의 최고수분들이 혈라마를 쫓을 때 소림소마를 보호한 것이 방장 대사였다고 들었소."

"소림소마는 그저 빌미로 봅니다. 소림사로서는 차라리

혈라마를 놓치더라도 당사의 영역에서 타인들이 활개 치는 걸 용납할 수 없었을 겁니다. 소림소마를 핑계 삼아 타문파 무인들의 행동을 가로막음으로써 자파의 위상을 찾아보려는 속셈으로 보입니다."

"일리가 있소. 그러니까 이건 소림소마의 뜻이 아니라 방장 대사의 뜻이다?"

"그렇게 보면 크게 틀리지 않을 것입니다. 은퇴 외에는 방법이 없을 테니까요. 파문을 하면 다른 문파에서 눈독을 들일 것이고, 단근절맥을 하려 해도 이미 소림소마는 여러 고수에게서 무공을 사사하였으니 소림사가 함부로 손대기에는 어려운 감이 있습니다."

"하기야, 방장 대사가 진산식에 보여준 괴짜 같은 모습을 생각해보면 무림 역사상 초유의 은퇴식이 이상하지만도 않구려. 이상하지 않은 게 더 이상한 일이긴 하오만."

"그렇습니다."

"허면 소림소마의 은퇴가 우리에게는 어떠한 득실이 있소?"

"손해는 없고 딱히 이득이랄 것도 없습니다. 외려 선대의 은퇴를 그때까지 미룰 수 있으니 나빠지지도 않은 셈입니다. 더불어 그 아이 때문에 골치를 썩을 일은 없다는 정도입니다."

"그럼 금분세수식 날에는 어찌해야 하겠소? 문파관련이라면 모를까 개인적으로 소림소마가 원한을 쌓은 이는 많지 않을 거외다."

"소림소마를 더 띄워줄 필요는 없습니다. 소림사가 주관한 만큼 성공적일수록 소림사만 돕는 셈이 되겠지요. 공식적인 참가는 피하는 게 나을 겁니다."

"알겠소. 그리합시다."

"때가 되면 알아서 처리하겠습니다."

"그리시오. 쯧쯧. 아이만 안 됐구려. 차세대 무림의 큰 별이 될 수 있었거늘."

"이것이 모두 소림사가 부덕한 소치지요. 어쩔 수 있겠습니까."

"그러게 말이외다."

긴 회동의 끝에 문파의 대부분은 이것이 방장 원호의 머리에서 나온 생각이라 결론을 내렸다. 원호의 괴팍함과 톡톡 튀는 사고방식이라면 충분히 그럴 만했다.

장건의 존재를 골치 아파하던 일부 문파들은 대놓고 은퇴를 반겼고, 그 외의 문파들도 대체로 장건의 은퇴를 인정하는 분위기가 되었다.

장건 때문에 예측 불가능한 상황들이 여러 번 생겼던 만큼 어떻게 생각하면 후련한 일이기도 했다. 게다가 장건의 무력이 부담되었던 측면도 없지 않았다.

하지만 그것이 전혀 반갑지 않은 이도 있었다.

천룡검문의 태상이었다.

태상은 강호의 뭇 무인들에게 많이 알려지지 않은 신비로운 인물이었다.

자그마한 체구에 언제나 얼굴을 가린 방갓을 깊이 눌러쓰고 있는데, 항간에는 천룡검주 고현보다도 더 강할 것이라는 얘기가 돌기도 했다.

그 태상은 지금 손등의 핏줄이 툭툭 불거져 나와 터질 정도로 분노하고 있었다.

손에 들었던 죽간은 이미 새까만 숯덩이가 된 지 오래였다.

"안 돼……."

방갓 안에서 스멀스멀 혈기가 피어올랐다.

"내가…… 내가 무엇 때문에 이렇게까지 하고 있는데. 내가 누구 때문에 이리 살아가고 있는데! 누구 허락을 받고 은퇴를 한단 말이냐! 왜 그걸 아무도 말리지를 않아! 왜!"

눈에서 시뻘건 혈광이 마구 뿜어져 나왔다.

"안 돼! 안 돼! 안 돼!"

태상은 미친 듯 방 안을 쏘다니다가 벽에 주먹질을 했다.

꽈앙!

벽에 구멍이 뚫리면서 휑하니 바람구멍이 났다. 바깥에 나 있던 거목이며 담장도 똑같이 일직선의 구멍이 나 있었다.

"무슨 일이오, 태상!"

목소리보다 더 빠르게 고현이 나타났다.

고현의 무위는 극에 달해 있어서 거의 이형환위의 수준으로 움직였는데도 불구하고 목소리 하나 흐트러지지 않았다.

본래 가지고 있던 능력을 이제 십 분 발휘할 수 있게 된 것이다.

전신을 부르르 떨며 혈기를 주체하지 못하던 태상이 고개를 돌려서 고현을 쳐다보았다.

멍하던 표정에 차츰 미소가 깃들어 간다.

"그래. 잊을 뻔 했어. 그대가 있었지, 그대가."

태상의 몽롱한 눈빛을 보며 고현은 심란한 얼굴이 되었다. 어찌 보면 걱정, 혹은 염려의 표정이기도 했다.

"태상……."

* * *

충무원으로 출근하지 않게 된 첫날.

장건은 출근하는 대신 이조암을 올랐다.

이른 새벽이라 산봉우리들이 운무로 가득 들어차 있었다. 쌀쌀한 가을, 하늘부터 지상까지 탁 트인 광경이다.

기지개를 펴듯 양 팔을 벌리고 크게 심호흡을 했다. 마음까지 상쾌해졌다.

"좋니?"

장건의 어깨너머에서 늙수그레한 목소리가 들려왔다.

"불목하니 할아버지!"

장건이 반갑게 돌아보았다. 인사는 늦게 했지만 이미 아까부터 문원이 와 있는 건 알고 있었다.

문원이 혀를 차며 장건의 옆으로 와 섰다.

"좋냐구."

다시 한 번 묻는 말에 장건이 바로 고개를 끄덕였다.

"좋죠."

"뭐가 좋아?"

"시달리지 않아서?"

"참 내. 웃기지도 않아. 쥐콩만한 게 무슨 금분세수람? 내 살다살다 정말 너 같은 이상한 애는 처음 본다."

"헤헤."

"에잉, 웃지 마. 정 들어."

문원이 투덜거리면서 장건을 구박했다.

"집에 가면 뭐 할 건데?"
"가업을 이어서 상인이 될 거예요."
"뭐, 그것도 딱히 나쁘진 않겠구나."
문원은 크게 의미 없는 말 몇 마디를 주고받더니 장건처럼 가만히 아래를 내려다보았다.
풍경을 감상하듯 한참을 그러고 있다가 입을 떼었다.
"미안하다."
"네?"
"지켜주지 못해서. 이건 나뿐만 아니라 방장 대사도 그렇고, 다들 같은 생각일 거야."
장건은 문원을 보고 빙긋 웃었다.
"그런 말씀 하지 마세요."
문원이 아이처럼 도리질을 했다.
"아냐아냐. 이건 분명히 우리가 잘못한 일이야. 이상한 어린 애한테 너무 무거운 짐을 맡겼어."
"근데 굳이 이상하다고 하실 건 뭐예요?"
"그럼 니가 안 이상하니?"
문원이 핀잔을 주는 것처럼 톡 쏘아 붙이자 장건이 어깨를 으쓱했다.
"저라고 뭐 이상하고 싶어서 이상한가요?"
"뭐가 이상한데?"

외려 문원이 되묻는다.

장건이 조금 생각하다가 대답했다.

"평범하게 못하는 거요."

문원이 장건을 빤히 쳐다보았다.

"그러고 보니까 너 혹시 요즘 뭐 기분이 좀 평소랑 다르다던가, 그런 거 없니?"

"없는데요."

"아니면 소주천을 할 때 느낌이 다르다던가……."

"똑같은데요."

문원이 입을 삐죽거렸다.

"거 봐. 이상하지."

"왜요?"

"소림사라는 짐과 강호라는 커다란 짐을 함께 덜어버렸는데 아무렇지 않으니까 이상하지."

"조금 서운하긴 해요. 사제의 연까지 다 없어지는 거라고 해서요."

"아니, 그게 아니고."

문원이 답답한지 자기 가슴을 툭툭 쳤다.

"니가 배운 내공심법이 있잖아? 그게 있잖아. 마음의 짐을 막 던지고 그러잖아? 그러면 가벼워질수록 뭔가 달라져야 하는 거거든?"

꿈벅꿈벅.

"전 잘 모르겠는데요."

"그러니까 이상한 거야. 만약에 지금 니가, 니가 아니고 다른 사람이었잖아? 그럼 막 염화미소(拈華微笑)를 지으면서 머리에 막 꽃이 피어서 만발하고 막막……."

"엑! 머리에 꽃이 피어요?"

"……."

문원은 입을 다물었다.

"쩝. 관두자 관둬. 이젠 니가 아니라 내가 서운하다."

"서운해하지 마세요, 할아버지."

장건이 문원의 기분을 맞춰주려 해보지만 문원의 표정은 시무룩하다.

장건은 소림에서 자신과 전대 방장 굉운을 제외하고 역근세수경을 익힌 유일한 제자이다.

역근세수경의 진의는 불가의 가르침과 닿아 있어서, 기사탁연수의 다섯 단계로 해탈의 경지를 표현한다.

마음에 낀 사념과 정신을 구속하는 속세의 굴레 등을 버리고 탈피할 때마다 사고(思考)의 영역이 넓어져 더욱 지고한 경지에 오르게 되는 것이다. 따라서 버리기 아까운 것을 버릴수록 역근세수경의 효과는 크게 나타난다.

한데 그러한 역근세수경을 배운 장건이 소림사를 버리고

도 멀쩡하다는 건, 소림사가 장건에게 큰 의미가 되지 못했다는 뜻이다. 물론 강호 또한 마찬가지이고.

그러니까 문원으로서도 은근히 섭섭할 수밖에 없었다.

"그래. 내가 뭐라고 너한테 그걸 강요하겠니. 강요한다고 되는 것도 아니고. 어차피 떠날 사람."

문원은 한숨을 푹 내쉬면서 고개를 절레절레 흔들었다.

"할아버지……."

"아냐아냐. 됐어."

문원이 장건의 허리를 토닥였다.

"다 때려친다고 금분세수식 전까지 놀지 말구, 수련 게을리 하지 마. 너랑은 경우가 달라서 굳이 이런 얘기하기 좀 그런데, 금분세수를 하겠다 하고 제대로 한 사람이 드물어."

"금분세수가 그렇게 어려워요?"

"그렇진 않아."

"은원을 깨끗이 해결하는 자리라고 들었는데요."

"응. 그런데 그런 시주들만 오는 건 아냐. 은원이 없더라도……."

문원은 말을 끝까지 잇지 못하고 뒷말을 흐렸다. 사람의 원초적 욕망이 가장 날것으로 드러나는 무림에서 어떤 순간에든 더러운 일이 생기지 말란 법은 없는 것이다.

금분세수를 선언하고 살아난 사람이 오 할이 채 되지 않는 걸 생각하면, 장건의 금분세수는 또 어떤 방향으로 튀어 버릴지.

문원은 문득 몇몇 사람의 얼굴을 떠올렸다가 지웠다. 자파의 이익을 위해서라면 금분세수의 명분쯤 가볍게 무시하고 장건을 해코지할 수 있는 인물들.

유독 그중 한 명의 얼굴이 아른거렸다.

하지만 그들은 이미 이 세상 사람이 아니다. 아마도 아닐 것이다. 괜히 끔찍한 상상을 할 필요는 없는 것이다.

문원은 상념을 털어버리려 노력했다.

"휴. 내가 걱정이 너무 많은가 보다. 말도 안 되는 상상이나 하고. 너나 나나 마지막 날까지 주어진 일에 최선을 다해서 하면 되겠지, 뭐."

장건이 고개를 끄덕였다.

"네, 할아버지."

그러나 문원은 자꾸만 불안함이 들었다.

나이가 들어서 걱정이 많아진 것인지, 아니면 오래 전에 잊은 무인의 감이 되살아 난 것인지.

'이미 강호에서 이 아이를 어찌할 수 있는 이는 없을 터인즉, 도대체 무엇 때문에 이리도 마음에 걸리는고······.'

장건의 초롱초롱한 눈을 보며 문원은 애써 웃음을 지어

보였다.

*　　*　　*

 장건의 무림 은퇴 소식이 들려오든 말든 강호는 이전과 다를 바 없이 힘차게 돌아가고 있었다.
 좋은 서열을 차지하기 위한 치열한 개인의 비무행은 물론이고, 문파간의 충돌 또한 여전했다. 어느 정도 세력의 구분이 확연해지고 큰 다툼은 없었지만, 싸움은 끊이지 않았다.
 하지만 그건 어디까지나 대체로 중소 문파에 속한 무인들의 경우였고, 이른바 거대 문파와 유명 무림세가는 좀 달랐다.
 그들은 관부의 견제를 신경 쓸 수밖에 없기도 했고, 또 다른 데에 정신이 팔려 있기도 해서 강호의 분쟁이나 세력 다툼에 딱히 끼어들지 않고 있었다.
 현재 그들의 이목이 가장 집중되어 있는 곳은 다름 아닌 서가촌이었다.

 달그락 달그락.
 마차와 짐수레가 끊임없이 가고 있다.
 많은 짐수레에는 대체로 각종 건축 자재가 실려 있었고,

몇몇 수레에는 건장한 인부들이 함께 앉아있기도 했다.

서가촌으로 향하는 행렬들이었다.

최고수들이 뇌음사의 발사라를 잡는다고 부순 전각들을 수리하기 위해 각 문파에서 보낸 물자들이다.

처음엔 문파에서도 크게 신경 쓰기 힘드니 적당히 금전적인 보상으로 끝내려 했었다. 마을 사람들이나 전각에 투자한 상인들이 돈을 받고 다른 마을로 이주를 하든 뭘 하든 문파들이 신경 쓸 일이 아니었다.

하지만 최고수들이 반대했다.

당장 다른 데로 옮겨갈 생각이 없는 최고수들의 입장에선 어느 정도 복구가 되어야 살기가 편한 것이다.

하여 문파들은 몇 개 상단에 일을 의뢰하였고, 상단에서는 아예 '서가촌 재건위원회'를 만들어 일을 분담하고 체계적인 복구 작업을 실행하기로 했다.

이왕 일이 그렇게 되니 문파들은 최고수들을 그냥 내버려 둘 수가 없었다.

문파들은 제각각 수발을 들 제자들을 딸려 보내기로 했다. 하나 수발이라고 해서 그냥 평범한 제자를 보낸 게 아니었다. 그럴 거라면 이전에 이미 보냈던 이들에게 수발을 들라 했을 것이다.

사실상 이전에 보낸 제자들은 문파에서 딱히 중요치 않

은, 한 일 년쯤 보이지 않아도 상관없는 그런 제자들이 대부분이었다.

하지만 이번엔 달랐다. 최고수들의 마지막 무학을 받아와야 할 임무가 있는 제자들이었다. 그러니 명색은 수발이지만 장래가 유망한 촉망받는 기재들을 신중하게 선별하여 보냈다. 밖에도 안 내보내고 아끼고 아꼈던 기대주를 내보낸 문파도 있었다.

자파의 무학에 대한 이해가 최고로 높은 최고수들이 모두 모여 논검하는 자리다.

뭔가 하나는 당연히 얻어지는 것이다!

그러다보니 제자들은 서로 가려고 난리까지 났다.

가서 뭐라도 주워 오든 듣고 오든 혹은 최고수들이 남긴 심득을 얻어 오든, 뭐든 성장에 큰 도움이 될 기회였다. 여기서 하나만 얻어도 장래에 문파를 이끌 고수가 될 것은 자명했다.

제2장

은퇴 선언 후

 양소은과 백리연은 길 밖에 나와 서가촌의 재건을 지켜보고 있었다.

 하루 종일 뚝딱거려서 시끄러운 건 둘째 치고, 갑자기 몰려드는 사람들 때문에 이게 무슨 일인가 싶을 정도였다.

 장건이 충무원을 그만두고 한 달 남짓 되었는데 벌써 서가촌은 거의 대부분 복구되어 있었다.

 거기다 쭉 빼입은 명문 정파의 제자들도 속속들이 도착하고 있었다. 얼핏 보기에도 확실히 일반 제자들과는 분위기부터 달랐다.

 하나같이 무골(武骨)에다가 이목구비마저도 수려했다.

눈에는 맑은 정기가 흘렀다.

"와……."

양소은은 자기도 모르게 감탄성을 내고 말았다.

강호 무림에서 가장 영향력이 있는 거대 문파와 무림 세가의 최고 고수들이 한 자리에 모였고, 뒤를 이어 최고의 유망주들도 모이고 있는 것이다.

그야말로 대단하다고 밖에 할 수 없는 상황이었다.

"근데 이게 벌써 몇 번째야?"

양소은이 백리연에게 물었다. 하지만 대답을 요구하는 질문은 아니었다.

이번 세대에서는 유독 이런 사람들이 자꾸 모이는 일이 잦았다. 그 대부분은 장건 때문이었다. 이번에도 최고수들 때문에 후기지수들이 모이고 있는 것이긴 하나, 사실상 따지고 보면 단초는 역시나 장건이 제공했다.

한 사람 때문에 이 많은 사람들이 계속해서 모인다는 건 정말 믿기 어려운 일이었다.

"정말 어마어마한 영향력이네. 이런 영향력을 가진 사람이 강호에 몇이나 될까."

"하지만 앞으로는 이런 광경도 다신 못 보게 되겠죠. 이만한 영향력을 가지고도 강호를 떠나야 하다니, 그게 말이나 되는지 모르겠어요. 장 소협이 문파만 세웠어도……

아!"

 백리연이 아쉬운 투로 말하자 양소은이 쩝 하고 입맛을 다셨다.

 "이만한 영향력을 가지고 있으니까 떠나는 거겠지. 다른 사람들에겐 눈엣가시잖아."

 "하아……."

 "그건 그렇고, 나도 큰일이네. 직종 변경을 해야 하나."

 양소은은 걱정스러운 얼굴로 중얼거렸다. 무관을 차렸다고 해 봐야 서생들이 대상이었다. 저런 무골들을 상대로 일개 무관이 장사가 될 리가 없었다. 가르치는 게 아니라 양소은이 배워야 할 정도의 수준인 이들도 수두룩했다.

 "그렇다고 실실 웃으면서 차나 나르는 건 적성에 안 맞고……."

 영리한 제갈영은 서가촌 재건위원회에서 벌써 일거리를 얻어서 건축 사업에 나선 중이었다.

 백리연이야 다관의 손님이 서생에서 무인으로 바뀌게 될 뿐이니 상관없지만, 이대로라면 양소은은 아예 승부에서 멀어질 수밖에 없었다.

 양소은은 문득 하연홍을 떠올렸다.

 "근데 걔는 국수나 팔면서 걱정도 안 되나? 대체 무슨 생각이야?"

*   *   *

 망할 뻔했던 서가촌이 다시금 활기를 되찾았다.
 최고수들과 각 문파의 제자들을 다 합쳐봐야 마흔이 넘지 않는 인원이었다. 단순히 숫자가 늘었을 뿐이라면 서가촌이 달라지기는 힘들었을 터였다.
 하나 마흔 명의 인원이 몰고 온 파장이 만만치 않았다.
 강호에 존재하는 수많은 문파들, 십대문파와 오대세가에 꼽히지는 않지만 그에 준하는 문파들에게도 서가촌의 상황은 귀가 솔깃한 것이었다.

이것 봐라?

 무림인에게 목숨보다 소중한 건 명예, 자존심, 병기 그리고 무공이다.
 하다못해 무공 비급 하나 때문에 문파의 모든 것을 걸고 피터지게 싸울 판인데, 현 강호를 주무를 수 있는 최고수들이 논검의 장을 연다고 하지 않는가!
 서가촌에 간다고 꼭 뭔가를 배워온다 할 수는 없지만 어쨌거나 주위를 어슬렁거리다보면 떡고물이라도 떨어지지 말란 법은 없는 것이다. 떡고물이 떨어지면 좋은 거고 아니면 마는 거다.

그래서 떡고물을 기대하는 이들이 은근슬쩍 서가촌으로 향했다. 강호 전역에서 관심을 가졌으니 의외로 이들의 수가 적지 않았다.

서가촌으로 몰려든 또 다른 부류는 최고수들처럼 은퇴를 앞둔 나이든 무인들이다.

무공으로라면 최고수들에 비하기 어려우나, 무학이라면 어디에 내놓아도 밀리지 않을 거라 생각하는 이들이었다.

평생을 무공에 매진하고 이제 은퇴를 앞뒀는데 이만한 호기를 놓칠 수 없었다. 뭇 고수들과 논검할 수 있다는 건 평생에 한 번 올까 말까한 기회였다.

세 번째는 이미 전에 한 번 소림사에 눈독을 들였던 이들과 같은 부류로, 혼기를 앞둔 소저들이었다.

서가촌에 모인 각대 문파의 후기지수들이 바로 그들의 목표였다.

서가촌의 후기지수들은 각 문파에서 가장 총애를 받고 있으며, 대개 다음 세대의 장문감이다. 설사 장문이 아니더라도 해당 문파의 최고수가 되어 강호 무림을 뒤흔들 인물이 될 예정인 이들이다.

그러니 두말할 필요가 없었다. 어떻게든 잘 엮어서 연

을 만들 수 있다면 강호에서 손꼽는 거대 문파를 사돈의 배경으로 둘 수 있게 되는 것이다.

하여 혼기에 찬 소저들과 수행원들이 서가촌으로 향했다. 그렇게 서가촌에는 줄줄이 사람이 모이기 시작했다.

강호의 호사가들은 '또?' 하면서 어이없는 표정들을 지었지만 어쩔 수 없는 일이었다.

강호라는 건 살아있는 생명체와 같아서 본능적인 욕구에 충실하고 있었으니까, 그러니까 강호의 구성원들이 이익이 되는 방향을 좇아 움직이는 건 지극히 자연스러운 현상이었다.

한때는 협의(俠義)와 명분이 강호를 대표한 적도 있었으나 그것도 옛날 얘기.

당금의 강호에서 실리(實利)보다 우선하는 가치는 찾기 어려웠다. 협의나 명분을 내세울라치면 고리타분하다는 말을 듣기 일쑤였다.

꼬장꼬장한 일부 역사가들은 지금의 시대가 강호 역사상 최악의 암흑기라 비꼬기도 하였으나 그들도 대세를 바꿀 수는 없었다.

지금의 강호가 어딘가 모르게 변질된 것은, 역설적이게도 마교와 사파가 멸절했기 때문이라 보는 이들도 있었다. 적대적 공생관계에 있던 마교와 사파가 사라지면서 강호를 지탱해온 가장 큰 원동력이 무너졌다는 설이다. 그리고 소림사가 그 대용품으로 소모될 뻔 하였으나 원호의 기지로 겨우 벗어났다는 것도 돌고 도는 소문 중의 하나였다.

호사가들의 입방정이야 어쨌거나, 서가촌이 현 강호의 주목을 받게 되었다는 건 변함없는 사실이었다.

지난번 소림사로 사람들이 몰렸을 때와 가장 크게 다른 점이라면, 장건 때문에 생긴 일이긴 하나 그 중심에 장건이 있지 않다는 점이었다.

몇몇 이들은 결국 장건이란 인물조차도 강호의 역동 앞에서는 잊힐 수밖에 없다 평하기도 하였다.

* * *

장건의 은퇴 소식은 북해빙궁의 야용비의 귀에도 전해졌다.

전서를 든 야용비의 표정이 멍했다.

"정말…… 정말 괴상한 작자로군요. 전승자."

이토록 이른 나이에 강호의 은퇴란 상상도 못했던 일이었다. 아니, 야용비가 아니더라도 일이 이리 되리라고는 누구도 예상하지 못했을 터였다.

"그렇게 죽이려고 애를 썼는데……, 스스로 떠난다고?

이거 장난치는 건가?"

"소림사가 주관하였으니 확실할 겁니다."

"이게 말이 안 되는데……."

야용비가 계속 혼잣말로 중얼거리는데 냉고사가 침착하게 말했다.

"전승자가 강호를 떠난다고는 하나 아직 젊습니다. 후에 어떤 식으로라도 문각 선사의 무공이 다시 전수되는 걸 막아야 하지 않겠습니까."

"당연히 그래야죠. 어차피 전승자는 은퇴를 하든 뭘 하든 결국 살아남을 수 없을 거예요."

"우리로서는 당분간이나마 시간을 번 셈이니 나쁘지 않겠군요. 전승자의 방해만 없다면 본궁의 무사들은 거칠 게 없을 것입니다."

"그렇지요."

"전승자의 은퇴식까지 몇 달 남지 않았으니 그때까지만 태을문과의 싸움을 끌도록 하지요. 어차피 뇌음사와 야율본을 대체할 수 있는 세력을 포섭할 시간도 필요하고, 또 전승자의 은퇴 얘기가 어떻게 될지 진위를 지켜볼 시간도 필요하지 않겠습니까."

냉고사의 얘기를 듣던 야용비가 갑자기 웃었다.

"냉고사."

"예."

"본래 우리의 계획은 새외세력을 끌어들여서 그들로 하여금 태을문을 멸문시키도록 하려는 셈이었죠. 그리하여 강호인들에게 공포심을 심고, 그 공포를 매개로 강호 무림의 연합체를 구성한다……. 그게 우리 생각이었죠?"

"그러합니다."

"그런데 말예요. 나는 요즘 다른 생각을 하고 있어요."

야용비는 방안을 천천히 거닐며 말했다.

"일전에 전승자가 서가촌의 각대 문파 고수들에게 한마디 했다면서요? 자긴 마교를 본 적도 없는데 왜 그러느냐고. 그러면서 오히려 뇌음사의 발사라를 옹호했다고요."

냉고사는 대답 대신 조용히 고개를 끄덕였다.

야용비가 계속해서 말했다.

"그때 깨달았어요. 내가 조금 잘못 생각하고 있다는 걸 말예요."

"무엇을 말씀하시는지요."

"나는 강호인들이 당연히 마교를 무서워하고 싫어한다고 생각했어요. 저도 어려서부터 늘 그렇게 들어왔고, 그래서 막연히 그런 줄 알았죠."

"그게 사실 아닙니까?"

냉고사의 되물음에 야용비가 눈을 동그랗게 뜨고 냉고

사를 쳐다보았다.

"냉고사, 우리가 놓친 게 뭔지 알아요? 시대가 달라졌다는 거예요. 이미 강호에서 마교가 사라진지 수십 년이에요. 이제와 다시 마교나 사파가 나타난다고 해서 이들이 예전처럼 똘똘 뭉치진 않을 거라고요."

"허면?"

"지금 시대에 이들을 뭉치게 만들 수 있는 건 의협심(義俠心)이 아녜요. 바로, 자기의 이익이죠. 결국엔 뇌음사와 야율본도 이득을 보려고 돌출행동을 했었죠."

"음. 생각해보니 확실히 그렇군요. 소주의 말씀이 틀리지 않습니다."

"위험하게 대리 세력을 내세울 필요 없을 것 같아요. 그랬다가 전승자가 마교를 퇴치하겠다고 은퇴를 번복하는 일 따위가 생기면 안 될 테니까요. 우리 계획을 전면 수정하는 게 좋을 것 같아요."

"그럼, 저들에게 적당한 고깃덩어리라도 던져주실 셈입니까?"

"아뇨. 내가 왜요?"

야용비가 걸음을 멈추고 깔깔대며 웃었다.

"나는 그저 옆에서 부추기기만 할 생각이에요. 어차피 저자들은 원래 있던 것도 서로 빼앗아 먹지 못해 안달이 난 사람들이잖아요?"

야용비는 죽간을 들어 휘휘 글자를 적어 내려갔다.

"자, 대신 이번에는 황제의 도움이 좀 필요하겠어요."

*　　*　　*

소림사에서 공식적으로 장건의 은퇴를 알린지도 한 달 반이 훌쩍 지났다.

서가촌의 거리는 바글거리는 사람들로 활기에 차 있었다.

본래 사람이 붐비면 시비도 붙고 싸움도 나고 하기 마련이건만 지금은 그런 일을 좀처럼 찾아볼 수 없었다.

그도 그럴 것이 현 강호에서 활약하는 최고 배분의 무인들이 죄다 서가촌에 와 있는 중이다. 어지간히 간이 배 밖으로 나오지 않고서야 도저히 난리를 피울 수가 없다.

과장된 말로 간덩이가 부었다고 하면, 기어코 가슴을 열어서 부은 간을 보고야 말 성질 더러운 고수들이 수두룩한 것이다.

게다가 최고수들을 따라 모인 이들도 대부분 명문정파의 버젓한 후기지수였다. 그러다보니 모두가 처신을 주의하고 함부로 시빗거리를 만들려 하지 않았다. 가끔 호승심에서 생겨나는 비무마저도 감정적이기 보다는 격식을 차려 행해졌다. 그래서 의외로 서가촌은 많은 사람들로 북적거림에도 불구하고 안정적인 화평을 이루어내고 있었다.

하지만 최고수들은 사실 지금의 북적임이 다소 불만스럽기도 하였다.

새롭게 지어진 다관에서 차를 마시던 벽력도가 밖을 내다보며 혀를 찼다.

"쯧쯧. 온갖 뜨내기들이 다 모였구만. 그냥 적당히 보수하라 했지 누가 이렇게 시끌벅적 번화하게 만들어 달라 했나."

앞쪽에 앉아 있던 북무선생이 탁자 위에 시초라는 풀의 줄기를 늘어놓으면서 점을 치다가 대꾸했다.

"원래 노인네가 되면 이런 데가 살기 좋은 법이네. 몇 걸음 가면 의방도 있지, 그 옆에는 약재상도 있지, 따뜻한 밥과 침상을 제공하는 객점도 있고 근처에 다관도 많으니 발품 팔 필요도 없고."

청성파의 운일도장이 담담한 얼굴로 맞장구를 쳤다.

"부인할 수 없는 말이군. 하지만 얻는 게 있으면 잃는 게 있는 법일세. 일전에는 아무데서나 자리를 잡으면 그곳이 바로 논검의 장이었으나, 어디 지금은 보는 눈이 많아 그리 할 수 있겠는가?"

"왜 못해?"

북무선생이 시초 줄기를 손에 꿰고 있다가 슬쩍 흔들었다.

가벼운 손짓이었으나 운일도장은 그 안에서 천강수의 묘를 읽었다. 공기가 흔들리며 기파(氣波)가 일어났다.

"헛험."

운일도장이 헛기침을 하며 어깨를 들썩였다.

그 순간 핑, 소리가 나며 벽력도가 검결지를 쥐어 허공을 쳤다. 주변 공기가 찌릿찌릿 했다. 북무선생이 날려 보낸 검파를 운일도장이 벽력도에게 흘렸고, 벽력도가 허공에서 상쇄한 것이다.

성격 급한 벽력도가 인상을 썼다.

"뭐야. 지금? 천강수에 청운검초? 둘이 나한테 시비 거는 거야?"

북무선생이 다시 혀를 찼다.

"쯧쯧, 고작 그거 하나 하는데 무슨 청운검초에 오호단문도의 상승 초식을 쓰고 그러나. 그놈이라면 백화검 정도로 막았을 텐데."

"응?"

벽력도가 고개를 흔들었다.

"에이, 아니지. 놈이라면 불영보로 의자를 밀고 피했겠지."

운일도장도 끼어들었다.

"이 도사의 생각에, 녀석이라면 움직이지 않고 금종조를 쓰지 않았을까?"

"아냐. 금종조는 의복을 이용해야 하는데 그럼 손을 들어 올려야 하잖아. 그러니까 다른 수를 썼겠지."

"허면 호신외공으로 그냥 튕겼을까?"

"호신외공에 이화접목을 써서 슬격으로 흘렸을 수 있지."

"허어, 호신외공은 대맥에서 내공을 끌어야 하는데 이화접목은 대맥을 쓰면 몸이 굳어서 상반된단 말일세."

"나 지난번에 놈이 하는 거 봤는데?"

"그럴 리가 있나."

"진짜래도?"

한동안 옥신각신하며 온갖 초식과 신법을 말하던 세 사람은 갑자기 약속이나 한 것처럼 입맛을 다셨다.

"쩝."

"이거 말만 하다 보니 몸이 근질거려 죽겠는데."

"허, 나도 그렇다네."

장건과의 일 이후, 어딘가 모르게 최고수들은 소탈해졌다. 무거운 짐을 내려놓고 순수하게 무학에만 열중하다보니 딱딱한 격식도 많이 잊었다.

북무선생이 두 사람을 보다가 시초 줄기를 펼쳤다.

"오늘, 길흉은 크게 없고 이(利)와 무구가 있네. 무엇을 하든 사고는 없고 평탄하며 좋은 날이 되겠군."

그 말에 벽력도와 북무선생의 눈이 빛났다. 세 사람은 순식간에 서로 눈빛을 교환했다.

"그럼 나갈까?"

누가 먼저랄 것도 없이 자리에서 일어선 셋이었다. 세 사람이 일어서자 조금 떨어진 다른 탁자에 앉아 있던 후기지수들이 벌떡 일어섰다. 한참이나 무공에 관련된 얘기를 떠들었으니 다음 차례야 뻔했다.

"찻값내고 얼른 따라와라."

"예, 옛!"

세 사람의 문파에서 파견된 문하제자들은 급히 찻값을 셈하고 최고수들을 따라 나갔다.

하지만 팽가와 청성에서 온 후지기수의 표정은 생각보다 밝지 않았다.

의아해진 형산파의 후기지수 길상이 물었다.

"드디어 사조님들의 무학을 보게 되었는데 표정이 왜들 그러십니까?"

안쓰럽다는 눈빛으로 팽가의 팽율이 말했다.

"우리도 처음엔 그리 생각했다오."

"네?"

길상은 온지 얼마 되지 않아서 왜 팽가와 청성의 후기지수들이 그런 말을 하는지 알 수 없었다.

얼마 지나지 않아 최고수들과 후기지수들은 바글거리는 사람들을 지나 양소은의 무관 앞에 다다랐다.

양소은의 무관은 전보다 훨씬 커졌다. 담은 높아졌고 넓이도 몇 배나 확장했다. 그런데도 모자라서 아직도 확장 공사를 하는 중이었다.

"어서 오세요!"

활짝 열린 대문 안으로 들어서자 몇몇 떼를 이룬 사람들이 보였다. 대부분 무림인들이다.

먼저 와 있다던 화룡소가 북무선생들을 발견하고 인사했다.

"오셨소이까?"

"아, 먼저 와 계셨구려."

그때 청색의복을 입은 이가 다가와 화룡소와 그의 동행들을 맞이했다.

"자리가 났습니다. 이쪽으로 오시지요."

화룡소가 북무선생들을 보고 포권했다.

"그럼 실례하겠소이다."

화룡소와 동행들이 앞쪽에 있는 여러 개의 수화문 중에서 두 번째로 사라진 후, 다른 청색의복을 입은 이가 북무선생의 앞으로 다가왔다.

"어서 오십시오. 어디로 모실까요?"

벌써 여러 차례 무관을 방문한 적이 있는지 북무선생이 거침없이 답했다.

"청(廳)으로 안내하게."

"마침 한 자리 남았습니다. 이쪽으로."

북무선생과 벽력도, 운일도장이 청색의복을 입은 이를 따라가자, 그들의 후기지수들도 약간 떨어져서 뒤를 좇았다.

다른 둘은 어색함이 없는데 형산파의 길상은 주변을 두리번거릴 수밖에 없었다.

좁은 수화문을 넘어서니 하나의 정원이 있고, 정원은 높다란 담으로 둘러싸여 있는데 담마다 여러 개의 문이 나 있었다. 그중에서 하나의 문을 지나니 양옆이 담으로 막히고 위쪽이 커다란 지붕으로 덮여 폐쇄적인 회랑과도 같은 길이었다.

그곳을 지나 끄트머리쯤에서 작은 문을 여니 마루가 있는 작은 대청이 있었고 그 앞에는 판판한 박석이 깔린 마당이 있었다. 사방은 여전히 높은 담과 지붕이 있어서 밖에서 들여다보기 어려운 구조였고, 한쪽 담에는 온갖 병기들이 종류별로 있어서 시렁 위에 가지런히 놓여 있기까지 했다.

"자, 오시게들."

최고수들은 훌쩍 대청의 마루 위에 올랐는데 그곳에는 김이 모락모락 나는 찻상까지 준비되어 있었다.

운일도장이 후기지수들을 향해 손짓했다.

"한 놈은 이쪽으로 오고 나머지 둘은 저기 가서 서라."

눈치를 보고 있던 청성파의 후기지수가 잽싸게 최고수들이 있는 대청마루의 아래에 가 서자 팽율이 아쉬워했다.

"갑시다, 길 형."

팽율은 벽력도의 말에 따라 시렁에서 평범한 도 한 자루를 들고 박석이 깔린 마당에 섰다. 그제야 길상은 그곳이 연무장 역할을 한다는 걸 알 수 있었다.

관리가 잘 되는지 땅에 깔린 네모난 박석들은 깨진 데도 없이 깨끗했다.

최고수들은 차를 따르면서 마치 담소라도 하듯 편안한 분위기였다. 곧 벽력도가 팽율에게 말했다.

"너 혼원도법 할 줄 알지?"

"예."

"후삼(後三) 중에 이 초식을 해 봐라."

제아무리 최고수들이라 해도 다른 사람들 앞에서 자파의 무공을 대놓고 펼쳐 보인다는 건 조금 꺼려지는 일일 터였다. 한데도 팽율은 거침없이 혼원도법의 초식을 펼쳐 보였다.

형산파의 길상이 어리둥절해 하는 동안 팽율은 시원하게 도를 휘두르기 시작했다.

번개처럼 두 번 좌우로 베고 빙글 돌아서 크게 내려치는데, 과연 팽가의 기대주답게 깔끔한 동작이었다.

"거기서 곤보(坤步)로 북북서의 방위로 옮겨가 단경(短經) 삼붕추(三鵬追)의 수법으로 이어봐."

"예."

팽율은 아무렇지 않게 대답하는데 길상의 표정은 더 이상해졌다.

단경 삼붕추는 낭아추(狼牙鎚)를 다루는 수법이었던 것이다. 게다가 곤보는 남서의 방위인데 북북서로 이동하라니?

하지만 팽율은 한 마디도 토를 달지 않고 다시 혼원도법 후반 이 초식을 펼쳤다. 이후 곤보를 밟으며 엉거주춤하게 북북서로 이동했다. 보법에 어울리는 경락 운용은 물론이고 자세로만도 발이 꼬이니 당연히 비틀거릴 수밖에 없었다. 그런 자세에서 칼을 대각선으로 내려치는데 절묘하게도 힘이 실려서 강한 파공성이 났다.

파앙!

어떻게 그런 기운이 실리는지 알기 어려울 지경이었다. 보기엔 좋지 않았으나 굉장히 빈틈이 없는 묘한 초식이다.

길상이 뭘 해야 할지 몰라 어정쩡하게 서 있었는데, 최고수들은 그를 두고 토론을 나누고 있었다.

"이건 어때?"

벽력도의 말에 운일도장과 북무선생이 약간 인상을 쓰고 생각하다가 차례로 답했다.

"본문의 철양보에 귀일검법을 함께 쓰면 오 초 이내로 파해가 가능하긴 하겠지만……, 순수한 보법만으로는 조금 어렵지 않을까 싶네."

"양량원보로 첫 초를 피할 수 있다면 두 번째 단경 삼붕추는 삼재보를 약간 응용해서 네 걸음 이내로 해소할 수 있을지도 모르겠군."

벽력도가 웃으며 말했다.

"녀석은 이걸 철양보와 비선각을 동시에 운용해서 반걸음으로 피해버렸다니까."

"허허. 그런가?"

"대나한선보에 비선각이라."

운일도장이 멀뚱히 서 있던 길상을 불렀다.
"거기 너 길가라고 했느냐?"
"예? 예."
"철양보를 해보거라."
 자파의 어른도 아니고 타파의 어른이 말을 하니 길상은 다소 당황스러워서 북무선생을 보았다. 북무선생이 고개를 끄덕였다.
"괜찮다. 해 보거라."
 길상은 철양보를 시전했다.
 역시나 형산파의 후기지수답게 제법 괜찮은 철양보를 펼치는 길상이다.
 형산파의 철양보는 상체를 거의 움직이지 않고 하체를 최대한 바닥에 밀착시켜 중심을 아래에 둔 것이 특징이었다. 과한 공방에도 중심을 잃지 않아 안정적인 수비와 공격이 가능하다.
 길상이 양 손을 앞으로 엇갈려 둔 채 철양보를 순서대로 밟는데, 막 이십여 보를 움직였을 때 운일도장이 말했다.
"지금 그 좌중태산(左中泰山)에서 우(右) 비선각으로 이어 보아라."
 우 비선각은 오른쪽 발끝에 중심을 완전히 실어서 차는

수법이었다.

길상은 얼떨떨해 하며 시키는 대로 했다.

당연히 철양보에서 자연스럽게 이어지지 않으니 한 호흡을 쉬었다가 뛰어올라 허리를 반쯤 틀며 강하게 찼다.

부웅!

각력이 실린 비선각이었다. 뭔가 움직임은 이상했지만 대충 이어져서 펼쳐졌다.

"다시, 이번엔 발을 뻗지 말고 땅에서 한 뼘만 뛰어서 진방(震方)으로 반 걸음을 가는 게다. 알았지? 지금보다 더 빨리 해야 돼."

"아, 알겠습니다."

길상은 말도 안 된다는 생각을 하면서도 시키는 대로 철양보를 밟다가 비선각으로 빠르게 옮겼다.

철양보는 바닥에 몸을 낮추는 보법이고 비선각은 땅에서 뛰어오르는 각법이라 서로 운용이 다르다. 멀쩡히 이어질 리가 없다. 하여 길상은 대충 적당히 철양보를 밟다가 발돋움을 하고 옆으로 살짝 뛰어 가볍게 마무리를 지었다.

길상이 자기 생각에는 그래도 비슷하게 요구하는 대로 한 것 같아 운일도장을 쳐다보았다.

한데 운일도장은 매우 마음에 안 든다는 표정을 짓고 있었다. 북무선생의 얼굴에도 부끄러움이 드러나 있다.

"누가 그걸 철양보랍시고 해? 에잉. 이놈아, 그래서야 혼원도법 일 초나 피할 수 있겠냐? 어디 피할 수 있는 지 해 봐라."

북무선생은 팽율에게 손짓했다.

벽력도가 으르렁거렸다.

"대충하면 죽는다, 알겠냐?"

"예."

팽율이 도를 들고 나와 길상을 마주했다.

길상은 얼떨결에 팽율과 비무 아닌 비무를 하게 되었다.

"아니, 저……"

"조심하시오, 길 형."

팽율이 도를 거꾸로 쥐고 인사를 한 후, 아까 보인 혼원도법을 펼쳤다.

두 번을 좌우로 베고 돌아서 내려치는 동작이었다.

'뻔히 본 것이니 못 피할…….'

하나 옆에서 본 것과 앞에서 대하는 건 전혀 달랐다. 게다가 팽율의 도가 부르르 떠는 것이, 푸르스름한 도기까지 머물고 있지 않은가!

'팽 형!'

누구를 죽이려고 하는가 싶어서 길상은 기겁하며 공력

을 최대한으로 끌어 올렸다.

그때 북무선생이 외쳤다.

"철양보!"

길상은 철양보에 최대의 내공을 운용하여 팽율의 혼원도법에 대항했다. 좌우로 치는 도를 피하고 돌아서 내려치는 동작까지, 정말 최선을 다한 후에야 아슬아슬하게 피해낼 수 있었다.

북무선생이 말한 대로였다. 혼원도법도 팽가의 일절이다. 길상이 내공을 운용하지도 않고 대충 펼치는 철양보로는 혼원도법을 받기 어려웠을 터였다.

한데 길상은 혼원도법의 이 초식을 모두 피해낸 후에 '어?' 하고 놀랐다. 자신의 철양보가 정확히 좌중태산의 자세로 있었던 것이다.

'설마?'

순간 팽율의 모습이 훅 하고 연기처럼 꺼졌다. 길상의 머리에 아까 팽율이 보인 동작이 떠올랐다.

'북북서의 곤보!'

급히 고개를 돌려보니, 아니나 다를까.

팽율이 자신의 우측 깊이 들어와 완전한 사각에서 몸을 웅크리고 있는 중이었다.

'단경 삼붕추!'

정수리가 서늘해졌다. 지금 상태에서는 도저히 피할 길이 없었다. 사각으로 피해 사각에서 오는 공격이었다.

지금을 벗어나려면 운일도장이 말한 것처럼 비선각으로 피해야 했다. 그러면 회피와 동시에 반격이 된다. 머릿속으로 대강 움직임이 그려졌다.

팽율은 급히 내공의 운용을 우측으로 옮기며 뛰었다.

그러나 마음먹은 것처럼 내공의 운용이 순식간에 될 리 없었다. 길을 제대로 찾지 못한 내공이 역류하며 기혈이 뒤엉켰다. 그래도 다행인 것은 어쨌거나 방향은 제대로 움직여서 겨우 팽율의 일 초를 피할 수 있었다는 점이었다.

부우웅!

팽율의 도가 길상의 옷깃과 머리카락 몇 가닥을 가르며 스쳐 지나갔다.

"끄어어어!"

누가 듣기에도 서글픈 비명소리를 내며 길상은 공중에서 다리가 꼬인 채 철퍽 하고 엎어졌다.

"……."

"괜찮소, 길 형?"

팽율이 도세를 거두고 길상을 부축해 일으켰다.

길상은 코가 깨져서 코피를 줄줄 흘리며 야속한 눈으로 팽율을 쳐다보았다.

팽율은 못내 미안한 투로 조그맣게 속삭였다.

"길 형, 이곳에 온 친구들은 다 처음에 겪는 일이오. 그러려니 하시구려. 대충하면 내가 혼나는 판이니 어쩌겠소."

길상은 보법을 밟다가 자빠진 게 못내 부끄러워 얼굴을 붉혔다. 하여 자기도 모르게 북무선생에게 하소연처럼 변명을 했다.

"사백조님, 못난 꼴을 보여드려 심히 죄송스럽습니다만 사백조께서 말씀하신대로는 진기를 유통시킬 수가 없습니다. 좌중태산은……."

북무선생이 중간에 길상의 말을 가로챘다.

"좌중태산은 왼쪽으로 천근추의 내공을 돌려 몸을 아래로 누르는 수법인데 어떻게 거기에서 오른 다리의 경락으로 순식간에 내공을 옮겨 뛰어 오르냐는 게지?"

"예? 예……."

"알아. 그래서 시킨 게야."

"……네?"

어리둥절해 하는 길상에게 달리 설명해주지 않고 북무선생은 다른 두 최고수와 상의를 하기 시작했다.

"것 봐. 안 되잖나."

그 말을 들은 길상의 얼굴이 일그러졌다. 하늘같은 사

백조의 앞에서 불평할 수는 없었지만 속으로는 어이가 없었다.

안될 줄 알면서 시키다니!

팽율이 길상의 등을 토닥였다.

"참으시오. 그렇다고 사조님들께서 바닥에 엎어질 순 없는 것 아니겠소."

그러니까 결국 자신들의 생각대로 되는지 안 되는지 알아보기 위해 길상들을 써먹는 중이었던 것이다. 하기야 최고수들쯤 되어서 바닥을 구르고 꼴사나운 동작을 하고 그럴 순 없는 일이었다.

"뭐, 그래도 운이 좋으면 몇몇 가지 정도는 얻어갈 수 있을 거요. 진기의 운용법에 대해서도 배울 수 있소. 나야 아직 십분지 일도 건지지 못했지만."

되지도 않는 걸 시키는데 십분지 일이나마 얻을 수 있으면 다행이란 생각이 든 길상이었다.

"그전에 주화입마로 죽을 것 같소."

"설마하니 그렇게까지 하시겠소이까?"

후기지수들이 무슨 이야기를 하든 말든 운일도장과 벽력도, 북무선생은 여전히 장건이 쓴 수법을 분석하기에 여념이 없었다.

"그럼 좌중태산이 아니었나? 분명히 다음이 우비선각

은 맞는데. 워낙에 그놈이 하는 게 희한해서 뭐가 뭔지 확실하질 않으니, 원."

"혹시 천근추의 방향이 틀렸을지도 모르겠네."

"우중태산에서 우비선각으로? 그럼 단경 삼붕추를 피할 수가 없는데?"

"중간에 한 가지 보법이 더 들어갔을 지도……, 반 보 정도 섞어서 사용했으면 연결이 좀 나아졌을 지도 모르네."

"거기서 한 가지의 보법을 더 운용하면 무리가 갈 걸세. 자칫 내상을 입고 주화입마 할 수도 있어."

그러자 문득 생각이 났는지 벽력도가 세 후기지수를 보며 물었다.

"혹시 난 주화입마 안 들 자신 있다, 하는 놈 없냐?"

세 후기지수는 꿀 먹은 벙어리가 되어 벽력도와 최고수들의 시선을 피했다.

벽력도가 혀를 찼다.

"쯧쯧. 요즘 애들은 우리 젊을 때랑 달라서 하여간 패기가 없다니까."

운일도장과 북무선생이 헛헛하게 웃었다.

"역시 그 녀석이 아니면 안 되는 건가? 대체 그 녀석은 뭘 하고 있는지 모르겠군."

"아주 소림사에서 꽁꽁 싸매고 밖에 내놓질 않는 모양이야."

"원호 방장이 의외로 소인배로군. 다 늙어 죽을 날만 기다리는 우리한테 보따리 좀 풀어 주는 게 그리 아깝나, 에잉."

세 최고수들이 조금 아련한 눈빛을 했다. 자신들에게 새로운 무공의 세계를 보여준 장건이 그리웠다. 그러나 그들은 아직도 장건이 왜 강호를 떠나려고 하는지 조금도 이해할 수가 없었다.

* * *

장건이 은퇴식을 발표한 지 근 두 달이 더 지났다.

장건은 원호가 나가질 못하게 해 매일 소림사에 갇혀 있느라 좀이 쑤셔 죽을 지경이었다.

뭐라도 하면 좋을 텐데, 문제는 할 게 없다는 것이었다.

장건을 가르치는 것에 대한 부담감 때문에 무 자 배는 장건을 가르칠 수 없다 했고, 원 자 배들도 어차피 은퇴할 장건에게 딱히 무공을 가르칠 필요를 느끼지 못했다.

그래서 장건은 또래 동문들과 같이 수업을 받지도 못했고, 그나마 청소를 하려 해도 빗자루만 잡으면 다들 달려와 빗자루를 뺏으며 눈을 부라리니 그것마저도 할 수 없었다.

"차라리 더러운 게 낫다니…… 그게 어디 불제자가 할 말이람? 칫, 칫."

경내를 하릴없이 돌아다니던 장건의 투덜거림이었다.

"하아, 시간이 왜 이렇게 안 가지?"

지루해서 죽을 노릇이면서도 넉 달만 더 있으면 집으로 돌아간다는 사실이 아직도 믿어지지 않는 묘한 기분.

장건은 대웅전 앞 계단에 쪼그리고 앉아 하늘을 바라보았다.

높고 푸르러 완연한 가을 하늘.

너무나 평화로운 나날이었다.

이대로 아무 일 없이 조용히 시간이 흘러가서 집에까지 무사히 갈 수 있다면…….

장건이 그렇게 딴 생각을 하며 마냥 멍하게 앉아 있는데, 문원이 예의 빗자루를 들고 나타나 말을 걸었다.

"심심하냐?"

"할아버지!"

심심하던 차라 장건이 반색했다.

"내가 안 심심하게 해 줄게. 이거 받아."

문원이 뜬금없이 내민 것은 두터운 책자였다.

"어라? 이건……."

천문비록이었다.

장건이 왜 이걸 주느냐는 듯 문원을 쳐다보았다.

"아, 이거 좀 있다가 누가 받으러 올 거야. 너한테 받아가라고 내가 방장 대사한테 말해놨거든."

"누가요?"

"천문서원에서 나온 시주?"

"근데 왜 저한테 있다고 하셨어요?"

"천문서원에서는 이걸 분실했을 때 습득한 사람에게 무조건 한 가지의 질문에 대해 대답을 해주기로 되어 있어."

장건이 무슨 영문인지 모르겠다는 눈빛을 하자 문원이 혀를 찼다.

"에이, 너 그래 눈치가 없어 가지고 어떻게 상인이 된다 그러냐? 천문서원의 시주들은 말야, 수백 년 전부터 남의 무공을 관찰하고 살아온 이상한 취미를 가진 시주들이란 말야. 그러니까 혹시 네가 무공이나 계파에 대해 궁금한 게 있으면 누구보다 더 잘 대답해줄 수 있을 거라고."

그리고 보니 일전에 마해 곽모수를 처음 만났을 때도 그랬다. 곽모수는 장건을 한 번 보고 비은이 필요하다고 바로 지적해 주었다. 그만큼 남의 무공을 보는 데 익숙하다는 뜻이다.

"하지만 전 필요한 게 없는데요?"

장건이 멀뚱하게 대답하자 문원은 기분이 상한 듯 얼굴이 뾰루퉁해졌다.

"뭐 그리 빨리 대답하냐. 할 일도 없는데 좀 생각해봐. 기껏 지 생각해서 가져왔더니만?"

문원은 '옛다' 하고 장건에게 천문비록을 억지로 맡겨두고는 사라졌다.

장건은 얼떨떨하게 있다가 손에 쥐어진 천문비록을 내려다보았다.

일전에 상달에게 들어 천문비록이 대강 어떤 책자인지는 알고 있었다.

남의 무공을 보는 사람들. 남의 문파와 무공의 계보를 기록하는 사람들.

호기심이 생겨서 살짝 책자를 열어 보았지만, 딱히 대단한 얘기들은 없었다.

상달의 말대로 문파와 무공의 이력, 특징 등이 적혀 있을 뿐이다.

누군가에게는 그것이 커다란 재산이 될 수도 있겠지만 장건에겐 하나도 알아볼 수 없는 말들이었다.

문파 이름이니 무공명이니 본다고 장건이 뭘 알겠는가. 어차피 무림인도 그만두기로 한 마당에 이제 와서 강호에 대해 알아본 들 별 소용도 없다.

하여 장건은 건성으로 대충 몇 장을 넘겨보고는 금세 책자를 다시 덮었다.

"무공에 대해 궁금한 거라……."

장건은 몇 가지를 생각해 보았다.

막상 가장 궁금한 것을 헤아려보려니 쉽지 않았다.

"평범해지는 방법이라던가?"

지금으로서는 그게 가장 답이 필요한 질문이긴 했다.

"또 뭐가 있더라."

어쨌든 생각을 하느라 심심하진 않게 시간이 지나가곤 있었다.

그러기를 한 시진 쯤.

멀리서 동자승의 안내를 받으며 약관의 젊은 유생 한 명이 장건에게로 다가왔다. 등에 나무로 만든 상자형태의 서궤를 짊어지고 있는 모습이 곽모수와 똑같았다.

"장 소협. 처음 뵙겠습니다. 소생은 천문서원에서 온 한유라고 합니다."

선해 보이는 인상의 한유가 서궤를 내려두고 장건에게 읍을 했다.

장건도 마주 합장을 했다.

"안녕하세요."

"다짜고짜 실례가 될지 모르겠습니다만, 소협께서 저희 서원의 서책을 보관하고 계시다 들었습니다."

"아, 여기요."

장건은 천문비록을 내주었다.

한유는 크게 안심한 표정으로 천문비록을 받더니 긴 한숨을 내쉬었다. 그리곤 천문비록을 비단에 싸 소중하게 서궤에 넣었다.

"정말 감사드립니다."

"아뇨, 저야 뭐……."

잠깐 동안 어색한 침묵이 흐른다 싶더니 한유가 물었다.

"내년 초 원소절(元宵節)을 기해서 금분세수식을 하신다구요."

"네."

"저희 서원에서는 사실 장 소협이 새로운 계파로서 무림에 신선한 바람을 일으킬 것으로 생각하고 있었습니다. 참으로 갑작스러운 일이었습니다. 아마 강호의 모든 분들이 저희와 같은 마음이었을 것입니다."

"제게는 별로 갑작스러운 일은 아니었어요. 결정하고 나니까 전 마음이 더 편한걸요."

"그렇군요. 강호에 장 소협같은 분도 계셔야 하겠지

요."

한유가 고개를 몇 번이고 끄덕이더니 조심스럽게 물었다.

"외람되오나 아직도 원장 사백님의 시신을 발견하지 못한 것으로 알고 있습니다. 혹시 그 자리에 계셨다면 마지막 가신 모습을 여쭐 수 있겠습니까?"

"제가 갔을 땐 벌써……."

"아! 그랬군요."

"죄송합니다."

"아닙니다, 아닙니다."

한유가 손으로 몇 번이나 사래질을 하며 말했다.

"제가 너무 제 얘기만 했나 봅니다. 이제 강호의 약속대로 저는 천문비록을 되찾아주신 장 소협께 한 가지의 질문에 대한 대답을 해드릴 겁니다. 질문하실 게 있습니까?"

장건은 검성을 생각하다가 퍼뜩 상념에서 깨어났다. 한유가 재차 독촉했다.

"제게 어떤 정보를 요구하시든 간에 전 한 가지의 답을 해드릴 겁니다. 원하시는 질문이 있으십니까?"

"전……."

장건은 원래 평범해지는 방법에 대한 질문을 하려 했다. 완전히 평범해지지 못하더라도 평범하게 보일 수 있는 방법이라 할지라도.

그러나 한유가 한 얘기들을 듣다보니, 오래전부터 장건이 기억 깊은 곳에 처박아두고 외면한 채였던 그 질문이 떠오르고 말았다.

"우음."

장건은 결국 궁금증을 참지 못하고 물었다.

"공명검에 대해 알고 싶어요. 검성 할아버지의 공명검을 피할 수 있는 방법 같은 거요. 혹시 그런 방법이 있나요?"

공명검!

사실 이제 와서 공명검을 상대할 일 같은 건 없을 테지만 그것 때문에 심마에까지 들었던 장건으로서는 여전히 궁금하지 않을 수 없었던 것이다.

한유는 뜻밖이었는지 다소 놀란 듯한 얼굴이었다가, 곧 아까와는 다른 한숨을 내쉬면서 말했다.

"사실은 원장 사백님께서 출타하시기 전에 절 불러놓고 말씀하셨습니다. 아무래도 좋지 않다고요."

"네? 뭐가요?"

"원장 사백님께서는 소림사의 진산식 때문에 벌어질 일들을 염려하셨습니다. 특히……."

한유가 약간 주저하다가 말했다.

"제자를 잃은 검성 어르신이 어떤 행동을 할 지……. 그분이 세간의 평가와 달리 욕심이 많아서 이대로 가만히 두고 보진 않을 것 같다는 게 원장 사백님의 말씀이셨습니다."

곽모수의 우려는 결국 본인에게 정확하게 들어맞은 셈이다. 하나 아직도 검성이 왜 그런 짓을 벌였는지는 명확하게 밝혀지지 않은 채였다. 그의 종적조차 찾지 못하고 있으니, 어쩌면 이대로 영원히 이유를 모른 채 묻힐 지도 모르는 일이었다.

한유가 다시 물었다.

"소협께서 보신 검성 어르신의 마지막 모습이 어떠하였습니까? 상처를 입었던가요?"

"아뇨. 그렇게 큰 상처를 입진 않았던 것 같아요."

"역시 그렇군요."

한유가 씁쓸하게 말했다.

"원장 사백님께서 말씀하시길, 검성 어르신의 공명검이 최종 경지에 이르지 못했다면 결코 당신을 해칠 수 없을 거라고 하셨습니다. 하지만 아시는 것처럼 원장 사백님은 패하셨지요."

한유는 장건을 물끄러미 바라보며 천천히 말했다.

"무적(無敵). 검성 어르신이 이미 공명검의 최종 경지에 올라 공간을 초월했다면……, 대적할 방법은 없습니다. 최종 경지의 공명검은 본원에서도 수백 년간 불가해(不可解)의 영역에서 내려온 적이 없습니다."

한유의 말을 들은 장건은 오래 침묵하고 있다가 길게 한숨을 내쉬었다. 결국 공명검을 상대할 답이 없다는 얘기였다.

"정말 다행이네요."

"예?"

장건은 '아하하' 하고 어색하게 웃었다.

"금분세수를 해서 은퇴하게 된 게 다행이라구요. 적어도 어느 날 그 할아버지가 갑자기 팔을 자르겠다!고 나타나는 일은 없을 테니까요."

영문을 모르는 채 눈을 깜박거리던 한유가 그제야 이해하고 웃었다.

"하하, 그렇군요."

한유가 서궤를 짊어지고 읍을 했다.

"그럼 소생은 이만 가봐야 할 듯합니다. 다시 뵐 날이 있을지 모르겠으나 장 소협의 앞날에 큰 복이 가득하기를 기원하겠습니다."

장건도 공손하게 마주 합장했다.

"말씀 감사합니다. 안녕히 가세요."

공명검에 대한 의문은 여전히 풀리지 않았지만, 그래도 답이 없단 얘기를 직접 확인하고 나니 어쩐지 은퇴를 결정하길 잘했다는 생각이 들었다.

*   *   *

유장경은 잔뜩 미간을 찌푸린 채 어사부(御使府)의 청사에서 종암을 만났다. 종암은 막 황제를 알현하고 나온 길이었다.
유장경이 기다렸다는 듯 물었다.
"황상은 어떻소?"
"좋지 않네."
종암이 고개를 가로저었다.
"황상의 두려움이 극에 달했네."
유장경이 혀를 찼다.
"큰일이군. 하루라도 빨리 이번 일을 끝내야겠소."
무림인들이 모이는 것을 극도로 경계하던 황제였다. 그런데 황궁의 지척에 무림 최고의 고수들이 죄다 몰려들어 있으니 불안하지 않을 수가 없었다. 그들이 언제 반역도로 돌변하여 칼을 들이댈지 모르는 것이다. 때문에 황제는 매일 같이 종암과 유장경을 불러들여 독촉을 해댔다.

유장경이 다시 물었다.

"그럼 북해에서 부탁해온 일의 윤허는? 허락하셨소?"

"그 자리에서 바로 인가하여 주셨네."

유장경의 눈빛이 번쩍였다.

"호오, 드디어! 이제 때가 왔구려."

종암은 굳은 표정으로 고개를 끄덕였다.

"그렇겠지."

"걱정되시오?"

"걱정?"

종암은 픽 웃고는 고개를 저었다.

"강호에 대혼란이 올 거라는 생각을 잠시 했을 뿐이네."

"틀렸소."

유장경이 언성을 높여 말했다.

"종 형은 아직도 자신이 강호인인줄 아는구려! 이것은 천자(天子)의 입장에선 혼란이 아니라 새로운 질서가 생기는 단계인 거외다."

"좋을 대로."

"종 형!"

종암은 불편한 얼굴의 유장경을 보며 말했다.

"자네야말로 걱정하지 말게. 일이 끝날 때까진 결코 황상의 뜻을 거스르는 일 따윈 없을 걸세."

유장경은 종암의 눈을 뚫어져라 쳐다보더니 가만히 조소를 지었다.

"나도 종 형을 믿소. 그러니 절대 내 믿음을, 황상의 믿음을 배신하지 마시오. 이 일이 끝나면 종 형의 고향에서 같이 밥이나 한 끼 합시다."

종암은 굳이 대답하지 않았다.

유장경의 말투에서 오늘따라 유독 비린내가 심하게 느껴진 탓이었다.

제3장

무림첩

 강호에 청천벽력과도 같은 포고가 내려졌다.
 이것은 지난번의 무기 소지 허가서에 관한 정책보다 더 심각한 파장을 가져올 법령이었다.

 명년(明年), 각 성(省)마다 특외사(特外司)를 설치하여 한 명의 별세사(別稅使)와 그 이하에 별리(別吏), 별연(別椽), 별외색부(別外嗇夫)를 임명하고 해당 성의 무림 문파에서 징수하는 세금을 관리한다.

 이제껏 무림 문파는 세금을 낸 적이 없었다.

한데 세금을 관리하겠다는 건, 곧 이제부터 세금을 내라는 뜻인 것이다!

무림 문파에 대한 과세는 그간 건드릴 수 없는 금단의 영역처럼 여겨지던 부분이었다. 민간과 별도의 세계로 취급되던 강호가 현실의 민간에 합류되는 기묘한 상황이 된 것이다.

더구나 세율이 적지도 않았다.

문파마다 일괄적으로 비단 열 필, 양곡 다섯 섬에 해당하는 가치의 세금이 부과되었다.

당연히 무림인들은 반발했다.

문파에서 운영하는 사업체는 이미 정당한 세금을 내고 있었고 나머지는 대체로 소소한 벌이나 기부에 의해 살림을 꾸려나가는 중이었다.

한데 갑자기 말도 안 되는 명목으로 과도한 세금을 징수하겠다고 하니 쉽게 받아들일 수 있을 리가 없었다.

하나 더욱 문제가 된 것은 이번 세금 부과는 중소 문파를 대상으로만 이루어지고 거대 문파와 세가는 아예 제외되었다는 점이다.

당장에 십대 문파와 오대 세가만 따져도 일 년 재정이 대형 상단에 버금가고, 그들이 융통하는 자금이 강호 무림 전체의 삼 할이 넘는 상황이었다. 그네들에게는 비단 열 필쯤

아무 것도 아닐 터다.

그런 문파들은 내버려두고 나머지 작은 문파들에게서만 세금을 걷는다고 하니 중소 문파들의 입장에선 분통이 터질 수밖에 없었다.

더구나 일률 과세로 작은 문파들일수록 피해가 컸다. 문도가 소수인 문파는 아예 세금을 낼 수가 없다. 이러다가는 다들 큰 문파에 붙어야 할 판이다.

도대체 왜?

강호조세법의 본격적인 시행을 앞두고 중소 문파들은 관리들에 의해 재정조사까지 받는 모욕적인 상황을 겪었다.

이곳저곳에서 관과 중소 문파들의 마찰과 충돌이 벌어졌다.

그러면서 자연히 중소 문파들의 분노는 관이 아니라 거대 문파로 향했다. 거대 문파들이 관부와의 뒷거래를 통해 과세대상에서 자신들만 쏙 빠진 거라 의심한 것이다. 하여 중소 문파의 무림인들은 거대 문파들을 거세게 비난했다. 만나기만 하면 서로가 성토하느라 바쁜 지경이 되었다.

거대 문파는 거대 문파대로 난감했다.

알고 보면 거대 문파들도 관부로부터 탄압을 받고 있는 중이었다. 한데 자신들만 빼놓고 중소 문파에게만 세금을 징수하니 중간에서 입장이 애매해진 것이다.

중소 문파와의 사이가 가뜩이나 벌어진 중에 생긴 일이라 손을 쓸 도리가 없었다. 그렇다고 자신들이 예전처럼 중소 문파들을 대신해서 관부에 항의를 하거나 교섭을 하기도 애매한 처지였다.

때문에 거대 문파에 대한 중소 문파들의 반감은 더욱 깊어져 가고, 거대 문파는 거대 문파 나름대로 중소 문파들의 근거 없는 비난에 크게 기분이 상해져서 더 이상 나서지 않았다.

일각에선 중소 문파들이 현 강호의 불합리한 체계를 바꾸겠다며 거대 문파를 배제하려 들더니 잘 되었다고 비꼬는 이들도 있었다.

대립각이 가파르게 섰다.

강호에는 매일 불안정한 기류가 감돌았다.

이런 상황이 되면 늘 전면에 나서서 정리에 나선 것이 소림사였다.

많은 이들이 소림사의 입장 표명을 은근히 기다렸으나 소림사는 아무런 입장 표명도 하지 않았다.

보다 못한 협사들 몇이 소림사에 서한을 띄우고 찾아가 당금의 무림 상황에 대해 토로했다.

하지만 원호는 단호히 개입을 거절했다.

이제 사람들은 소림사가 더 이상 강호의 일에, 자신들을 내쳤던 이들이 겪는 곤란에 대해 관심이 없음을 깨닫게 되었다.

중소 문파들은 허리가 고꾸라질 정도의 무지막지한 태풍에 지탱할 곳도 없이 맨몸으로 내던져진 꼴이었다.

최악의 경우에는 모든 자존심을 포기하고 다시 거대 문파의 밑으로 들어가야 하는 처지가 될 터였다. 문파의 작은 사업체들을 고스란히 바치고, 때 되면 임금이나 받는 생활로 돌아가게 될지 모른다.

하나 그러기에 그들은 너무 멀리 달려가고 말았다. 거대 문파와 중소 문파의 사이는 이미 돌이킬 수 없을 정도로 심각해져 있었다.

활발하던 비무행도 놀랄 만치 뚝 끊기고, 강호는 어수선한 침묵으로 휩싸여 돌아갔다.

그 즈음.

갑작스레 강호에 무림첩이 돌았다.

동부 무림을 제패한 육검문의 이름으로 발송된 무림대회의 초대장이었다.

명목은 무(武)를 논하는 무림대회였으나 실제로는 모두가 한 자리에 모여 해결 방법을 모색하자는 제안이었다. 육검문이 거대 문파와 중소 문파 사이에서 중재를 자청하고 나선 것이다.

중소 문파들의 입장에선 아무런 대책이 없는 상황에서 유일한 탈출 방법인 터라 필히 참석할 수밖에 없었고, 거대 문파들 역시 귀추를 주목하던 상황에서 불참할 수 없는 입장이었다.

모두가 촉각을 곤두세웠다.

육검문이 강호 무림에 던진 무림첩이 새로운 파문을 일으켰다.

* * *

강호의 역동만큼 시간은 쏜살같이 지나 가을의 정취는 어느덧 사라졌다.

입김만 내불어도 하얗게 서리가 앉는 추운 겨울이 왔다.

그런 추위에도 아랑곳 않고 강호 전역에서 많은 무인들이 상주로 몰려들었다.

고수가 아닌 일반 무인들에게도 보낸 무림첩이었기 때문에 각지에서 오는 시간이 필요했다. 하여 무림대회는 충분한 기한을 두고 삼 개월이나 지난 겨울에 개최된 것이다.

그럼에도 아직 도착하지 못한 이들이 부지기수였다.

하나 이미 모인 숫자만도 수만 명에 달해 있었다.

당장 한 달 뒤인 내년도부터 새로운 조세법이 시행된다.

때문에 모두가 벼랑 끝에 몰린 심정으로 절박함을 드러내며 무림대회에 참가했다.

당 문파의 자립성과 자존을 계속해서 지켜나갈 수 있느냐, 거대 문파의 휘하에서 기생하느냐.

이번 무림대회는 자파의 존립이 결정되는 중대한 회합이었던 것이다.

멀리 드넓은 태호(太湖)에 네모난 돛을 달고 수없이 오가는 상선들을 배경으로 들어선 거대한 장원.

강호의 호사가들 사이에서는 조만간 십대 문파 중에 하나가 될 거라고 꼽히고 있는 육검문의 장원이었다. 개파 이래 최대의 전성기를 구가하고 있는 육검문은 당대의 위세를 자랑하듯 수많은 전각들이 들어서 있었고, 아직도 건축 중인 전각들이 수 채나 보인다.

게다가 육검문은 오늘의 회합을 위해 장원의 담을 모조리 허물기까지 했다. 평야가 대부분인 상주의 지형 탓에 전각들로 둘러싸인 대형 회합장이 생겨났다.

십만 명이 모여도 남을 듯한 넓은 장소는 거의 마을 하나를 통째로 옮겨놓은 크기다.

휘이이잉!

살이 에일 듯 싸늘한 바람이 전각 사이를 오가며 작은 돌풍을 만들었다.

 수만 명의 군웅들은 추운 날씨에도 아랑곳 않고 높은 단상에 선 육검문의 문주 아홉 명과 강호의 명숙들을 바라보았다.

 육검문의 아홉 문주 중 한 명인 삼상비(三傷匕) 석흠이 앞으로 나와 크게 포권했다.

 "강호의 호걸들이여! 오군(吳郡), 오흥(吳興), 회계(會稽). 삼오(三吳)의 중진(重鎭)이며 팔읍(八邑)의 명도(名都) 상주에 오신 것을 환영하는 바입니다!"

 수만이 모인 평지였지만 소리가 쩌렁거리고 울렸다. 최근 최고의 상승세인 석흠의 내공 화후가 어느 정도인지를 보여주는 부분이었다.

 수만의 군웅들이 환호했다.

 "와아아!"

 "와아—!"

 한참이나 환호성이 울리다가 끝마치기를 기다려 삼상비 석흠이 자리의 귀빈들을 차례로 소개했다.

 대부분이 이름난 강호의 명숙이며 거대 문파의 장로들도 거기에 포함되어 있었다. 소림사가 빠진 구대문파와 오대세가의 대표가 모두 참석한 터였다.

 귀빈이 오십 명이 넘어 차례로 소개하는 데만도 한참이

걸렸다.

소개가 끝나고 또 다른 육검문의 문주 한 명이 개회사를 읊었다.

초청받은 명사 몇몇의 축사가 이어지고, 지루한 시간들이 흘러갔다.

정오부터 시작된 무림대회의 개회식이 벌써 해가 기운을 잃는 유시초(酉時初)까지 계속되고 있었다.

그리고 마침내, 삼상비 석흠이 최종 개회사의 마무리를 앞에 두고 본론을 꺼내들었다.

"여러분. 우리가 오늘 이 자리에 모인 이유는 제가 굳이 말씀드리지 않아도 모두가 알고 계실 것입니다."

잠깐 말을 끊었던 석흠이 뭇 군웅들을 둘러보며 말을 이었다.

"강호를 핍박하는 관부의 행태는 날이 갈수록 집요해지고 우리는 숨도 제대로 쉬지 못할 만큼 가슴을 졸이며 살고 있습니다. 우리가 왜 그래야 합니까? 우리가 어떤 잘못을 했습니까?"

그간 참을성 있게 기다렸던 군웅들이 주먹과 병기를 들고 소리치며 공감을 표했다.

"옳소!"

"우리에겐 잘못이 없소!"

일부는 흥분한 나머지 '관부를 몰아내자!'고 외치는 이들도 있었다.

"자, 진정들 하십시오."

석흠이 손을 들어 군웅들의 흥분을 가라앉혔다. 군웅들이 다시 석흠을 주시했다.

석흠이 말했다.

"어째서 이런 일이 일어났는가? 관부가 어째서 자꾸만 우리의 권리를 침범하고 우리의 재산을 수탈하려는가? 우리는 그 이유에 주목할 필요가 있습니다. 무엇 때문이겠습니까?"

묘한 어투로 되묻던 석흠이 강하게 외쳤다.

"바로 관부가, 일부 부패하고! 타락한! 문파와 결탁하였기 때문입니다! 소수의 그들이 다수인 우리의 뜻을 제대로 전하지 못하고 자신들의 이익만 취하려 들었기 때문입니다!"

갑작스런 정적이 찾아왔다.

어딘가 엇나간 듯해서다.

석흠이 누구를 두고 그런 얘기를 하는지는 뻔했다. 하나 무림대회가 거대 문파를 성토하기 위해 만든 자리는 아니지 않은가? 서로 합의를 보고 협의하기 위한 자리가 아니었던가?

군웅들이 웅성거렸다.

"이게 무슨 얘기야?"

"물론 석 문주의 말이 틀린 건 아니지만……."

"그래도 지금 저런 말을 하면 좀……."

군웅들은 저도 모르게 단상의 귀빈석에 있는 거대 문파의 대표들을 힐끔거렸다.

석흠이 말한 그들—십대 문파와 오대 세가의 대표들—은 석흠이 대놓고 자신들의 험담을 하니 분위기가 싸해져 있었다. 얼굴이 붉으락푸르락해졌으나 당장에는 무슨 말을 하려는지 두고 보기 위해 참는 모습들이었다.

하지만 석흠은 멈추지 않았다.

"우리도! 우리의 뜻을 대변할 사람이, 조직이 필요합니다. 남에게 맡겨두어서만은 안 됩니다. 하여 본인은 뭇 영웅호걸들이 모인 이 자리에서 강호 전체를 아우르는 무림맹의 설립을 제안합니다!"

그야말로 놀라운 이야기였다.

거대 문파의 대표들로서도 갑작스러운 무림맹의 설립 제안이 당황스럽기 그지없었다.

석흠이 열변을 토했다.

"우리 하나하나의 힘은 약하지만 뭇 영웅호걸들께서 힘을 모아 주신다면 그 어떤 단체보다도 강력한 힘을 가지게 될 것입니다. 그리고 거기에 걸맞은 강력한 맹주를 선출하여 관부에 영향력을 행사할 수 있도록 만들어야 합니다!"

어수선한 분위기가 지속되더니 군웅들 중에서 누군가가 외쳤다.

"맞소! 우리에게도 대표가 필요하오!"

군웅들이 머뭇거리는데 뒤따라 찬동의 외침이 나왔다.

"더 이상 들개들에게 우리의 먹이를 맡겨둘 수 없소! 우리만의 대표를 뽑읍시다!"

"난 그들을 처음부터 믿지 않았소!"

예전부터 중소 문파들을 대신해서 거대 문파들이 강호무림의 대표로 관부나 황궁과 교섭을 한 것이 못마땅한 와중이었다. 불신이 전염되듯 군웅들 사이에 퍼졌다.

곧 여기저기에서 같은 의견들이 터져 나왔다.

"우리의 권익은 우리가 지킵시다!"

"우리가 모이면 어떻게 되는지 저들에게 보여 줍시다!"

너도나도 떠드는 소리가 소란스럽게 이어지다가 종국에는 그것이 육검문의 찬양까지 이어졌다.

"육검문 만세!"

"육검문이 우리를 인도해주시오!"

중소 문파 중에서는 육검문의 세력이 가장 크다. 육검문이 대표를 한다면 딱히 반대할 만한 명분은 없었다.

육검문 문주들의 얼굴에 미묘한 웃음이 감돌았다. 군웅들을 충동질하기 위해 몇몇 선동꾼을 심어둔 계책이 성공했다.

그때, 수만의 군웅들이 외치는 소리를 뚫고 날카로운 목소리가 울려 퍼졌다.

"어이가 없군."

단상에 있던 한 명이 내뱉은 말이었다. 나지막했으나 고막을 찌르는 듯한 읊조림이었는데 수만의 군웅들이 모두 그 말을 들었으니 실로 어마어마한 공력이었다.

군웅들 모두가 흠칫했다.

이어 귀빈석에서 한 명이 옷자락을 펄럭이고 자리에서 일어서는데 소매에 매화문양이 뚜렷했다.

화산파에서 온 화산오검의 첫째, 백리도일검(百里挑壹劍) 학도다.

검성 윤언강이 거둔 첫 번째 제자이며 화산파에서 검성을 제외하고 가장 매화검의 성취가 높은 무인.

윤언강이 그를 제자로 삼을 때 '백 명 중에서 한 명을 꼽으라 하면 단연코 학도를 선택할 것이다.'라고 하여 백 중 하나를 고른다는 뜻의 백리도일이란 별호가 붙었다.

그만큼 출중한 무공 실력을 지녔는데 화산파의 제자들이 가장 존경하며 따르는 인물로도 알려져 있었다. 외모도 검성과 흡사하여 긴 수염을 기르고 단정한 도포를 입었다.

하나 지금 그가 풍겨내는 기세는 결코 점잖은 것이 아니었다. 그가 전신에서 풍겨내는 싸늘함과 오만함은 결코 범인이 당해내기 어려운 것이었다.

중소 문파의 군웅들은 그 한 명의 기세에 눌려 입을 다물었다. 하나 끓어오른 적개심에 눈빛만은 활활 불타고 있었다.

석흠이 학도를 돌아보았다.

"화산 최고의 검수 백리도일검! 귀하께서 내게 내려줄 가르침이 있으시오?"

학도가 냉소했다.

"하나 묻겠소이다. 석 문주께서는 지금 본파를 배척하고 본인들만의 무림맹을 건립할 뜻이시오이까?"

"그럴 리가 있겠소?"

석흠이 두 눈을 부릅뜨고 대답했다.

"우리는 하나가 되어야 하오! 관부의 탄압에 맞설 위기에는 너와 내가 없소. 따라서 우리가 만들 무림맹은 십대 문파와 오대 세가까지 아우르게 될 것이오."

학도로서는 말도 안 되는 소리를 지껄이는 석흠이 맹랑해 보일 지경이다. 방금까지 자신들에게 대놓고 적대감을 표출해놓고 너와 내가 없다?

그건 그냥 개소리가 아닌가!

자고로, 무림맹의 설립이 중소 문파의 주도로 이루어진 적은 없었다. 모든 것이 거대 문파의 손에서 주창되고 이루어졌었다.

무림의 존망이 걸린 문제가 아닌 세금 문제라 거대 문파들이 나서기 애매했는데 육검문이 나서서 무림맹의 설립을 주도한 건 이해할 수도 있다. 하지만 자신들을 모욕하면서 만든 무림맹에 동참하라는 건 말이 되지 않는다.

하나 석흠이 자기의 목소리를 내는 데에 있어 거대 문파를 성토하면서 거대 문파들에게 동참하라고 한다면, 그건 거대 문파들에게 무릎을 꿇으라고 하는 말 밖에 되지 않는다.

말속에 뼈가 있다. 십대 문파와 오대 세가를 아우른다 했다. 십대 문파와 오대 세가를 상위 문파로 대접한다는 뜻이 아니라 자신들이 만든 무림맹의 밑에 숙여야 한다는 뜻을 품고 있는 것이다.

거대 문파들로서는 자존심 때문에라도 도무지 동의할 수 없는 일이었다.

학도는 코웃음을 쳤다.

"좋소. 그렇다 칩시다. 허면 말씀하신 강력한 맹주는 누구외까? 아홉 분 중의 한 명이오?"

군웅들은 물론이고 귀빈들까지도 석흠의 대답에 신경을 곤두세웠다.

이 같은 자리를 마련한 게 자신들이 무림맹주가 되기 위해서라면, 이것은 일종의 사기극이나 다름없는 것이었다.

하나 석흠은 놀랍게도 바로 반대 의사를 밝혔다.

"아니오. 어찌 본인이 그같은 과분한 자리를 노리고 있겠소이까? 강호 무림의 최대 위기를 맞이하여, 이번 무림맹의 맹주는 역대 그 어떤 맹주보다 강력한 힘을 가진 이어야만 하오."

학도는 조금 갸웃했다.

우내십존은 이미 서로 간에 난리가 났고, 앞으로 무림의 일에서는 현역이 되기 어렵다. 지금은 마치 춘추전국시대와도 같아서 이런 때에 최고의 무력을 가진 이를 섣불리 꼽기 어렵다.

굳이 꼽는다면 자신도 그중 한 명이라고 해야 할 터이다.

궁금증을 가지고 학도가 물었다.

"귀하가 생각하는 그가 누구요?"

석흠이 기다렸다는 듯 말했다.

"바로 당금 무림의 일인자!"

석흠은 귀빈석의 한편에 있던 고현을 가리켰다.

"여기 계신 천룡검문의 고현 문주이시오이다!"

모두가 한순간 멍한 얼굴을 했다.

학도는 물론이고 거대 문파들의 대표들 또한 마찬가지였다.

석흠은 모든 군웅들이 들으라는 듯 큰 소리로 말했다.

"천룡검문의 고현 문주는 일인전승의 문파로 사문에 얽매이지 않고 사사로움이 없어 매사에 공정할 수 있는 조건을 갖추었소. 무위는 두 말할 필요도 없소. 남부 무림에서 백전의 비무행을 하는 동안 단 한 번도 패하지 않았으며 이때문에 남부 무림의 수문장이란 별명으로 불리는 걸 모두 알고 있지 않소이까. 또한 최근 신강 최고의 강자인 야율본의 정예들과 야율 형제를 단신으로 격파하였으니, 당금 무림에서 고 문주가 아니면 누가 감히 최고라 불리울 수 있겠소이까?"

군웅들은 석흠의 말을 들으면서 고개를 끄덕거렸다.

당대 최강이라는 건 다소 과장일지 몰라도 지금까지 보여준 고현의 무위는 의심할 필요가 없었다. 그리고 석흠의 말처럼 일인전승으로 사문에 이득이 되는 편파적인 행위를 취할 일도 없었다.

"암, 천룡검주라면 충분한 자격이 있지."

"백전무패의 전적을 아무나 가질 수 있나. 방점으로 야율본까지 찍었는데."

"그렇긴 한데……."

그 외중에 누군가 조심스럽게 조금의 의문을 제기했다.

"사실 야율본이야 그렇다 치더라도 백전의 비무행에 십대 문파 소속의 무인은 없었잖소?"

"어? 듣고 보니 그러네?"

"물론 우리를 대표할 순 있겠지만, 아니 우릴 대표하기엔 부족함이 없지만 십대 문파나 오대 세가를 생각한다면…… 조금……."

고현의 상대 중에는 이름난 강자들도 많았으나 거대 문파의 무인이 없어 약간 격이 떨어지는 것 또한 사실이었다.

군웅들의 술렁임이 의심 쪽으로 향하자 학도가 고현을 보고 물었다.

"석 문주가 그대를 추천하였구려. 귀하의 생각은 어떠시오?"

고현이 앞으로 걸어 나왔다.

고현이 기다리고 기다리던 순간이다. 드디어 천룡검문의 이름을 세상에 널리 알리고 천룡검문의 위상을 드높이게 되었다.

가슴이 벅차왔다.

고현은 동요를 내색하지 않고 석흠과 학도, 그리고 군웅들을 향해 차례로 포권했다.

"부족하오나 맡겨 주신다면, 언제든 강호 무림을 위해서 이 한 몸 바칠 각오는 되어 있습니다."

학도가 못마땅한 듯 눈을 가늘게 떴다.

군웅들 중에는 환호를 하는 이와 불안해하는 이들이 반반이었다. 어딘가 애매한 분위기였다.

그때 무당의 청우가 긴 수염을 쓰다듬으며 앞으로 나왔다.

"석 문주가 추천을 하였으니 빈도 또한 한 명을 추천하겠소. 빈도가 추천할 사람은 여기 백리도일검 학 대협이오."

군웅들이 술렁거렸다.

곧바로 학도가 청우를 향해 포권했다.

"결코 감투를 쓰고자 나선 것이 아니오이다."

"하지만 학 대협께서 초대 맹주를 맡는다는 것도 결코 외람된 일은 아니지요."

청우는 이어 군웅들을 보고 말했다.

"본디 강호 무림을 대표하는 무림맹이라면 마땅한 정당성을 가지고 있어야 하기 마련이외다. 누구를 배척하고 누구를 배제하고 생겨나는 무림맹이 단단히 결속될 수 있겠소이까? 무의미한 얘기요."

군웅들이 또다시 술렁거렸다.

특히 언제나 경쟁관계이던 무당이 화산을 추천한 것이 의아한 이들도 있다.

청우가 팔을 벌리며 나무를 안는 듯 자세를 취해보였다.

"여러분들 모두 본파의 사조께서 관부에 잡혀가 고초를 겪으신 사건을 아실 거요. 관부의 압제에 시달리는 건 비단 여기 계신 여러분들뿐 아니라 본파 역시 마찬가지요. 전례 없이 시행되는 부당과세는 본파도 반대하는 입장이니 관부의 탄압에 맞서려면 모두가 함께 힘을 합해야 하지 않겠소? 그러려면 거센 파도에도 흔들리지 않는 단단한 닻줄이, 돌풍에도 끄떡없는 튼튼한 기둥이 필요한 법이외다."

청우는 낯빛이 좋지 않게 변해가는 석흠을 보고 고개를 살짝 끄덕해 보이더니 말을 이었다.

"일인문파의 맹주라……, 취지는 좋소이다. 하나 그것은 맹주 홀로 보이지 않는 수많은 일들을 감당해야 한다는 뜻이오. 무림맹 내에서, 혹은 강호 전역에서 벌어지는 크고 작은 일들을 말이오. 그러나 만일 사문의 형제들이 있다면 그런 경우 언제든 힘이 되어 줄 수 있소. 작금에 있어 천하제일문파로 우뚝 선 화산파라면 언제 어디에서 무슨 일이 벌어지든 충분히 감당해낼 수 있는 저력을 지니고 있소이다. 일대 매화검수 학 대협이라면 화산파의 힘을 더해 이끎으로서 무림맹을 크게 일으킬 수 있소. 따라서 초대맹주의 자격이 되고도 넘침이 있을 것이오."

청우의 달변에 군웅들이 어쩔 줄 모르고 우왕좌왕했다.

확실히 청우의 말도 틀리지 않았다. 거대 문파는 강호 전역에 분파를 가지고 있으며 심지어 관부에까지 영향력을 끼칠 수 있는 힘이 있다. 그런 배경이 있다면 무림맹의 운영이 한결 수월해질게 분명하다.

소림사를 젖히고 천하제일문파로 거듭난 화산파라면 무림맹 소속의 중소 문파들에게 더욱 안전한 바람막이가 되어줄 터였다.

하지만 거대 문파에 대한 반감이 섣불리 군웅들의 마음을 움직이지 못하게 하고 있었다.

그때 귀빈석의 끄트머리 즈음에 있던 한 명의 노인이 일어났다.

"끌끌, 참으로 좋은 말씀들이십니다. 허면 이번엔 노부가 한 마디 여쭤도 되겠습니까?"

모용가의 대표로 온 모용위가 청우 대신 끼어들었다.

"노인장은 뉘시오?"

이미 한 번의 소개를 들었음에도 모른 척 묻는 무례한 말투였다.

최근 북방 무림에서 신흥 강자로 떠오른 은앙종의 대표라는 걸 모용위도 모르지 않는다. 건방지게 함부로 끼어들지 말라는 뜻이다.

하나 은앙종의 노인은 웃으면서 고개를 숙였다.

"본인은 그저 자그마한 의원짓을 하다가 은앙종에서 장로 자리 하나 꿰차고 있는 필부(匹夫)이올시다."

노인의 눈꼬리에서 청백색의 빛이 어른거려 모용위가 흠칫했다. 서늘한 기세가 피부를 뚫고 들어온다. 모용위도 모용가에서는 낮지 않은 무위를 가졌는데도 소름이 끼칠 정도다. 마치 사공(邪功)을 익힌 듯해 기분이 좋지 않았다. 결코 평범한 노인이 아니다.

모용위는 거리낌을 내색하지 않고 말했다.

"아, 실례했소. 은앙종의 적노(赤老)셨구려. 그렇다면 충분히 발언할 자격이 있지."

은앙종까지는 봐줄 수 있지만 그 밑으로는 더 이상 참견하지 말라는 일종의 경고였다.

모용위의 말뜻을 알아들은 일부 귀빈석의 인사들이 불편함을 감추지 못했다.

원래 은앙종의 적노를 가장한 이는 북해빙궁의 적수의다.

은앙종 자체가 대부분 북해빙궁의 무사들로 이루어져 있다. 후에 북해빙궁이 강호에 자리잡기 위한 발판이다. 태을문과 지루한 싸움을 이어가고 있는 것도 정체를 드러내지 않기 위해서였지 무력이 약해서가 아니었다.

때문에 적수의는 모용위가 가소로워 끌끌 웃었으나 이내 표정을 감추면서 청우를 쳐다보곤 물었다.

"이 노인네의 생각에, 차라리 무당의 청우 도사께서 맹주의 자리에 앉으시는 건 어떠십니까?"

청우는 뜻밖의 얘기에 고개를 갸웃했다.

"제가요? 허허, 빈도는 맹주 자리에 욕심이 없습니다. 너무 과분하지요."

"그것 참 이상하군요."

"예?"

"무당파와 화산파는 서로 각축을 벌이는 관계가 아니었습니까? 상대 문파의 사람을 추천하다니……, 실로 대인의 마음씨요."

"허어, 무림을 위하는 일이니 누가 먼저랄 게 있겠습니까."

"그게 아니지요."

적수의가 날카롭게 물었다.

"자신들끼리는 서로 물어뜯지만 남이 자신들의 영역에 침범해오면 손을 맞잡는다. 그게 오랜 세월 기득권을 지켜온 방법 아니었습니까? 그래서 경쟁 관계인 무당의 학 대협을 추천한 것 아닙니까?"

청우의 표정이 일순 굳었다.

자리에 따라 해도 될 말과 해서는 안 될 말이 있는 법이다. 방금 적수의의 말은 정도가 지나쳤다.

"말씀이 과하십니다?"

적수의가 웃었다.

"산 날보다 살 날이 적은 몸, 주제넘게 한 마디 하였습니다. 불쾌하게 생각하지 마시지요."

적수의는 예의바르게 포권하고는 물러났다.

수양이 깊은 청우였지만 얼굴이 붉으락푸르락해졌다.

황보가에서 온 황보인이 자리를 박차고 일어서며 내공을 담아 사자후로 외쳤다.

"육검문은 이따위 협잡질을 하려고 본인들을 부른 것인가!"

육검문의 다른 문주들이 연달아 일어섰다.

"협잡질이라니!"

"말이 심하지 않소!"

황보인이 삿대질을 했다.

"이것이 협잡질이 아니면 무엇인가! 본인들의 행사에 이용하려고 우리들을 불러? 우리 황보가는 결코 이번 일을 묵과하지 않을 것이다!"

하나 그에 동조하는 군웅들이 없었다. 황보인을 보는 군웅들의 눈초리가 싸늘했다.

군웅들 대부분이 중소 문파의 무인이며, 이미 적수의가 한 말을 다 들은 탓이다.

"맞아. 어쩐지 무당파가 화산파를 미는 게 이상하다 생각했어."

"결국 자기들끼리 해먹으려고 한다는 뜻이잖아?"

"아차했으면 저 도사 놈의 말에 넘어가서 또 예전이랑 똑같이 될 뻔했구먼."

자신과 거대 문파 대표들을 향한 싸늘한 분위기에 황보인의 얼굴도 붉게 달아올랐다.

"이자들이 주제도 모르고 감히!"

눈을 부릅뜨고 수만의 군웅들을 노려보는데 조금도 주눅이 들지 않는 황보인이다.

"여러분, 잠시 빈도의 말을 들어주시오. 황 대협도 잠시 진정하시오."

청우가 다시 한 번 사람들의 이목을 모았다.

"본래 어떠한 조직이든 설립 과정에서의 충돌이나 잡음은 없을 수가 없는 법이오. 하나 그것으로 파장이 된다면 그건 정말로 관부에서 바라는 일이 될 것이오. 비록 취지가 서로 어긋났다 하더라도 이 위기를 힘을 합쳐 잘 헤쳐 나갈 수 있다면, 그보다 좋은 일은 없을 것이외다."

자리를 떠나려던 십대 문파와 오대 세가의 이들이 머뭇거렸다.

초조하게 바라보던 군웅들도 복잡한 마음은 마찬가지였다. 거대 문파의 힘이 필요한 건 사실이었지만 그들의 그늘에서 벗어나고 싶은 생각도 굴뚝같았다.

만일 거대 문파와 중소 문파의 의견이 동일한 수준으로 반영되고 어느 정도나마 동등한 대우가 보장된다면, 그것만으로도 충분하다. 누구라도 기꺼이 무림맹에 참가할 것이다. 대부분의 군웅들은 그런 마음이었다.

어느 정도 소란스러운 분위기가 정돈되고 모두가 단상 위를 쳐다보았다.

그곳에 있는 이들의 결정에 따라 오늘의 일에 대한 성패가 결정된다.

정적을 깨고 육검문의 석흠이 청우에게 물었다.

"청우 도사께 좋은 귀책이 있습니까?"

"다소 시간이 걸리더라도 최우선적으로 맹주 후보자에 대한 검증이 필요하오. 하다못해 여기 있는 모든 분들이 납득할 만한 인물이어야 하지 않겠소?"

모든 분들이라는 말은 사실상 단상 아래의 군웅들이 아니라 십대 문파와 오대 세가다. 그들이 인정할만한 이가 무림맹주가 되어야 한다는 뜻이다.

무림맹주가 선출되고 십대 문파와 오대 세가가 모두 맹에 가입하면 무림맹주의 뜻에 그들도 따라야 한다.

물론 장로회라던가 부속 기구를 만들어 맹주의 권력을 견제하긴 하겠으나, 일단은 그래도 아무나 자신들의 머리 위에 올릴 수 없는 것이다. 그러니 그들이 중소문파 출신의 고현을 인정할 수 있을 리가 없었다.

이미 거대 문파들은 관부에의 인맥으로부터 지속적으로 중소 문파에 대한 압박이 있을 거라는 정보를 입수한 차였다. 시간을 끌게 되면 유리한 건 많은 인적, 재정적 자원을 가진 거대 문파다. 중소 문파는 스스로 허리를 굽히고 들어올 수밖에 없게 된다.

단순히 내뱉은 말 같아도 치밀한 계산 끝에 나온 청우의 말이었다.

"으음."

석흠이 청우의 말에 쉬이 대꾸하지 못하고 있는데, 듣기 거북한 쉰 목소리의 거친 웃음소리가 단상 위를 흘렀다.

"크크큭, 어려운 일이 아니군. 그럼 납득시키면 되지."

모두의 시선이 웃음소리를 향했다.

고현의 뒤에 시립하고 있던 방갓을 쓴 이로부터였다.

강호 무림에서 화제가 되는 인물 중 한 명이다. 고현과 늘 붙어 다니는데 누구인지 정체를 아무도 몰랐다.

청우가 자그마한 체구에 방갓을 쓴 태상에게 물었다.

"무슨 뜻이오?"

태상은 움직이지 않고 대답했다.

"검증이 필요하다며? 그럼 검증을 하면 되지. 이 자리에서."

"그러니까 그 검증이란 게……."

청우의 말을 자르고 태상이 껄끄러운 목소리로 크게 외쳤다.

"칼 밥 먹는 자들끼리 칼질 말고 또 어떤 검증이 필요하다는 것이지?"

청우의 눈살이 찌푸려졌다.

"모든 일에는 절차와 순서라는 게 있는 법이외다."

"아까 누가 그러던데……, 협잡질 하지 말란 말 잊었나?"

심기가 불편한지 불쾌함이 역력한 목소리를 내뱉을 때마다 언뜻언뜻 방갓에서 혈기가 엿보인다.

청우가 마음을 다스리며 도호를 외웠다.

"원시천존……. 그대, 마공을 익혔소? 아니면 부작용이 있는 것이오? 필요하다면 무당에서 노도우(老道友)에게 도움을 줄 수 있을 거요."

"킬킬, 그것이 궁금하면 직접 알아보게 해 주지. 하지만 지금은 내 차례가 아니야."

 태상은 말을 돌리는 청우의 얕은 수를 꿰고 있다는 듯 대번에 무시해버렸다.

 청우가 인상을 쓰며 학도를 보았다.

 어쩌겠느냐는 의미였다.

 학도는 낮게 코웃음을 치며 나섰다.

 "그럽시다. 남들이 보면 내가 무서워서 발을 빼는 줄 알겠소."

 "킬킬."

 태상이 고현을 바라보았다.

 "문주. 힘을 좀 써야겠소."

 고현은 기다렸다는 듯 검을 들고 걸어 나가 학도에게 말했다.

 "멀리 가지 맙시다."

 고현은 가볍게 한번 도약을 하더니 미끄러지듯 허공을 활보하여 단상 아래로 내려섰다.

 "흥."

 학도도 허공에서 세 번을 돌며 단상 아래에 착지했다.

 때 아닌 비무가 벌어지게 되자 군웅들이 크게 흥분했다. 그냥 그런 무인도 아니고 당대에서 가장 손꼽히는 두 사람이었다.

한 명은 야인에서부터 올라온 남부 무림의 고수이고 한 명은 천하제일인에게 사사한 명문 정파 출신의 정통 고수였다. 마음으로야 고현을 응원하더라도 학도의 무위에 얼마나 대항할 수 있을지 알 수 없는 노릇이었다.
 두 사람의 비무가 설레인 군웅들은 단상 아래에 몰려 있다가 멀찌감치 물러나며 자리를 비켜주었다.
 고현과 학도를 중심으로 커다랗고 둥근 공터가 생겼다.
 스릉!
 학도가 검을 뽑았다.
 화산파를 상징하는 매화 문양이 여실히 드러난 아름다운 백색의 보검이었다.
 "화산의 검은 함부로 뽑히지 않으나, 한 번 뽑히면 그만큼 혹독한 대가를 치러야 한다는 걸 그대에게 알려주어야 할 것 같네."
 고현은 조금 무심한 듯 고개를 끄덕였다.
 "화산의 검이라면 귀가 아프도록 들어왔소. 마다하지 않고 견식하겠소."
 학도가 기수식을 취했다.
 "오시게. 삼 초를 양보하지."
 "그러면 학 대협에겐 기회가 없을 텐데?"
 학도의 미간이 꿈틀거렸다. 화를 내는 게 아니라 오히려 웃었다.

"검을 섞기에 앞서 말재간으로 상대의 심기를 어지럽히는 건 하수나 하는 짓일세."

고현은 동요하지 않았다.

"정말 그런지 안 그런지는 검이 말해줄 것이오."

고현도 천룡검을 뽑았다. 오래된 고검이었으나 범상치 않은 예기가 흐르는 보검이었다.

고현은 딱히 기수식을 취하지 않고 학도를 쳐다보았다.

"무림맹주를 결정하는 비무요. 양보를 받고 자시고 해서 해결될 문제가 아니지 않소?"

"어려울수록, 상황이 여의치 않을수록 절차를 지켜야 하는 것일세. 그게 전통을 만들고 명문을 만든다네. 급하다고 의례히 지켜야 할 도리를 지키지 않으면 그건 동네 건달들이나 모이는 삼류 문파와 다를 바가 없는 거라네."

후배에게 가르치는 투의 말투를 듣자 고현의 미간이 꿈틀거렸다.

"본문은…… 결코 삼류 문파가 아니오."

학도가 검을 세웠다.

"그야 검이 말해주겠지."

고현의 눈썹이 치켜 올라갔다.

"방금 학 대협의 오만함이 내 검에서 일말의 인정을 앗아갔다는 걸 똑똑히 기억해두시오."

"기억하는 건 어려운 일이 아닐세. 기억하게 만드는 일이 어렵지."

학도가 공력을 끌어올렸다. 부드럽게 옷자락이 휘날리며 검의 예리함이 짙어졌다.

고현도 단전에서부터 공력을 풀어냈다. 하나 그의 자세는 사뭇 느슨했다. 가볍게 한 발을 내딛고 검끝을 지면으로 늘어뜨렸는데 얼핏 그냥 아무 생각 없이 서 있는 듯 보였다.

'저것이 무량세!'

학도는 경각심에 신경을 곤두세웠다.

'과연 평범하지 않군.'

학도도 검성의 뒤를 좇는 최고 수준의 고수로서 안목이 높은 편이지만 이러한 자세는 처음 보는 것이다. 만일 고현에 대한 소문을 듣지 못했다면 고현이 자신을 조롱한다고 생각하지 저것이 지독한 공세의 기수식이라는 걸 알지 못했을 것이다.

학도는 안법을 써서 고현의 전신을 한 눈에 담아 보았다. 평범하게 서 있는 자세지만 공력을 잔뜩 품었다. 발밑과 상체의 옷깃이 흔들리는 방향이 서로 다르다.

'두 가지 이상의 경락에서 내공을 운용하고 있다는 건

가? 무당의 양의심공과도 달라. 보고도 믿어지지 않다니.'

듣기에 고현은 전혀 다른 무공 초식을 본래 하나인 것처럼 연거푸 쓴다 했다.

학도는 고현을 두고 천천히 좌측으로 돌았다. 고현도 느긋하게 반대편으로 걸으면서 학도를 정면으로 두었다.

어느 순간 조금씩 둘 사이의 거리가 좁혀지기 시작했다.

검을 먼저 쓴 것은 고현이었다.

삭.

자그마한 파찰음이 울리며 고현의 검이 길게 학도를 찔러갔다. 학도가 검을 마주 들어 고현의 검과 검면을 밀착(密着)시키려 했다. 기교를 부려 고현의 실력을 가늠하려는 생각이었다.

화경(化經)이라는 수법으로 고수가 하수에게 이 수법을 써서 검을 맞대게 되면 하수는 마치 검끼리 붙어서 떨어지지 않는 것처럼 느껴지게 된다. 기초가 부족하면 제아무리 검초를 잘 할 줄 알아도 벗어날 수 없다. 의외로 고수들 중에서도 이 작은 수로 승부가 나곤 하는 경우도 있었다.

하지만 고현은 쉴 새 없이 검면을 뒤집으며 검극으로 가볍게 원을 그려 학도의 검로를 방해하고, 즉시 세 줄기의 검광(劍光)을 뿌렸다.

'모용가의 섬광구검?'

자세와 느낌은 달랐으나 검초에서 느껴지는 묘리는 모용가의 검법처럼 느껴졌다.

학도는 눈살을 찌푸리며 즉시 수세로 전환했다. 크고 작은 여섯 개의 동그라미를 그려 전면을 촘촘히 막았다. 혹시나 해서 약간 과하다 싶게 방어를 펼친 것인데 아니나 다를까, 세 줄기의 검광이 다시 세 줄기씩으로 분리되어 아홉 개의 검광이 되어 쏟아졌다. 섬광구검보다도 더 발전된 검초였다.

'허!'

학도는 감탄을 금치 못했다.

짜라락!

학도가 그린 동그라미에 고현의 검광이 걸리며 빛이 산란했다.

지켜보던 군웅들이 한 순간 눈을 감아야 할 정도로 눈부신 빛이 번쩍거렸다.

학도는 안법을 사용해서 눈을 감지 않고 버티고 있다가 섬란(閃亂) 뒤에 날아오는 시커먼 손바닥을 보고 깜짝 놀랐다.

'보, 복호장법(伏虎掌法)!'

복호장법은 화산파의 무공이다. 조금 다른 듯해도 묘리는 같다. 두 개의 장력을 겹쳐서 두 배의 위력을 내는 장법인데, 어이없게도 고현은 그것을 섬광구검에 겹쳐 쓴 것이다.

얼핏 보기에 서로 다른 무공을 사용하는 것 같다는 강호의 소문이 사실로 드러나는 순간이었다.

학도는 아직 여섯 개의 방원(防圓)을 그린 후 검도 회수하지 못한 채였다. 할 수 없이 왼손을 활짝 펼쳐 같은 복호장법으로 쳤다.

퍼엉!

학도가 뒤늦게 장력을 쏟긴 했지만 네 걸음을 밀려났고 고현은 두 걸음을 밀려났다. 고현의 내공이 학도를 월등하게 넘어선다는 뜻이다.

게다가 어느샌가 손바닥을 통해서 고현의 경력이 파고들어와 있었다. 이것은 복호장법이 아니라 청성파의 최심장(催心掌)이 가진 묘리이다!

'언제!'

학도는 크게 놀랐으나 노련하게 표정을 숨기고 급히 심장까지 파고드는 고현의 경력을 차단시켰다.

조금만 늦었어도 심장이 멈출 뻔했다.

학도는 어이가 없어서 고현을 빤히 쳐다보았다.

강호에는 비슷한 무공초식이 수도 없이 많다. 하지만 최고의 무공초식은 하나뿐이다. 십대 문파와 오대 세가에 전해지는 일부 무공들이 바로 그러하다.

그런데 지금 고현은 그보다 발전된 초식을 쓰고 있으면서 또 한꺼번에 마구 사용하고 있다.

바탕이 십대 문파와 오대 세가의 그것이 아니라고 하긴 힘드나 또 딱히 그것이라고 할 수도 없는 기묘한 검초들.

섬광구검의 묘는 현란한 검광으로 상대를 현혹시키는 데 있다. 하여 검면을 쉬지 않고 좌우로 뒤집는다. 섬광구검을 대성하면 상대를 눈 뜬 장님으로 만들 정도로 완벽하게 빛의 산란을 조절할 수 있게 된다고 한다.

복호장법의 묘는 같은 초식을 거푸 사용하는 것인데 그 간격을 자유롭게 조절하게 되면 대성했다 말한다.

최심장은 장력을 격중시키면 거기에서부터 심장까지 장력을 타고 올라가게 만드는 고도의 절기다. 초성(初成)에서는 심장 부근에서만 가능하지만 대성하면 몸 어디를 격중시켜도 같은 효과를 낸다 한다.

세 무공은 완전히 다르다.

게다가 고도의 깨달음이 필요한 무공들이다.

한데 그러한 상승 무공초식들을 하나로 묶어서 자연스럽게 사용한다?

그것뿐만이 아니다. 지금 학도가 대략 센 것은 세 가지의 무공 초식이었으나 실제로 거기에 두어 가지 정도는 더 들어가 있는 듯했다.

'섬광구검에 복호장법을 붙이고 복호장법에 최심장을 섞었다. 그리고 최심장에는 암경을 사용하는 수법으로 기운을 숨겼고, 장력을 뚫고 들어가는 수법에 무언가를 또 이용했어.'

거기다가 그것들을 모두 제대로 쓰기 위해서 필요한 신법과 보법들은 또 어떻고?

남이 볼 땐 겨우 일합 이 초식을 겨룬 것인데 실제로는 몇인지도 모르는 수의 초식이 숨겨져 있었다.

학도는 혀를 내둘렀다.

'말도 안 되는 괴물이군.'

이러니까 남부 무림의 수문장이라 불리었을 터였다. 어지간한 무인들은 지금의 한 수도 제대로 막아내지 못했을 게 뻔하다.

"하지만."

학도가 입을 열었다.

"조금이나마 자네보다 오래 산 연장자로서 오지랖을 떨자면, 남의 것을 모방만 해서는 결코 일류가 될 수 없다네. 하물며 전 무림을 대표할 맹주가 독문무공조차 갖추지 못했다면 더더욱이 말일세."

고현은 방금까지 굉장한 초식들을 연이어 펼쳐냈음에도

숨이 전혀 차보이지 않았다. 여전히 태연하게 늘어선 자세로 대꾸했다.

"오지랖 맞소."

"흠, 이해하네. 사람은 누구나 쓴 맛을 보기 전엔 쓰다는 걸 모르는 법이지."

"오지랖이 맞다고 했잖소. 학 대협의 오만함을 징치하기 위해서 한 번 놀아본 것이오."

"뭐라고?"

이걸 겨우 한 번 놀아본 거라고?

"절망이 얼마나 높은 데에 있는지 알려드리려고 맛만 보여줬단 뜻이외다. 본문의 천룡검을 견식할 자격이 있는지."

건방진 말투에 학도가 눈을 치켜뜨는데, 고현의 옷자락이 다시 한 번 펄럭였다. 이번에는 제대로 할 생각인지 팽팽하게 공기가 차올라 옷이 부풀어 오른다.

고현은 검을 사선으로 삐딱하게 세우고 말했다.

"말씀 드리자면, 오십 번째의 비무행 이후로 본문의 무공을 선보이긴 오늘이 처음이외다."

학도는 불쾌했음에도 그 역시 무인인지라 크게 호기가 치밀었다. 학도도 공력을 끝까지 끌어올렸다. 그의 옷이 둥글게 부풀고 머리카락이 하늘로 하늘거리며 치솟았다.

"좋군! 누군가 나 역시 누군가에게 평가받긴 나의 사부님 이후로 처음일세!"

구우우우우.

두 고수가 공력을 한껏 올리자 주변의 공기가 팽팽하게 당겨졌다가 퍼져나갔다. 두 사람을 중심으로 원을 그리며 바닥의 흙이 먼지 구름이 되어 밀려나가기 시작한다.

고현이 툭 하고 가볍게 도약하며 앞으로 날아갔다.

눈에 보이진 않지만 끈적하게 펼쳐진 학도의 간격, 그 간격의 그물을 힘으로 부수며 나아가는 중이다.

학도는 전신에 소름이 돋았다.

조금 전엔 대단한 기교를 보여주더니 이번엔 힘으로 간격을 무지막지하게 좁히며 들어오는 것이다.

학도는 검을 허리쯤으로 들어 올렸다. 그의 검봉에서 뿌연 기운이 맺혔다.

지켜보던 군웅들이 탄성을 질렀다.

"아!"

"검강이다!"

강호의 모든 무인들 중에서 천 분의 일만큼 만이 검기를 쓸 수 있고, 또 그중 선택된 백 분의 일만이 사용할 수 있다고 불리는 검강이었다.

학도의 손에서 눈물이 날 만큼 아름답고 치명적인 검강

의 꽃이 그려졌다.

　세상에 존재하는 그 무엇이든 강제로 삭제해버릴 수 있는 절대의 힘이 매화로 화해 피어나고 있었다.

　한 송이, 두 송이…….

제 4 장

그를 꺾으면 맹주가 된다

　학도는 화폭에 붓을 놀려 그림을 그리듯 허공에 계속해서 꽃망울을 피워냈다. 벌써 십여 송이가 넘어갔다.
　가지가 뻗고 꽃이 활짝 만개하고 꽃잎이 날린다. 어디선가 진한 매화향이 풍겨오는 듯하다.
　군웅들은 학도가 그려내는 매화의 화려함에 넋을 잃었다. 정신을 잃고 그 안에 갇히면 흔적조차 남지 않을 것을 알면서도 거기에 뛰어들고 싶을 정도였다.
　아니, 뛰어들었다.
　고현이.
　고현은 자신의 존재 자체를 지워버릴 듯 피어나는 매화

의 꽃송이들로 대담하게 파고들었다.

그리고는 아래에서부터 위로, 조금의 힘도 들이지 않고 춤을 추는 것처럼 크게 팔을 뻗어서 빙그르르 한 바퀴 회전했다.

매화의 꽃송이들을 커다란 구(球)의 밤하늘이 감쌌다. 밤하늘에 수많은 별들이 반짝거렸다. 별들이 모여 하나의 큰 달이 되었다.

"포검망월(抱劍望月)."

천룡검법의 절초 포검망월.

그 초식명을 조용히 읊조린 것은 고현이 아니라 태상이었다.

가지가 부러지고 꽃망울이 짓이겨져 꽃잎이 흩날렸다.

화산파의 백리도일검 학도가 힘에서 확연히 밀렸다.

하지만 학도의 공세는 아직 풀어지지 않았다. 떨어지는 꽃잎 한 조각 한 조각이 여전히 위험한 강기의 칼날이다.

매화의 아름다움은 꽃이 지고 나서도 계속되는 법.

사라락.

학도가 물러서지 않고 매화검법의 초식을 펼치자 주위에 흩날리던 강기의 꽃잎들이 검봉에 휘감기며 은하수처럼 흐른다.

이십사수매화검법(二十四手梅花劍法) 선화후록(先花後綠)!

방금보다도 더 위력적인 검초가 쏟아졌다.

전의 고현이라면 아마도 이런 상황에서 쉽게 대처하지 못하고 억지로 다른 초식으로 바꾸느라 기혈이 역류했을 것이다.

하지만 지금의 고현은 달랐다. 태상에게 무량세를 사사하면서 이제 서로 상반된 묘리와 내공운용을 가진 그 어떤 초식이라도 연계할 수 있게 되었다.

고현은 천공부퇴번신의 초식을 펼쳐 선화후록에 맞섰다.

전환이 아니라 연계였다. 기혈에 무리를 주지 않고 포검망월에서 천공부퇴번신이 놀랍도록 자연스레 이어졌다.

이미 예전에도 내공만으로는 강호 최고의 수준에 올랐던 고현이다. 내공의 운용이 자유로워지면서 초식에 깃든 파괴력도 월등히 높아졌다.

학도의 검세는 한 순간에 와해되었다.

붕검탄비요격, 쇄, 충, 탄!

고현은 천룡검문의 화려한 초식을 계속해서 사용했다.

학도는 순식간에 수세로 몰리고 말았다. 반격은커녕 막기만도 벅찬 상황이 되었다.

고현은 심하게 밀어붙이지는 않았다. 적당히, 하지만 학도가 전력을 다해 막지 않으면 안 될 만큼의 공격을 가했다.

학도의 얼굴이 크게 일그러졌다.

"크윽!"

손에 사정을 둔 게 아니다. 마치 사람들에게 천룡검문의 검법을 선보이려 일부러 그러는 느낌이었다.

그것을 깨달은 학도가 이를 악물고는 한줌의 진기까지 끌어올려서 최후의 일 초를 준비했다.

칠절매화검(七絶梅花劍)의 절초 매화진향(梅花振香).

우르릉!

학도의 검이 크게 떨리면서 벼락 소리를 냈다.

수십 줄기의 검기가 다발로 날아갔다.

고현은 승부를 내야 할 때임을 느끼고는 검을 등 뒤로 돌려 세우면서 왼발로 진각을 밟고 좌장(左掌)을 뻗었다.

천룡강림(天龍降臨) 개(改)!

콰앙!

유성처럼 날아오는 수많은 검기의 검세와 장력의 파도가 맞부딪쳤다. 가늘고 긴 검기들은 가닥가닥 부러져나가고 일부는 파도에 휩쓸려 흔적도 없이 사라졌지만, 장력의 위력이 급감하며 대부분 상쇄되었다.

그런데 그 뒤에 하나의 장력이 더 날아온다. 파도의 뒤를 해일이 따르고 있었다.

복호장법의 묘리가 천룡강림의 장법에 이용된 것이다.

학도는 전력을 다해 검초를 펼쳐서 한순간 단전이 텅 비었다. 날아오는 장풍을 막을 수가 없다.

"티잉!"

학도의 손이 치켜들려지고 손에 들렸던 보검이 공중을 날았다. 날아간 보검이 흙바닥에 반이나 박히며 부르르르 떨었다.

매화의 잔향(殘香)이 사방으로 퍼졌다.

학도는 고현을 보며 망연자실한 표정을 지었다.

검수가 목숨과도 같은 검을 놓쳤다. 손아귀는 찢어져 붉은 피가 줄줄 흐르고 있고, 어깨가 탈구되며 손목까지 부러졌다. 승부를 인정하지 못한다 하더라도 다시 싸울 수 있는 상태가 아니다.

학도는 씁쓸하게 고개를 저었다.

실력이 비슷해야 억울하다고나 할 것이고, 다음에 다시 한 번 붙어보자는 말이라도 할 텐데 그런 말도 할 수가 없다.

자신은 최선을 다했지만 고현은 지친 기색조차 없었다. 잠깐 호흡을 가다듬는 사이에 평온을 되찾는 고현을 보니 벽이 느껴진다.

"허허허."

허탈하게 학도가 웃자, 지켜보던 군웅들은 놀라움을 금

할 수가 없었다.

단순한 개인의 비무가 아니었기에 의미가 더욱 뜻 깊었다.

중소 문파의 일인이 유서 깊은 명문 거대 문파의……, 그것도 당대에 천하제일문파로 거듭난 화산파의 현역 최고 고수를 이긴 것이다!

군웅들은 얼떨떨한 표정으로 중얼거렸다.

"이겼어……?"

"백리도일검 학도를?"

군웅들은 서로를 돌아보다가 갑자기 소리를 질렀다.

"우와아!"

"와아아!"

"화산파를 남부의 수문장이 꺾었다!"

"십대 문파도 별 것 아니네!"

한 순간에 회장을 뒤흔드는 어마어마한 함성이 터져 나왔다.

군웅들은 환호성을 터뜨리며 고현의 이름을 부르짖었다. 무림맹주로서 두 명이 추천되었는데 그 둘이 싸워 한 명이 이겼으니 더 이상 왈가왈부할 필요가 없는 것이다.

그러자 난감해진 건 거대 문파의 일원들이었다.

이대로 고현을 인정할 수도 없고 그렇다고 고현과 싸울

수도 없었다. 시종일관 우세하게 학도를 몰아붙이는 걸 보았는데 싸우자는 말이 나오기가 어렵다.

개인 대 개인이라면 모를까, 문파를 대표하는 입장에서 자신이 패배한다면 문파에 큰 누를 끼치게 되는 것이다.

때문에 십대 문파와 오대 세가의 대표들은 학도를 주시했다. 그가 하는 말에 따라 대응을 결정해야 할 판이었다.

학도는 아직 아무런 말도 하지 않고 있다. 자신의 패배에 큰 충격을 받기도 했지만 다른 대표들과 마찬가지로 이해득실을 따지느라 생각을 하고 있는 중이기도 했다.

학도가 섣불리 서두를 꺼내지 못하자 군웅들이 외쳤다.

"인정해!"

"억지 부릴 생각 말고 인정해라!"

결국 학도는 등에 떠밀리듯 침중한 안색으로 부러진 팔의 반대 손을 가슴에 올렸다. 그리고는 살짝 고개를 숙였다.

"훌륭한 실력이었네."

고현이 검을 안쪽으로 향하게 거두고 별 말 없이 포권했다. 세 치 혀를 놀리는 건 그의 역할이 아니다.

육검문의 석흠이 나섰다.

"좋은 승부였습니다만…… 결과가 나왔군요. 학 대협께서는 승복하시겠습니까?"

학도는 쉬이 대답을 하지 못하다가 끄덕였다.

"그렇소."

석흠이 단정 짓듯 말했다.

"화산파의 가맹(加盟)은 당 맹에 커다란 힘이 될 것입니다. 안 그렇습니까?"

학도의 눈썹이 꿈틀거렸다. 석흠의 요사한 혀놀림에 대꾸하고 싶으나 비무에 진 몸으로 차마 입을 열기가 어렵다.

그때 청우가 박수를 치며 끼어들었다.

짝짝짝.

"남부의 수문장이란 명성이 허명이 아니었구려. 강호에 신성(新星)이 나타났으니 무림의 커다란 홍복(洪福)이 아닐 수 없소이다."

고현을 굳이 신성으로 표현한 말에 석흠의 표정이 굳었다. 연륜이 부족하다는 부정적인 의미를 은근히 내포하고 있다.

"하하! 그가 무림맹주가 된다면 무림에 더욱 커다란 홍복이 되겠지요."

청우가 슬쩍 웃으며 고개를 저었다.

"고 문주는 보기 드물게 강한 무인이오. 그의 실력은 빈도 또한 인정할 만하오. 하나 안타깝게도 지금 보여준 것이 전부라면 고 문주는 무림맹주가 될 수 없소. 그래도 굳이

고 문주가 맹주의 자리에 앉으려 한다면 우리 무당은 부득이 귀 맹에 도움을 드리기 어렵겠소."

청우의 단언에 지켜보던 군웅들이 술렁이고 석흠의 표정은 일그러졌다.

"청우 도사의 말씀을 아둔한 저로서는 이해하기 어렵습니다만? 현역에서 활동하는 이들 중 가히 최고라 손꼽을 수 있는 화산파의 백리도일검 학 대협을 꺾은 고 문주이외다. 학 대협조차 인정하였는데 어째서 귀 무당파에서는 고 문주를 인정하기 어렵다는 것인지……."

육검문의 다른 문주도 앞으로 나서서 항의했다.

"만일 청우 도사께서 언급하신 배경이 필요하다면 육검문이 그 역할을 하리다. 우리 육검문이 고 문주의 든든한 배경이 되어줄 것이요. 그것으로도 부족하오리까?"

청우가 다시 고개를 젓는다.

"허허. 화동과 중남의 문파들을 규합하면서 단일 문파로 최대의 규모를 이룬 육검문이 어찌 부족하다 하겠소이까. 빈도는 그저 검증이 부족하다는 뜻이오, 검증이."

"화산파의 백리도일검 학 대협으로도 검증이 부족하다는 거요?"

"빈도는 이 자리에 있는 모든 이들이 인정해야한다고 분명히 말한 바 있소이다."

그러자 황보인이 뛰어나와 청우의 말에 한 마디를 보탰다. 그가 내공을 담고 수만의 군웅들이 들으라는 듯 외쳤다.

"강호가 저잣거리인가? 십대 문파와 오대 세가가 조그마한 동네 시전(市廛)인가! 여기 단상의 대협분들은 적게는 오백 년, 많게는 천 년의 전통을 지켜온 문파에서 오신 분들이다! 그런 문파가, 막말로 무공 좀 할 줄 안다고 해서 아무런 연고도 없이 갑자기 툭 튀어나온 작자를 뭘 믿고 따를 거라 생각하는 것인가!"

석흠이 얼굴을 일그러뜨리고 물었다.

"학 대협을 쓰러뜨린 것으로는 부족하다?"

"부족하지!"

황보인이 큰 소리로 말했다.

"열 길 물속은 알아도 한 길 사람의 생각은 모르는 법! 제아무리 일인문파라 하더라도 가슴에 무슨 생각을 하고 있는지 누가 장담할 수 있는가? 속셈을 모르는 이상, 제대로 인정을 받고 싶다면 정말로 당금 무림의 일인자라 불릴 수 있는 자를 데려와야 할 것이다!"

석흠이 분노했다.

"억지가 과하오! 도무지 들어줄 수가 없군! 무림맹에 귀하들이 참가하지 않는다고 우리가 벌벌 떨 거라 생각한다면 큰 오산이외다!"

육검문의 문주들과 다른 명사들이 연달아 소리쳤다.

"십대 문파와 오대 세가는 우리의 인내심이 이미 바닥을 드러냈다는 걸 알아야 할 거요!"

"더 생각할 게 무어 있겠소! 저들을 내버려두고 우리끼리만 무림맹을 만들어도 충분하오!"

"그렇소! 어차피 무림맹을 창설해도 뒤에서 잇속이나 챙기려드는 자들은 필요 없소!"

군웅들도 분개했다. 비난과 야유가 쏟아졌다.

십대 문파와 오대 세가의 대표들의 얼굴은 모욕감에 붉으락푸르락해졌다.

황보인이 제일 먼저 선언했다.

"우리 황보가는 이번 일에서 손을 뗀다!"

청성파의 대표도 그에 동의했다.

"본파 역시 맹의 설립에 참가할 수 없겠소이다."

나머지 대표들도 제각기 반대 의사를 표하며 자리에서 일어섰다.

그 모습을 바라보는 석흠의 눈가에 작은 웃음이 그려졌다.

대회합은 파행으로 치달았고, 그 결과는 중소 문파와 거대 문파와의 분열로 귀결되려는 찰나였다.

이미 거대 문파의 대표들은 옷자락을 떨치고 일어나 돌아가려 하고 있었다.

그런데 그 순간.

"그것도 증명하면 되나?"

천룡검문의 태상이 던진 한 마디에 모두가 주춤했다.

청우가 태상을 보고 물었다.

"무슨 증명을 하겠다는 것이오?"

태상이 답했다.

"클클. 물론 무공이지. 배경이야 육검문이 되어준다 했고, 연고야 이제껏 폐관수련을 하였으니 어쩔 수 없고. 허면 남은 건 무공뿐인데, 그럼 네놈들 말처럼 무공으로 증명하면 되는 것 아닌가?"

"말투가 무례하군!"

황보인이 울컥해서 소리쳤지만 태상은 웃었다.

"무례는 필요 없고, 결론만 말하지."

청우가 황보인을 말리면서 태상을 마주보았다.

"말해보시오."

"현실적으로, 당금 무림에서 일인자라고 해서 어디로 숨었는지 코빼기도 보이지 않는 검성을 찾아 싸울 수는 없는 일이야……. 안 그래?"

자신의 사부인 검성 윤언강을 우습게 보는 말투에 학도

가 주먹을 쥐었으나 그 역시 청우가 말렸다.

태상이 계속해서 말했다.

"그렇다고 곧 골방으로 물러날 전대의 늙은이들을 찾아가는 것도 시간낭비인 일이야. 왜? 그들도 이미 누군가에게 패배했으니까."

십대 문파와 오대 세가의 이들이 흠칫했다.

"그 말은 혹시……."

태상이 웃었다.

"킬킬킬. 바로 그래. 그대들이 생각하고 있는 그 녀석이야. 당금에서는 몰라도 명년에는 천하제일이라 불리울 수 있는 유일한 녀석."

십대 문파와 오대 세가의 대표들을 비롯해서 군웅들마저도 침을 꿀꺽 삼키며 긴장했다.

태상이 말한 '녀석'이 누구인지 모르는 사람은 아무도 없었다.

청우가 호흡을 몇 번이나 고르면서 물었다.

"하지만 소림소마는 곧 금분세수를 하고 은퇴할 것인데……."

태상이 소리를 질렀다.

"갈(喝)! 누구 마음대로!"

갑자기 돌변해서 소리를 지르는 바람에 근처에 있던 이

들이 당황해 했다. 태상은 씩씩거리며 단상 가운데로 걸어 갔다.

거친 호흡을 가다듬는 데에 잠깐을 소요한 태상이 말했다.

"그래. 금분세수까지 시간이 얼마 남지 않았지. 하지만 금분세수 날을 맞출 순 있네. 그날까지는 무림을 떠난 게 아니야."

육검문 문주들의 얼굴이 하얗게 질렸다.

"태, 태상?"

하지만 태상은 그들을 신경도 쓰지 않고 말했다.

"소림소마라면 여기 있는 너희들이 몽땅 덤벼도 감당하기 어렵겠지? 만일 고 문주가 그 소림소마를 쓰러뜨린다면 어떨까?"

"소림소마를……?"

십대 문파와 오대 세가의 대표들의 얼굴에 고민이 역력히 드러났다.

우내십존만 제외하면, 누가 뭐래도 지금 강호에서는 소림소마 장건이 제일 고수에 가깝다. 심지어 최근에는 무당의 환야가 직접 장건을 죽이러 갔다가 실패했다는 소문도 거대 문파들 사이에서 비밀스럽게 돌고 있는 판이다.

여기 있는 이들조차 한 번 붙어보고 싶다는 생각은 있어도 이긴다고는 말하기 어렵다. 서가촌에 있는 거대 문파의 최고수들마저도 사실상 장건에게 한 수 접고 들어가야 하는 게 사실이다.

서장 뇌음사의 최고수 혈라마도 장건을 인정하고 불침(不侵)을 약속했다지 않은가!

그만큼 당대 강호에 무용을 떨치고 있는 장건이다.

만약 고현이 장건을 꺾는다면 고현의 무위를 누구도 의심하지 못할 것이다.

그러나 사실 거대 문파의 대표들은 좀 다른 생각을 하고 있었다.

고현이 학도를 꺾긴 하였으나 그가 장건을 이길 확률은 적다고 보았다.

지면 좋은 거고 이긴다면 수긍해야 한다. 장건을 쓰러뜨리는 순간부터 이미 그는 새로운 시대의 천하제일인임에 틀림없으니까…….

하여!

청우는 다른 대표들과 암암리에 눈짓을 주고받았다. 십대 문파와 오대 세가의 대표들은 조금 갈등하였으나 모두 고개를 끄덕였다.

청우가 대표로 대답했다.

"좋소. 그렇게 합시다."

지켜보던 중소 문파의 군웅들은 청우의 대답에 크게 놀랐다.

화산파의 백리도일검 학도를 꺾은 천룡검문의 고현과 사실상 차세대의 천하제일인으로 여겨지던 소림소마 장건의 대결이 성사되었다!

학도와 고현의 대결은 그저 그 전초전밖에 되지 않았던 것이다!

청우가 무덤덤한 얼굴로 서 있는 고현을 가리키며 소리쳤다.

"천룡검주 고현!"

고현이 청우를 바라보았다.

군웅들도 숨죽이고 청우와 고현을 주시했다.

잠시 말을 멈추고 있던 청우가 말했다.

"귀하가 소림소마를 꺾는 순간, 그대가 맹주요."

군웅들은 그 말을 듣는 순간 너도 나도 피가 끓어올랐다.

차갑게 식어가던 대회장의 열기가 뜨겁게 달아올랐다.

군웅들은 참지 못하고 목이 터져라 소리를 질러댔다.

"와아아아—!"

차세대의 무림맹주, 차세대의 천하제일인을 가르는 세기의 대결.

만일 은퇴를 앞둔 장건이 이긴다면 이후 강호의 질서가

매우 복잡해질 걸 알면서도 모두가 환호했다.
 흥분하지 않을 수 있는 무인은 아무도 없었다.
 설사 삼류 무인이라 할지라도!

                    *   *   *

 깊은 밤.
 고현은 육검문에 마련된 숙소의 뒤뜰로 나왔다.
 보름달이 떠 대낮처럼 밝은 풍경 속에서 태상은 멍하니 하늘을 바라보며 서 있었다.
 고현은 태상의 옆에 가 섰다.
 차가운 바람이 살을 엘 듯 불어 왔지만 두 사람은 한참이나 말없이 서 있었다.
 "본래 계획은……."
 고현이 담담한 얼굴로 갑자기 말을 꺼내기 시작했다.
 "거대 문파를 대부분 제외시키고 중소 문파만의 무림맹이 되어야 하는 거였소. 그러니까 아까 거대 문파의 대표들이 너도나도 무림맹에 가입하지 못하겠다고 했을 때에……, 그때에 태상이 나섰으면 안 되는 거였소. 그랬으면 중소 문파와 거대 문파는 완전히 척을 진 상황이 되었을 거요. 화산파도 분위기를 타 슬그머니 발을 뺐겠지."

태상은 침묵했다.

고현이 계속해서 말했다.

"그게 '그들'이 우리에게 말한 계획이었소. 하지만 태상이 끼어듦으로써 계획은 엉망이 되었소. 내가 진다면 무림맹은 거대 문파에 먹힐 것이고, 내가 이긴다 해도 거대 문파를 품어야 하니 상황은 더욱 난장판이 될 거요. '그들'이 원한 것처럼 중소 문파와 거대 문파가 대립하는 판은 당분간 짜이기 어렵겠지."

두 사람은 다시 한동안 말이 없었다.

고현은 태상이 바라보고 있는 달을 함께 쳐다보았다. 환한 달빛이 달무리들을 물려내며 비추고 있었다.

"내가 그를 만나길 원하오?"

고현은 또다시 뜬금없는 질문을 던졌다.

하지만 무슨 의미인지 알아들었던지 태상은 멍하니 달을 응시하고 있다가 혼잣말을 하듯 흐릿한 발음으로 대답했다.

"원하지……."

고현의 얼굴이 굳었다.

"그랬구려. 태상이 늘 그리워하던 이가 바로 그였구려. 언제나 가슴에 담고 있던 이. 태상이 가장 뛰어난 무인이라 늘 칭찬하던……."

고현은 아랫입술을 깨물고 물었다.
"얼마나 남았소?"
"넉 달."
태상은 죽어가고 있다…….
그의 마지막이 머잖은 것이다.
고현은 지그시 눈을 감았다.
"가겠소."
태상의 미간이 일그러지면서 언뜻 혈광이 스쳐갔다.
"클클. 내가 그대를 이용했다는 걸 알면서도 하겠다고?"
"태상이 원한 일이니까."
고현의 고개가 조금 숙여졌다.
"태상은 지금의 나를 있게 해준 매우 소중한 사람이오."
고현이 고개를 다시 들었을 때 고현의 눈에서 맑은 정광이 뿜어져 나왔다. 달빛보다도 환해서 마치 눈동자가 황금색인 것처럼 보였다. 고현은 이미 입신의 경지가 노화순청(爐火純靑)을 지나 극에 달해 있었다.
"하지만 태상이 생각한 대로는 되지 않을 거요. 왜냐하면 그날 소림소마는 내 손에 쓰러질 테니 말이오."
태상이 기묘한 얼굴로 고현을 쳐다보았다.
그러다가 태상의 입가에 웃음이 배었다.
흠칫.

고현은 자기도 모르게 몸을 떨었다가 태상을 뒤에 두고 몸을 돌리며 중얼거렸다.

"두고 보시오. 어차피 소림소마에게는 갚아야 할 빚도 있으니."

　　　　　＊　　＊　　＊

무림맹 설립 추진의 파란(波瀾).

무림맹이 전통적으로 마교나 새외세력의 침략에 대항하기 위해 생겨났던 것을 생각해 보면 이번 무림맹은 관부의 압제에 능동적으로 대처하기 위해 설립된다는 점이 매우 이례적이었다.

일부 의인(義人)들은 이익만을 쫓는 세상을 한탄하기도 하였으나 이미 세태는 되돌릴 수 없었다. 하지만 그 와중에도 사람들의 마음을 뒤흔드는 일이 있었으니, 바로 천룡검주의 비무행이었다.

백전의 비무행을 모두 승리하고 연이어 검성의 수제자인 백리도일검까지 차례로 격파하는 위엄을 보인 천룡검주였다.

그가 마침내 차세대의 천하제일인으로 꼽혔던—하지만 은퇴를 예정 중인— 소림소마에게 도전장을 던진 것이다!

이것은 강호를 뒤흔들었던 소림소마의 무용담이 이대로 끝나는가 하고 아쉬워했던 사람들에게도, 천룡검주 비무행의 끝이 어디까지인가 궁금했던 사람들도 모두가 들뜰 수밖에 없는 소식이었다.

모두가 기대하는 천룡검주와 장건의 비무는 약 한 달 반 앞으로 다가온 장건의 금분세수날로 잠정적 결론이 났다.

*　　*　　*

남궁가의 장원.

심처(深處) 비밀스럽게 자리 잡은 지하 석실의 문이 열렸다.

그그그그.

기관장치가 해제되면서 두터운 석문이 밀려났다.

쉬익, 뜨거운 공기가 안쪽에서 바깥으로 밀려나왔다.

운무에 휩싸인 채 반 벌거숭이나 다름없는 문사명이 그곳에서 모습을 드러냈다.

딸랑딸랑.

기관장치와 연결된 종이 울리고, 얼마 지나지 않아 남궁지가 지하로 내려왔다.

남궁지가 다소 뜻밖이라는 듯 물었다.

"무슨 일이죠?"

문사명은 가만히 위쪽 천장들을 둘러보더니 대답했다.

"사부님의 목소리가 들렸소. 사부님이 나를 부르셨소."

"……."

남궁지는 손에 든 새 의복을 문사명에게 건네면서 말했다.

"이곳에는 당신과 나, 둘 외에는 아무도 없어요."

문사명이 폐관수련을 한 이곳은 장원의 가장 안쪽이었다. 장소 자체도 비밀스럽거니와 수백이 넘는 식솔들과 무사들이 곳곳에 있었다. 대낮에 그들의 눈을 모두 피해 들어와서 문사명에게 말을 건다는 건 불가능했다.

당장에 남궁지가 폐관수련실 앞 정자에서 매일 문사명을 기다리고 있었던 것이다.

하지만 문사명은 확신하듯 강한 어조로 말했다.

"분명히 사부님의 음성이었소."

남궁지는 문사명이 새 무복을 받기를 기다렸다가 물었다.

"당신의 사부님이 뭐라고 하셨지요?"

"때가 되었다고. 이제 그만 나오라 하셨소."

남궁지의 미간에 작은 찡그림이 생겼다. 생각보다 출관이 빨랐던 것도 그렇지만 환청을 들었다기에도 참으로 묘한 시기였다.

"장 소협이 금분세수를 선언하자 천룡검문의 문주 고현이 도전을 선언했어요."

"아아, 그래서 사부님이 나를 불러내신 것 같소."

남궁지는 이해할 수 없었지만 문사명은 이유를 알겠다는 투로 고개를 끄덕였다.

"천룡검문의 문주는 소림소마에게 도전할 수 없소. 소림소마를 죽이는 건 나여야만 하오."

남궁지는 문사명의 두 손을 잡았다. 문사명이 흠칫 놀라며 남궁지를 쳐다보았다.

무표정한 듯하지만 어딘가 걱정하는 듯 보이는 얼굴로 남궁지가 물었다.

"성취는?"

문사명이 웃으면서 자신 있게 남궁지의 손을 맞잡았다.

"조금 전 제왕진검을 대성했소. 조부의 검법은 확실히 대단하더구려."

그제야 남궁지는 문사명에게서 조금의 기세도 느껴지지 않는다는 걸 깨달았다.

무공을 익힌 흔적이 겉으로 전혀 드러나지 않고 있다!

반박귀진이야 예전에 이미 진입한 것으로 알고 있었으나, 지금의 느낌은 또 달랐다.

"보시오."

문사명이 옆으로 손을 뻗었다.

퍽.

문사명의 검지와 중지에서부터 반투명한 아지랑이가 길게 뻗어 나와 석벽에 박혀 있었다.

아무런 준비 동작도 없이 거의 순간적으로 검결지로 검기를 뿜어낸 것이다.

"너무……."

"너무 이르다고? 그대가 걱정할 만하오. 나도 놀랐으니까. 자고나면 성장해 있고, 또 자고나면 성장해서 나날이 실력이 일취월장하는데 나도 놀랄 지경이었소."

서서히 문사명의 눈이 타올랐다.

"이 모두가 소림소마 때문에 생긴 일이니, 그에게 감사해야겠소. 지금의 나는 설사 내 사부님이라 할지라도 벨 수 있을 것 같소."

"문 소협……."

문사명은 걱정 말라는 듯 웃었다.

"배가 고프구려. 떠나기 전에 함께 식사나 합시다."

* * *

종암은 묵묵히 입을 다문 채로 유장경의 말을 듣고 있었다.

유장경은 분노를 감추지 못하고 흥분했다.

"결국 북해의 우려대로 소림소마가 무림삼분지계의 걸림돌이 되고 말았소! 이대로는 우리가 황상의 진노를 고스란히 받아야 할 판이오!"

종암은 유장경이 조금 가라앉기를 기다려 물었다.

"북해에서는 따로 연락이 있었는가."

"아직. 하지만 그전에 내게 소림소마를 처리할 방도가 있소. 그놈을 죽인다면 계획을 원래 궤도로 되돌릴 수 있을 것이오."

"그간 한 번도 실패하지 않았던 황도팔위의 삼전도 실패했네. 백 년에 한 명 나올까 하다는 뇌음사의 발사라와도 동수를 이루었으니 자네나 내가 나선다 해도 이젠 간단한 문제가 아닐세."

"내가 나서도 어려울 거란 그 말엔 동의하지 못하겠으나 어쨌거나 방법은 있소."

종암이 바라보자 유장경은 눈에 살기를 띠고 말했다.

"강호에서야 정이니 사니 나뉘어가지고 쓸데없이 구분을 짓고 싸우지만, 우리에게야 천자를 보호하는 것만이 유일한 기준이오. 거기에는 정도도 없고 사도도 없지."

"무슨 말을 하고 싶은 겐가?"

"새로 황도팔위에 들어올 자 중에 마공을 익힌 자가 있소이다."

삼전은 근신 중이었으나 장건에게 패배한 환우신장 악천은 소리 소문도 없이 퇴출되었다. 그 때문에 결원을 충원하려고 새로 사람을 뽑았다는 얘기다.

악천이 어찌 되었는지 생각하던 종암의 눈이 갑자기 가늘어졌다.

"설마? 측공(廁工)?"

측공은 변소를 청소하는 자를 말한다.

유장경이 고개를 끄덕였다.

"본래의 명호는 몽경이라 하오. 종 형도 들었다시피 동창에서 폐기물의 뒤처리를 담당하는 그자요. 강호를 구를 만큼 굴러먹은 늙은 여우들이라면 조금 어렵겠으나, 소림소마와 같이 물정 모르는 풋내기라면 충분히 해봄직 하지."

종암은 매우 불편한 얼굴을 지었다.

유장경이 말하는 폐기물이 무엇인지, 또 그 마공이 무엇인지 충분히 짐작했기 때문이었다.

사실 수단의 정당성은 납득하기 어려웠으나 전승자를 잡기 위해 측공을 이용한다는 생각은 나쁘지 않았다. 아니,

지금이라면 그 누구보다도 더 전승자를 용이하게 처리할 수 있는 유일무이한 방법을 가진 자일지도 모른다.

다만 태생부터 정파인인 종암으로서는 마공에 대한 거부감을 쉬이 떨치기 어려웠다.

유장경의 시선을 느낀 종암이 씁쓸히 고개를 저었다.

"못난 꼴을 보였군."

"이제 익숙해질 만도 되지 않았소?"

"어렵군."

"측공이 소림소마를 처리한 직후의 일만 생각하시오. 계획을 엉망으로 만든 고현이란 놈도 이번 기회에 쳐내야 하니까."

종암은 애써 드러난 불편함을 감추며 말했다.

"알겠네. 그럼 측공이 전승자와 접촉할 수 있도록 계획을 짜보지."

* * *

금분세수까지는 이제 한 달도 채 남지 않았다.

장건은 이제나 저제나 금분세수식을 기다리며 소림사의 경내에서 평화롭게 지냈다.

친구들에게 무공을 가르치거나 책을 읽고 상도에 관련된

공부도 했다.

집에 돌아가서 부모님이 놀라시지 않도록 보통 사람처럼 걷는 법이라던가 평범하게 물건을 손으로 쥐는 법 같은 것도 연습했다. 남들에게 아무 것도 아닌 작은 일이 장건에게는 큰일이었다.

가끔은 지도를 보면서 집까지 어떻게 뛰어서 갈까 하고 즐거운 궁리도 했다. 집으로 갈 때 네 소저들과 같이 가야 할지도 생각해야 할 문제였다. 이런 부분에서는 영 아는 게 없어 누구에게 조언을 얻어야 하는지 그것도 고민이다.

그렇게 하루가 일 년처럼 느릿느릿 지나가고 있었다.

어느 날 장건이 집으로 돌아갈 날을 세며 불전 앞에서 시간을 보내고 있는 중에 동자승 한 명이 장건을 찾아왔다.

원호가 부르고 있다는 전언이었다.

뭔진 몰라도 뭐가 할 일이 생겼다는 기쁨에 장건은 쏜살같이 방장실로 달려갔다.

"방장 사백님!"

"왜 이리 호들갑이냐."

"헤헤."

장건이 심심해서 안달이 났다는 걸 모르는 바는 아니었으나 원호의 얼굴은 그리 밝지 않았다.

"근데 무슨 일이세요? 제가 혹시 할 일이라도 있는 건가요?"

원호가 떨떠름하게 대답했다.

"있다."

"뭔데요!"

"방금 도독부에서 사람이 왔었다."

"네에? 도독부에서 왜요?"

"금와전장에서 약속한 녹봉을 받아 가라더구나."

장건은 눈을 휘둥그레 떴다.

"노, 녹봉이요?"

일을 했으니 받는 게 당연한데 왠지 찝찝했다.

그건 원호도 마찬가지였다.

"나도 가능하면 다른 사람을 보내겠다 했는데 녹봉은 본인이 직접 수결을 하고 수취하는 것이 나라의 법이라니 어쩔 수가 없구나."

소림사라고 나랏법을 따르지 않을 수는 없었다.

관부와 더 이상 얽히는 건 원호도 원하지 않았지만 돈을 받는 거라면 얘기가 달랐다. 그게 많든 적든 장건이 포기할 수 있을 리가 없지 않은가!

아니나 다를까, 장건은 원호의 눈치를 보면서 끙끙댔다.

원호는 그럴 줄 알았다는 얼굴로 고개를 설레설레 저었

다.
"다녀오너라."
"정말요?"
장건이 되물었다가 다시 또 물었다.
"저 혼자서요?"
"그래."
평소 원호라면 누구와 같이 가라고 했을 텐데 혼자 다녀오라고 하니 조금 의아한 생각이 드는 장건이었다.
하나 원호가 장건을 소림사에 붙들고 있었던 건 장건이 해를 당할까봐서는 아니었다. 솔직히 현 강호에서 장건을 무력으로 해칠 수 있는 사람이 누가 있겠는가?
원주들은 장건을 보호하자 했지만 실상은 소림사가 장건에게 보호를 받아야 할 입장인 것이다. 원호가 정말로 우려했던 건 장건이 아니라, 장건이 몰고 올 또 다른 소란이었다.
하지만 금와전장은 소림사의 바로 산 아래 마을에 있었다. 장건이 최고 경공으로 다녀온다면 고작해야 한 시진이면 족히 다녀올 수 있을 터였다.
바로 지척이기도 하거니와 장건이 마음만 먹는다면 설사 우내십존이 온다 해도 소림사까지 도망쳐 오는 건 문제가 아닐 것이었다.

장건이 갑갑해 하고 있는 게 뻔히 보이니 바람이라도 쐬고 오게 하고 싶은 마음도 있었다.

"그래도 절대 옆길로 새지 말고 곧장 전장에만 다녀오도록 해라. 따로 누구와 함께 가는 것보다 그게 더 빠를 게다."

어차피 소림사에서 장건의 경공을 따라갈 수 있는 사람도 몇 없으니, 원호도 생각 끝에 내린 결론이었다.

"오랜만에 마을에 가는 건데 그럼 노사님께 인사드리고 와도 되나요?"

산 아래 마을에는 하분동이 살고 있었다.

원호는 잠깐 생각했다가 고개를 저었다. 바로 지척이지만 최대한 문제가 생길 여지를 없애야 했다.

"사숙은 나중에 따로 뵙는 것으로 하자꾸나."

"네……."

노사님도 보고 싶고 다른 소저들도 보고 싶었기에 장건은 조금 아쉬워했지만 그래도 바깥바람을 쐬며 나갔다 온다는 것만으로도 위안을 삼기로 했다.

"언제 갔다 올까요?"

"딱히 할 일이 없으면 지금 다녀오너라."

"네! 저 할 일 없어요!"

장건이 완전히 신이 나 있는 것을 보자 원호는 조금 미안해졌다.

소림사가 예전만큼의 힘이 있었다면 자파의 제자가 고작 산 아래 마을에 가는 게 이렇게 걱정이 될 일은 아니었을 텐데.

원호는 씁쓸하게 웃으면서 말했다.

"어서 가거라. 저녁 공양 시간은 맞춰야지. 반 시진이면 되겠느냐?"

"아차, 저녁 공양!"

녹봉을 받으면 오는 길에 당과라도 하나 사먹을까 했던 장건은 고개를 흔들었다.

"역시 밥이 최고니까, 그 안에 올게요!"

"응? 뭐라고?"

"아, 아니에요. 그럼 다녀오겠습니다!"

장건은 누가 보기에도 들뜬 모습으로 합장을 하고 방문을 나가면서 옆을 보고 또 인사를 했다.

"다녀올게요!"

거의 바람도 일으키지 않고 장건은 순식간에 사라져 버렸다.

원호가 중얼거렸다.

"반 시진이 뭡니까. 이각이면 다녀오고도 남겠습니다. 안 그렇습니까?"

방장실 앞 광경이 흐릿해지더니 문원이 모습을 드러냈다. 문원은 살짝 짜증이 난 투로 말했다.

"아 진짜, 쟤 때문에 못살겠네. 뭘 하질 못해. 쟤 기척을 알아채는 게 거의 검성 수준이라니까? 방장 대사는 쟤가 인사하기 전까지 내가 있는 줄 몰랐지?"

원호는 멋쩍어하지도 않으면서 대답했다.

"예. 저는 몰랐습니다. 하지만 건이 문제니까 와 계실 거라고는 생각했지요."

"으이구! 무공은 안 늘고 눈치만 늘어가지구!"

문원이 입을 삐죽이며 원호를 타박하다가 장건이 사라진 쪽을 쳐다보았다.

"별 문제…… 없겠지?"

"이미 나한들을 시켜 마을까지의 길목들을 살피고 지키게 했습니다. 염려 놓으시지요."

"잘 했어. 눈치가 빠른 건 요럴 땐 또 도움이 되네?"

그만하면 충분히 안심이 되는지 문원도 히죽 하고 웃었다.

하지만 문원은 이내 웃음을 멈추었다.

"천룡검주란 시주가 대외적으로 건이와 비무를 하겠다고 선포했다면서?"

"그렇습니다."

"건이는 아직 모르는 거 같던데."
"이따가 다녀오면 얘기해줄 생각입니다."
문원은 길게 한숨을 내쉬었다.
"은퇴 날까지 건이를 이용해먹으려는 고약한 시주들이 있을 줄이야."
"다행인지 불행인지, 때문에 다른 사람들이 그날 건이를 귀찮게 굴지 않을 것 같더군요. 아무래도 무림맹과 관련된 일이니."
"그런데 대충 듣자 하니 전에 내가 그 시주를 본 거 같아."
"예?"
"왜 있잖아, 전에 병가에서 건이가 남의 칼을 죄다 못쓰게 갈아서 난리가 났을 때."
홍오가 검성에게 쓰러진 날. 검성이 천하제일인으로 등극하던 날이다.
좋지 않은 기억이라 원호는 씁쓸하게 웃었다.
"기억납니다."
"그때 천룡검 어쩌구 하면서 자꾸 초식을 외치는 되게 이상한 시주가 있었어."
"아! 압니다. 원상 사제가 일 초를 견디지 못하고 큰 부상을 입었었지요."

"응. 하는 짓은 초짜였는데 무공의 위력은 내가 본 시주들 중에서도 손꼽았어. 순수 내공은 아마 검성에 버금갈 정도였을 거야. 무지막지하지."

"그때 그자일 수도 있겠군요."

원호가 눈썹을 꿈틀거렸다.

"혹시……."

원호는 탁자 위에 놓인 죽간들을 급히 뒤적이다가 하나를 집어 들었다.

죽간의 내용을 확인한 원호의 표정이 순간 굳었다.

"이럴 수가……, 왜 진작 이걸 연관 짓지 못했지?"

문원이 의아해하며 물었다.

"왜?"

원호는 죽간을 내려놓으면서 허탈한 얼굴을 했다.

"천룡검주란 자 말입니다. 비무행을 하면서 몇몇 다른 문파의 것으로 보이는 무공을 자유로이 사용했다고 합니다. 그의 곁에는 태상이란 노사부가 항상 있었다 하고요."

문원은 입을 벌린 채 눈만 깜박거렸다.

"어어……."

말은 안했지만 두 사람 다 똑같은 누군가를 머리에 떠올리고 있었다.

"설마!"

원호가 염주를 굴리며 불호를 외웠다.

"나무아미타불."

그가 돌아오고 있다는 걸 직감적으로 느낀 원호와 문원이다.

더구나 장건을 위협할 능력을 가진 위험한 무인을 대동하고…….

*　　*　　*

원호와 문원이 얼마나 심각한 이야기를 나누는지도 모르고 장건은 신나게 소림사를 내려갔다.

참 희한한 일이었다.

소림사의 경내와 바깥의 경치가 크게 다른 것도 아니고 경계선이 있는 것도 아닌데 단지 경내를 벗어났다는 것만으로도 기분이 달랐다.

세상일은 다 생각하기 나름이라더니, 틀린 말이 아닌 모양이었다.

하지만 아쉽게도 장건은 더 즐길 여유도 없이 금세 산아랫마을에 도착해버렸다. 백 리나 떨어진 충무원을 몇 달이나 오갔더니 경공술도 이제 꽤나 늘어 있었다.

장건은 곧 금와전장을 찾았다.

전장은 사람들도 별로 없이 조용했다.

행원이 다가와 웃는 얼굴로 장건을 맞았다.

"무슨 일로 오셨습니까?"

"녹봉을 받으러 왔는데요. 충무원의……."

"아, 혹시 장 교두님입니까?"

"네."

"이쪽으로 오시지요."

행원이 창구에서 가운데의 탁자로 장건을 안내했다. 탁자의 맞은편에는 퉁퉁한 체구의 중년남자가 있었는데, 쉴 새 없이 주판을 놓느라 정신이 없어 보였다.

장건이 앉자, 장건을 쳐다보지도 않고 말했다.

"호패."

장건이 호패를 꺼내 건네자, 중년남자가 호패를 확인하고는 장건의 얼굴을 보았다.

"산서의 장씨?"

"네, 맞아요."

중년남자는 전표를 다발로 꺼내어 세더니 건네주었다.

"여기 있으니 받게."

장건은 습관적으로 기의 가닥을 펼쳐 전표를 받았다.

전표가 허공에서 둥둥 떴다.

중년남자가 당황한 표정으로 장건을 쳐다보았다.

"……."

장건은 '아차차' 하고는 손을 내밀어 공중에 뜬 전표를 집었다. 평범하게 살아가기란 참으로 어려운 일이라고 생각하면서.

"감사합니다."

장건이 꾸벅 고개를 숙이는 순간, 갑자기 중년남자가 장건의 손목을 감아쥐었다.

"잡았다."

"……네?"

장건이 어리둥절해하자 중년남자가 '휴우' 하고 한숨을 내쉬더니 싱글벙글 웃었다.

"하이고야, 요놈이 눈치챘나 하고 깜짝 놀랐네."

가뜩이나 살집이 있어 통통한 얼굴에 눈이 작았는데 웃으니 아예 눈동자가 보이지 않았다.

장건이 찜찜한 표정으로 되물었다.

"……뭐가요?"

중년남자는 답하지 않고 혼자서 중얼거렸다.

"정말이로군. 경계심이 전혀 없어."

"……?"

"고수를 보아도 별 다르게 생각하지 않는다더니. 오만인 건지, 바보 같은 건지. 킬킬."

장건은 매일 고수들을 보며 살아와서 어지간한 고수를 보아도 감흥이 없었다. 딱히 경계심을 느끼지도 않았다. 앞의 중년남자 또한 상당한 고수라는 건 처음 볼 때부터 알았지만, 살기가 전혀 없어서 아무런 경계를 하지 않고 있던 중이었다.

장건이 어리둥절한 표정으로 물었다.

"왜 남의 팔을 잡으세요?"

히죽.

중년남자가 으슬하게 웃었다.

장건은 오싹 소름이 돋았다.

제5장

장건의 위기

"이거 놓으세요!"

장건은 기분이 나빠져서 스스로 팔을 빼려 했다.

금나수법으로 움켜쥔 것도 아니고 혈도를 제압당한 것도 아니라서 그냥 쓱 뽑으면 될 것 같았다.

하지만 장건이 마음먹은 대로 되지 않았다. 오히려 중년남자의 손이 더욱 찰싹 달라붙었다. 마치 중년남자의 오른손바닥으로 장건의 왼팔이 빨려드는 듯했다.

'어?'

장건의 눈이 휘둥그레졌다.

단순히 빨려드는 느낌이 아니었다. 정말로 빨려들고 있

었다. 마치 소용돌이 속에 손을 집어넣은 듯했다. 몸이 한 점으로 당겨지는 기묘한 기분이었다.

어마어마한 흡입력.

경악스럽게도 내공이 장건의 의도와 관계없이 움직였다.

단전의 내공이 실타래처럼 주르륵 풀려나가 대맥을 통해 팔목까지 순식간에 이동된다. 그리곤 입을 대고 쭈욱 빨아먹는 것처럼 장건의 내공이 중년남자의 손바닥으로 흡입되는 것이다!

'어어어?'

게다가 팔을 빼려고 해도 빠지질 않았다. 한 덩어리가 된 것마냥 중년남자의 팔이 떨어지지 않는다. 아니, 팔을 빼내긴커녕 몸마저 옴짝달싹 할 수 없었다.

금세 장건의 안색이 하얗게 탈색되었다.

삽시간에 대량의 내공이 빠져나가 전신이 무기력한 탈진 상태에 이르고 정신이 희미해지고 있었다.

새로이 환우신장에 합류한 몽경.

황궁에서 키워진 고수 중 한 명으로, 그가 익힌 것은 다름 아닌 흡정마공이었다.

흡정마공은 사람의 정기 혹은 내공을 흡수하는 극악한 무공이다. 수련을 통해서 강해지는 것이 아니라 타인의 생명력을 빼앗아 강해지는 절대마공이다. 흡정마공을 통해 일류 고수가 되는 데에는 적어도 백 명의 이류 고수가 가진 내공이 필요하다고 알려져 있었다.

흡정마공에 당하면 폐인이 되거나 심한 경우 말라비틀어진 목내이가 되어 끔찍한 몰골로 사망하기 때문에, 흡정마공의 고수가 출현했다는 건 그만한 수의 무인이 희생되었다는 뜻이었다. 하여 강호에서는 흡정마공을 익힌 자를 공공의 적으로 규명하고 있었다.

게다가 워낙에 흡정마공이 불안정하고 부작용이 많아 사실 어지간한 경우가 아니면 흡정마공을 익히려는 자들도 많지 않았다.

하나 몽경은 달랐다.

어차피 정사마 어느 쪽에도 속하지 않는 황궁출신이니 강호의 법도를 따를 필요도 없을뿐더러, 특히 황궁에서는 암투에서 밀려난 수많은 제물들—쓸모가 없어진 무인이나 비밀리에 처리해야할 정적들—을 쉽게 구할 수 있었다.

하여 몽경은 발상을 전환해 흡정마공을 익혔다. 비록 변소를 청소한다는 더러운 측공이라 불릴지라도 이런 환경 속에서 굉장히 안정적으로 고수의 반열에 오를 수 있었던 것이다. 더구나 그의 임무 특성상 강호에는 전혀 알려지지 않은 채.

몽경은 마지막으로 흡정한 제물이었던 환우신장을 떠올렸다.

'흐흐흐……'

현재 그가 지닌 내공은 비록 순도는 낮을지언정 양으로 따지자면 이미 종암이나 유장경에 버금갈 정도였다.

몽경은 오른손의 장심을 통해 들어오는 정순한 내공을 느끼며 속으로 웃었다.

'과연 소림사의 제자로구나.'

내공의 순수함이 마치 산속 깊은 곳에서 솟아나는 맑은 샘물과도 같았다. 그가 황궁에서 접했던 무인들의 내공들, 영약으로 인위적인 증진을 시켜 탁하고 느끼한 느낌이 나는 내공과는 순도 자체가 달랐다.

조금 부럽기도 했다. 이런 순도 높은 내공을 가지고 있으면 같은 내공의 양이라도 불순한 내공보다 훨씬 강한 힘을 낼 수 있는 것이다.

물론 이건 이제 모두 몽경의 것이다.

'스읍, 하아!'

몽경은 간만에 상쾌한 기분을 만끽하며 장건의 내공을 쉬지 않고 흡입했다.

장건이 팔을 빼고 싶어서 발버둥을 치려는 게 느껴졌다. 하나 누군가 팔을 잘라주지 않는 이상 스스로의 힘으로 벗어나는 건 불가능일 터였다.

몽경은 회심의 미소를 지었다.

'클클, 이번 일은 완전히 거저먹었어.'

누군지도 모르는 상대에게 맥문을 손쉽게 내어준다는 건 정말 바보 같은 짓이 아닌가!

몽경은 장건의 얼굴을 쳐다보았다. 장건의 얼굴에 송글송글 땀이 맺히고 있었다. 저 탄력어린 귀여운 얼굴이 진액이 쪽 빨려 바싹 마를 걸 생각하니 기분이 좋아졌다.

'후우, 그런데 생각보다 속도가 나지 않는군……?'

이상하게 다른 때보다 흡수가 늦는 느낌이었다.

몽경은 고개를 갸웃했다.

보통 몇 호흡이 지나기 전에 내공을 모두 흡수되고 지금쯤이면 마지막으로 정기가 빨려 나와야 할 때였다.

그런데 지금은 잘 안 된다고나 할까?

뿌리가 말라버린 풀보다 생생한 뿌리를 가진 풀이 뽑기 더 힘든 것 같은 그런 상황이었다.

'너무 순도가 높아서 그런가? 왜 이리 안 빨려?'

흡정마공은 자연의 섭리를 거스르는 마공이니 오래 유지하면 몸에 무리가 와 반드시 탈이 난다.

하지만 그렇다고 지금 중단할 수도 없는 게, 장건의 내공이 아직 바닥을 드러내지 않은 터였다. 섣불리 중단했다가는 반격을 받아 자기가 위험해질 수도 있었다.

'어쩐다?'

잠시 고민하던 몽경은 별 수 없이 부정거사(扶正祛邪)의 호흡법을 포기하고 태식(胎息)으로 방향을 전환했다.

부정거사는 받아들인 타인의 내공을 일부 경락을 통해 계속 돌리면서 호흡을 통해 좋지 않은 사기(邪氣)를 내뱉는 정화의 수법이다. 이를 제대로 하지 않으면 타인의 내공에 섞여 있던 사기가 자신의 몸을 해치고 만다.

하지만 장건의 내공이 워낙 한 점 티끌도 없이 맑고 정순하니 꼭 부정거사를 하지 않아도 큰 문제는 없을 것 같았다.

부정거사의 호흡법 말고 태식 호흡법으로 직접 자신의 단전에 장건의 내공을 받아들임으로써 흡입력을 한층 높이려는 것이다.

몽경이 태식법으로 바꾸자 과연 흡수되는 속도가 달라졌다.

장건의 얼굴은 더욱 창백해지기 시작했다.

'킬킬.'

대체로 흡수한 내공의 일할 정도만이 실제 내공으로 쌓이는 걸 생각해봐도, 이만한 내공이면 머잖아 자신이 유장경의 어사 자리를 넘볼 수 있으리라 생각했다.

'감히 나를 변소 청소나 하는 놈이라 불렀겠다? 두고 봐라. 머잖아 네놈들의 코를 납작하게 눌러…… 응?'

탁!

잘 달리던 마차의 바퀴가 돌부리에 걸려 덜컹거린 것처럼 뭔가가 턱 걸렸다.

'으응?'

몽경은 눈을 동그랗게 떴다. 손바닥 장심이 미친 듯이 뜨거워지기 시작했다. 흡수되는 장건의 내공 중에 다른 기운이 섞여 있었다. 불에 덴 듯 화끈거리는 기운이 장심을 타고 들어오고 있었다.

'크윽!'

몽경은 엄청난 열양의 기운에 꽤나 놀랐다. 엄청나게 지고한 양기였다.

'음? 이것은?'

이미 수백 명 무인의 내공을 흡수했던 몽경이라, 이런 느낌이 무엇인지 대강 갈피를 잡을 수 있었다.

'영약의 기운! 이 정도면…… 가히 대환단급의!'

그야말로 이건 몽경에게 기연이라 하지 않을 수 없었다. 귀한 물고기를 잡았더니 뱃속에 금덩어리가 들어 있는 꼴이다. 황궁에서조차 평생에 한 번 구경하기도 힘든 대환단의 기운을 덤으로 얻게 된 것이다.

몽경은 하마터면 환호성을 지를 뻔했다.

'이게 웬 횡재냐!'

몽경은 팔이 불에 타는 것 같은 통증에 고통스러웠지만 매우 흡족했다. 혈도를 따라 단전에 이르기까지 굉장한 고통이 있었으나 참을 만했다.

'신 난다, 신 나!'

한데 그게 끝이 아니었다.

물고기를 낚아 올렸더니 그 물고기를 물고 또 다른 물고기가 매달려 온 것처럼 다른 기운이 느껴졌다.

이번엔 극랭한 한기였다.

'큭!'

몽경은 부르르 몸을 떨었다.

손끝에 서리가 내려앉는다. 아주 작은 서리의 알갱이들이 팔을 뒤덮으며 타고 올라온다.

몽경은 기겁했다.

'이게 뭐가 어찌된 놈이야!'

극한의 음기가 팔의 경락을 통해 흡입되고 있어 점차 팔에 감각이 없어지고 이가 달달 떨렸다.

수궐음심포경의 경맥을 따라 흡정마공을 운용하고 있었기 때문에 장심에서부터 경혈이 연결된 심장에까지 냉기가 뻗쳤다. 더구나 부정거사를 하지 않고 있었기 때문에 직접

적인 한기가 심장을 파고드는 중이었다.
 두근!
 심장이 멈춰버릴 것 같았다.
 몽경은 흡정마공의 경로를 수궐음심포경에서 수양명대장경의 경맥으로 급히 바꾸었다. 장심에서 흡수되던 냉기가 검지로 바뀌면서 비강(鼻腔)에서 새하얀 김이 새어나왔다.
 '헉, 헉. 하마터면 죽을 뻔했······.'
 몽경은 죽을 뻔했다고 말을 다 하기도 전에 눈앞이 새하얘지고 전신의 털과 머리카락이 위로 곤두섰다.
 빠직, 빠직!
 '끼오오오옥!'
 그야말로 초인적인 인내로 이를 악물고 비명을 버텨낸 몽경이었다.
 검지부터 수양명대장경의 경맥을 따라 팔꿈치까지 짜릿거리는 기운이 마구 날뛰며 타고 올랐던 것이다.
 어찌나 기운이 난폭한지 옷이 타서 연기가 나고 경맥 인근의 혈관이 타서 시뻘건 선이 거미줄처럼 생겨났다.
 치이익!
 살이 타는 매캐한 냄새와 함께 연기까지 피었다.
 대체 몇 개의 기운이 동시에 들이닥친 건지 정신이 하나

장건의 위기 185

도 없었다.

경락들이 심하게 손상되어 몇 달은 요양을 해야 할 것 같았다. 부정거사를 거치지 않고 직접 받아들여진 단전은 서로 다른 성질의 기운들로 가득차서 폭주했다. 내장이 꼬이는 엄청난 고통이 절로 몽경의 얼굴을 일그러지게 만들었다.

'미, 미친! 제발 끝나라!'

이젠 더 이상 내공을 더 준대도 싫어졌다. 한시라도 빨리 내상을 치료하지 않으면 몸의 상태는 더욱 더 나빠질 터였다.

하지만 아직도 장건의 내공은 쉬지 않고 빨려든다.

그리고 이번엔 정말로 최악의 기운이 몽경을 기다리고 있었다.

손상된 수양명대장경의 경맥 대신 수태음폐경으로 흡수 경로를 전환했는데, 엄지로부터 뭉글거리고 질펀한 음기가 흡수된다. 맛으로 표현하자면 쌉싸름한 그런 기운인데 무미건조한 기운이 한데 섞여 있다.

'어?'

몽경은 순식간에 표정이 굳었다.

가슴이 철렁 내려앉았다.

뒷골이 서늘해졌다.

'어…….'

이건 독이다.

독기가 몸으로 파고드는 중이다.

부정거사라도 하고 있었으면 다행인데, 그것도 아니고 그냥 생으로 독기가 단전까지 침투했다. 그것도 말도 못할 만큼 치명적인 독기가.

쉽게 말하자면, 반항 한 번 못해보고 그냥 중독되고 있는 중인 터였다.

몽경은 하늘이 노래졌다.

얼마나 독기가 심한지 채 한 호흡도 하기 전에 피부가 근질근질하고 눈이 침침해지기 시작했다.

'크억! 마, 망했다!'

수태음폐경이 폐까지 연결되어 있기 때문에 폐까지 독기가 영향을 끼쳤다. 호흡이 가빠져서 몽경은 더 이상 흡정마공을 운용하기도 힘들어졌다.

몽경은 가물거리는 정신을 다잡기 위해서 혀를 꽉 깨물었다.

진한 피가 배어나오며 정신이 번쩍 들었다.

'미친 놈! 몸 안에 도대체 뭘 처박아두고 산 거야?'

아무래도 안 되겠다 싶다. 다행히도 장건을 보니 눈이 반쯤 풀렸다. 장건도 거의 비몽사몽간일 것이다.

'재빨리 신공을 중단하고 일장으로 저 놈을 피떡으로 만들면 난 살 수 있다.'

운기요상이 한시라도 급하다. 하여 몽경은 바로 흡정마공을 중단했다.

한데 그가 장건에게서 손을 떼려 할 찰나……!

장건이 몽경의 왼손 손목을 잡았다.

덥썩!

'응?'

몽경은 장건이 자신의 손목을 붙들자 눈을 살짝 치켜떴다.

자신이 흡정마공을 중단한 탓에 움직일 수 있게 된 모양이었다.

'그렇다고 상황이 달라지지는 않을…….'

몽경은 일 장으로 장건을 쳐 죽이려다가 갑자기 소름이 끼쳤다.

쭈우우우욱!

"헉!"

자기의 내공이 장건의 손을 통해 쭉 빨리고 있었다!

몽경은 기겁해서 다시 장건의 손목을 붙들고 흡정마공을 시도해야 했다. 손을 멀찍이 떼지 않았던 게 천만 다행이었다.

'이놈이 어떻게!'

어떻게 소림사의 제자가, 그것도 정순한 내공을 지닌 채 흡정마공을 익히고 있는지 이해할 수 없었다.

게다가 이 정도의 흡입력이면 자신의 성취보다도 훨씬 높은 것이다!

"배…… 배고파……."

장건이 중얼거리는 소리에 몽경은 깜짝 놀랐다.

'이놈은 기절했을 텐데?'

눈을 보니 기절해 있는 건 맞다. 본능적으로 하는 행동인 듯싶었다.

몽경은 이를 악물고 어쩔 수 없이 흡정마공의 용력(用力)을 최대로 높였다.

흡정마공을 극한까지 사용하자 가뜩이나 불안정하게 단전에 쌓여 있던 여러 종류의 내공들이 마구 들끓었다. 아차 하는 순간이면 주화입마까지도 순식간이다.

하지만 그러지 않을 수가 없었다.

몽경은 내공과 생기를 다 빨린 무인이 얼마나 비참한 몰골로 죽어 가는지 누구보다도 더 잘 알았다.

'이 미친놈아! 죽어, 죽어. 죽으라고!'

파르르르, 몽경의 옷자락이 부풀고 머리카락이 치솟았다. 공력을 극대로 운용하면서 눈에는 핏발이 서고 목에서부터 턱까지 핏줄이 불거진다.
 장건의 손목을 잡은 손에도 강한 힘이 들어갔다.
 쭈우욱.
 한층 가열차게 장건의 내공이 빨려 들어온다. 그럼에도 장건에게로 빨려가는 내공이 더 많았다.
 몽경의 내공은 장건에게, 장건의 내공은 몽경에게로 흡수되는 기이한 대치가 이루어지고 있었다.
 고오오.
 곧 서로의 손목을 맞잡은 두 사람의 발밑에서 회오리가 일어나기 시작했다.
 내공의 순환이 계속되면서 속도도 빨라진다. 거센 폭풍처럼 두 사람의 경락에 내공이 달리고 있다.
 콰아아아-!
 작은 회오리가 점차 큰 소용돌이로 변하며 두 사람의 주위를 맴돌았다.
 옷자락이 마구 나부끼며 주변의 집기들이 달각달각 흔들린다. 이미 탁자에 놓여 있던 서류들은 팔랑대며 날리는 중이고 벼루며 물병은 바닥에 떨어져 깨진지 오래다.
 몽경은 흡정마공으로 내력대결을 하게 된 상황이 기가 막혔다.
 내력대결이야 자신의 공력을 상대방에게 밀어 넣어 장기

를 파괴하려고 애쓰는 것인데, 이건 반대로 서로 간에 내공을 더 빨아먹으려 안달이 난 기괴한 상황이다.

누구든 오래, 더 빨리 상대의 내공을 흡수하는 자가 이기는 승부다.

하지만 안타깝게도 몽경은 매우 불리한 상황에 처해 있었다.

자신의 내공은 그렇다 쳐도 장건의 내공은 극양의 대환단기와 극냉의 북해빙공, 서장에서도 최악으로 꼽히는 뇌가기공들로 이루어져 있다. 그런 서로 다른 상극의 기운들이 계속 몸을 들락거리니 괜찮을 리가 없다.

쉬지 않고 뜨거웠다 차가웠다 저릿저릿했다 하니 정신이 하나도 없는 건 물론이고 주요 경락들이 계속해서 손상되고 있었다.

하나 그중에서도 가장 큰 문제는 바로 독정이었다.

독정이 한 번 지나갈 때마다 중독 증세가 심해져서 누적되고 있었다.

매우 정순한 내공을 가지고 있어서 그것으로 버틸 수 있는 것도 아니고 독 전문 심법을 익힌 것도 아니었다. 독선 당사등이 연단해낸 독정을 버텨낸다는 건 무리였다.

벌써 몸은 감각이 없고 호흡은 가빠졌으며 주요 경락은 모두 손상되었다.

"커억!"

결국 몽경은 시커먼 피가 섞인 기침을 하며 눈을 까뒤집었다. 몸까지 바르르 떨었다.

당연히 흡정마공을 더 이상 유지할 수 없게 된 상태다.

균형이 한 순간에 무너지면서 가속에 의해 몽경의 내공과 몽경이 흡수했던 장건의 내공까지 왕창 장건에게 밀려들어갔다.

몽경의 내공 전부는 아니었어도 상당량이 장건에게 쏠렸기 때문에 그 양이 막대했다.

한꺼번에 밀려든 어마어마한 양의 내공이 장건의 내부에 큰 충격을 주었다.

펑!

둘을 감싸던 소용돌이가 멈추면서 사방으로 터져감과 동시에 장건도 뒤로 튕겨졌다.

꽈꽝!

장건은 석회를 바른 벽을 뚫고서도 거의 오 장을 더 넘게 날아가 굴렀다.

장건은 충격이 너무 커서 바로 몸을 일으키지 못했다.

전장 앞 길목을 지키고 있던 나한승이 커다란 폭음과 함께 장건이 나가 떨어지는 걸 보고 놀라서 뛰어왔다.

"무슨 일이냐!"

"끄응……."

장건은 일어나지도 못하고 엎드린 채로 머리를 좌우로 흔들어 털었다.

사실상 지금에야 정신이 든 장건이었다. 손을 잡힌 순간부터 갑자기 내공이 빨려나가더니 삽시간에 정신을 잃었었다. 그러다가 심한 허기를 느껴서 뭔가를 마구 먹은 것 같다.

뺏겼다가 되찾다가 하다 폭발에 휘말려 튕겨나면서, 그제야 깨어난 것이다.

장건은 힘들게 몸을 일으켰다.

"저도 잘…… 모르겠어요."

몸 안에서는 뭔가가 부글부글 끓는 것 같았다.

나한승은 장건을 노리고 있는 이가 많다는 걸 이미 전해 들었기 때문에 갑자기 소동이 난 이유를 어느 정도 직감했다.

"이자들이 감히!"

나한승이 얼굴에 노기를 품고 전장을 쏘아보았다.

구멍이 휑하니 뚫려 부서진 전장의 외벽에서는 아직도 우수수 석회가루가 날린다. 주변 사람들도 놀랐는지 제법 모여들어 구멍난 벽을 보고 있었다.

나한승이 이를 갈다가 장건을 보고 물었다.

"몸은 괜찮으냐?"

"괘, 괜찮아요."

"어디 다친 덴 없는 것 같고?"

장건이 팔다리를 이리저리 움직여 보았다.

"속이 좀 거북한 거 빼곤 괜찮은 거 같아요."

벽에 부딪친 등은 많이 아팠지만 어디 부러지거나 한 곳은 없었다. 대신 정말로 속이 거북했다. 온천물처럼 내공이 끓어오르고 심하게 과식한 듯 숨이 가빴다.

"끄응……."

장건은 기의 가닥을 뻗어내어 옷을 털었다. 아니, 털려 했다. 옷의 흙먼지를 털어내기 위해 기의 가닥을 뽑으려 했고, 기의 가닥을 뽑기 위해 단전의 내공을 끌어 쓰려 했다.

하지만 그 어느 것도 이루어지지 않았다.

주르륵.

갑자기 장건의 코에서 뜨거운 액체가 흘러나왔다.

"어?"

장건은 코밑을 만졌다. 징그러울 정도로 새빨간 선홍색의 피가 묻어나왔다.

줄줄줄.

코피가 심하게 흘렀다.

눈 깜짝할 사이에 장건의 앞섶은 핏물로 흠뻑 젖어버렸

다. 그러더니 새빨갛던 피가 점차 거무스름한 색으로 변해 가며 어느샌가 완연한 검붉은 색이 되어 있었다.

나한승이 놀라 외쳤다.

"건아!"

그때 전장의 부서진 벽에서 매우 건강이 좋지 않아 보이는 듯한 중년인이 모습을 드러냈다.

몽경이었다. 몽경은 얼굴이 푸석해지고 살집이 늘어져 삭은 채로 벽을 붙들고 밖을 내다보고 있었다.

"퉤!"

몽경은 왈칵 내장 섞인 핏덩이를 내뱉더니 울상을 지었다.

"크흑."

주름진 얼굴에 비통함이 가득했다.

"내공이…… 내 내공이…….."

몽경은 억울해하다가 고개를 들어 장건의 모습을 보더니 갸웃했다.

'흡정마공을 제대로 익힌 게 아니었던가?'

그는 장건의 상태를 한 눈에 알아보았다.

저건 흡정마공에서 최악으로 꼽는 부작용 중의 하나였다.

몸의 붕괴.

타인의 내공을 자신의 몸에 옮긴다는 건 맞지 않는 칼을 칼집에 넣는 것과 비슷하다. 하여 흡정마공에는 타인의 내공을 안정화시키는 내공심법이 따로 존재했다. 자신의 몸에 맞게 남의 칼을 다스리는 것이다.

그걸 실패했을 때, 혹은 안정화할 수 없을 만큼 과도한 내공을 몸 안에 담아 도저히 안정이 불가능해질 때 바로 지금과 같은 일이 벌어진다.

몸의 균형이 무너지며 붕괴가 시작되는 것이다.

내공은 대자연의 기운이지만 이롭기만 한 건 아니다. 이때엔 내공이 거꾸로 들린 칼처럼 변질되어 고스란히 몸을 해치게 된다.

"킬킬, 끝났군. 저건 대라신선이 와도 안 돼."

몽경이 보니 장건은 받아들인 내공을 안정화시키는 내공심법도 모르는 것 같았다.

자신이 장건에게 빼앗긴 내공은 십 년을 넘게 다른 무인들을 통해 빼앗은 것이며 그 양은 가히 우내십존들에 맞먹는다.

그중 반이 파괴적인 힘을 가진 공력으로 변해 몸내부에서부터 장건을 파괴시킬 것이다. 절대고수가 출수한 십이성 공력의 내가 장력을 몸에 품은 꼴이다.

비록 예상과는 다르게 일이 흘렀으나, 장건을 처리하라

는 명령은 지킨 셈이 되었다. 하지만 자신은 수십 년 노력이 허사가 되었다. 그러니 울면서도 웃지 않을 수가 없다.
"킬킬."
몽경은 계속 피를 토하면서 울다 웃다 했다.
몽경이 웃는 것을 본 나한승은 피가 거꾸로 솟았다.
"비열한 자 같으니!"
나랏일을 빌미로 장건을 꼬여내어 결국 이런 사태를 만든 것에 대한 분노가 치민다. 몽경은 보이기에 전장의 행원 차림이었으나 관부의 인물일 가능성이 농후했다.
어느새 인근에 있던 나한승들도 여럿 달려와 합류했다.
나한승들이 제미곤을 들고 살벌한 기세로 공력을 끌어올렸다. 처음 달려온 나한승이 몽경을 향해 외쳤다.
"그대는 당장 소승과 함께 본사로 가 이 일에 대한 해명을 해야 할 것이오!"
"해명?"
몽경이 억울한 투로 반문했다.
"내가 뭘 잘못했는데? 보면 몰라? 저 꼬마에게 당한 건 나라고!"
그 순간 어디선가 길게 휘파람 소리가 울렸다.
삐이익!
갑자기 전장의 좌우에서 관병들이 몰려나오기 시작했다.

관병들이 몽경의 앞을 가로질러 나한승들의 앞을 막아섰다. 그 수가 서른이 넘었다.

몽경이 허둥지둥 나한승들을 가리키며 쉰 목소리로 소리를 질렀다.

"저 중놈들이 나를 괴롭히고 있소!"

나한승 한 명이 제미곤을 움켜쥐고 몽경에게 달려들 태세를 취하자 관병들이 일제히 창을 세웠다.

짜라랑!

날카로운 창날이 햇빛에 빛났다.

"이게 무슨 짓이오!"

나한승이 여섯이니 싸운다면 질 리야 없겠지만 관부와 손을 섞는다는 건 결코 바람직한 일이 아니었다.

"킬킬……."

몽경은 웃다가 생 치아가 툭 빠지자, 그것을 주워들고 부들부들 떨었다.

내공을 반 넘게 잃었고 경락은 심하게 훼손되었으며 중독까지 당해서 언제 제대로 복구할 수 있을지 알 수 없었다.

으드득, 뚝.

무심코 이를 갈자 또 하나의 생 치아가 빠졌다. 독 때문에 시커멓게 변색되어 있었다.

"크흑! 이놈 두고 보자."

몽경은 피눈물을 흘리며 장건 쪽을 노려보고는 슬쩍 어둠으로 몸을 감추었다.

"어딜 도망가느냐!"

나한승들의 고함에 관병들이 다시 창을 곧추세웠다.

차랑!

"으윽······."

나한승들은 분했지만 섣불리 달려들 수도 없어 발만 동동 굴렀다. 달아나는 몽경의 등이 보이는데도 도리가 없었다.

게다가 장건의 상태가 생각보다 위중해 보였으므로 나한승들은 결국 몽경을 포기하고 물러서야만 했다.

* * *

장건의 상태는 매우 좋지 않았다.

수시로 몸 여기저기에 이상이 생기고 있었다.

계속 고열이 오른 상태에서 얼굴이 붉게 상기된 채 붓는다던가, 혹은 걷다가 갑자기 비틀거리며 중심을 잡지 못한다던가. 심지어는 피가 섞인 구토까지 하곤 했다.

무엇보다도 가장 좋지 않은 건, 장건이 스스로 내공을 거의 조절하지 못한다는 점이었다. 당연히 운기조식이나 소주천은 꿈도 꾸지 못했다.

그러다가 지금은 아예 정신까지 잃은 상태였다.

소림사는 장건이 암수에 빠진 것에 분노해서 도독부에 사람을 보냈으나 도독은 응해주지 않았다. 며칠을 들락인 끝에 얻은 대답이라곤 그저 '관부의 인물이 했다는 증거라도 있는가? 설사 그랬다손 치더라도 아랫것들이 한 일인데 그걸 일일이 어찌 살피겠는가. 알아보고 차후에 연락을 주겠다.'라는 답변뿐이었다.

하나 예상대로 연락은 오지 않았다.

장건의 상태를 파악하기 위해 원호와 팔대호원의 원주들이 모였다.

방 안은 침상 위의 장건이 뿜어내는 열기로 인해 후끈했다. 마치 방 가운데에 모닥불을 피워놓은 듯 했다.

"어디 보자."

무공교두인 원우가 신중한 표정으로 장건의 손목을 잡았다.

어마어마하게 뜨거웠다.

원우가 열기를 참고 내공을 흘려 장건의 내부를 살피려는 찰나.

파악!

원우의 손이 크게 튕겨져 나갔다.

"흐음······."

원우는 손이 얼얼한지 얼굴을 찡그리며 기가 차다는 듯 신음을 내뱉었다.

"방장 사형의 말씀이 사실입니다. 내공을 일으키자마자 건이의 안에서 엄청난 반발력이 생겼습니다."

원호가 고개를 끄덕였다.

"진맥은 물론이고 침도 박히지 않네. 장력을 써서 강제로 추궁과혈을 하려 했으나 그것도 불가능해."

한쪽에 천불전주 원당이 손에 부목을 댄 채 쑥스러운 표정을 지었다. 기혈을 억지로 타통시키려 장건의 혈도를 때렸는데 되려 자신의 손목이 부러졌던 것이다.

"어마어마한 내공이 폭주하고 있는 겁니다. 그래서 외부의 기운에 대한 반발력이 극단적으로 생겨난 거지요. 진맥조차 안 되니 정확한 상태는 전혀 알 수 없지만 지금은 그렇게밖에 판단할 수 없습니다."

원주들이 장건을 쳐다보았다. 그 사이에도 장건의 안색은 수시로 변하고 있었다. 땀이 나다가 바로 증발되어 피부에는 허연 소금기까지 앉았다. 열꽃과 부스럼도 있다.

극심한 열기로 인해 이대로라면 장건의 몸이 견뎌내지

못할 게 분명했다.

"길어야 일주일 남짓입니다."

"그럼 이대로 손도 쓰지 못하고 지켜보기만 해야 합니까?"

"하필이면 금분세수를 앞두고 이런 일이 일어나다니."

원주들이 탄식했다.

"스스로 운기를 할 수 없고 외력으로 운기를 시켜줄 수도 없으니 천하의 귀물인 빙정석이 있어도 소용이 없고……."

"대환단과 소환단은 아직 제조중이라 최소 한 달은 있어야 효과를 볼 수 있다고 합니다. 시간이 부족해요. 일주일 안에 방법을 찾을 수가 없어요."

그때 계율원의 원읍이 툭 던지듯 말했다.

"아주 방법이 없는 건 아닙니다."

원주들이 원읍을 쳐다보았다.

원읍이 원주들과 원호를 보며 천천히 말했다.

"우리 중에는 건이의 이런 기이한 증세를 경험한 이가 없지요. 하지만, 서가촌이라면 있을 지도 모릅니다."

"서가촌?"

원주들은 놀라서 같은 말을 외치며 원호 쪽으로 시선을 돌렸다.

서가촌에는 각대 문파의 최고수들이 모여 있었다.

이건 단순히 무공의 문제가 아니라, 견식의 문제다. 서가촌의 최고수들은 마교와 사파를 모두 경험한 유일무이한 세대다. 지금 세대와 달리 그들은 온갖 해괴한 무공과 수법들을 직접 몸으로 겪었다.

최고수들의 지난 세월 경험과 지식이 만들어낸 연륜이라면 장건의 상황에 대한 도움이나 해법을 내줄 수 있을 지도 모른다.

그들에게 부탁함으로써 소림사의 자존심은 많이 상하겠지만, 원호는 원래 그런 것에 크게 연연하지 않는 인물이었다.

원호는 오래 고민하지 않고 결정을 내렸다.

"그분들께 자조치종을 설명하고 최대한 빠른 시일 내에 본사로 모셔올 수 있도록 하게."

소림사로서는 지난번 사건 이후 최고수들과 사이가 많이 좋아졌다는 게 그나마 다행스러운 일이었다.

* * *

장건에게는 목숨이 달린 일이었지만 최고수들에게는 흥미가 돋는 일이었다. 반겨도 모자랄 마당에 일부러 마다할

이유가 없었다.

 하여 최고수들은 수발을 드는 어린 제자들까지 내팽개치고 부리나케 소림사로 찾아왔다.

 장건을 뉘여 둔 의방에서 최고수들은 장건을 둘러싸고 이리저리 만지고 살피며 한 마디씩을 내뱉었다.
 "눈꺼풀을 들어봐도 기운이 탁하지 않은 걸 보니 주화입마는 아니로군."
 "정광이 밝으니 오히려 기운이 과하게 넘치고 있다고 봐야 하네."
 "마치 대환단과 같은 영단을 무리하게 몇 개나 한꺼번에 취한 듯한 증상일세. 과한 기운이 몸을 상하게 하고 있어."
 "신체의 균형이 완전히 무너져 있구먼. 십이경락이 제 역할을 하지 못하여 굉장히 위험한 상태야."
 "좋은 기운이 아무리 많아도 조화가 무너지면 독이 되지."
 그중에 태청진인이 생각난 듯 말을 꺼냈다.
 "가만, 이것은 혹시……?"
 그러자 다른 최고수들이 태청진인을 주목했다.
 태청진인이 헛기침을 하며 말했다.
 "마도와의 싸움이 극심할 적에 곤륜산에서 한 명의 노마

두를 만난 적이 있었네. 서역에서 이름난 고루혈노(固壘血老)라는 마두였지."

최고수들이 알겠다는 듯 고개를 끄덕였다.

"고루혈노라면 구구흡정기공(久久吸精氣功)을 사용하는 사악한 마도의 종자였지?"

"맞네. 당시에 고루혈노는 매우 위험한 고수여서, 사백님들이 출타한 틈에 들이닥쳐 본파의 동문 십수 명을 해치며 내공을 취했는데도 감히 제지하기가 어려웠다네. 목내이가 된 시신 여러 구가 사방을 굴러다녔지."

태청진인이 예전의 일을 회상하며 말을 계속했다.

"내가 뒤늦게 도착하여 보니 고루혈노가 마지막으로 내공을 취한 이가 나의 사형이었다네. 한데 사형을 목내이로 만든 고루혈노가 갑자기 내상을 입은 것처럼 크게 휘청거리지 않겠나? 하여 나는 기회를 놓치지 않고 그의 사혈에 일 권을 꽂아 넣었지만, 반탄지기에 오히려 주먹이 부서지고 말았네. 마치 지금과 비슷한 상황이었지."

"허면 이게 구구흡정기공의 부작용이란 말인가?"

"내 얘기를 끝까지 들어보게. 그때에 고루혈노는 충분히 나를 손쉽게 죽일 수 있었을 텐데도 불구하고 뭔가에 쫓기듯 계속 달아나려고만 하였다네. 나는 그에게 뭔가 좋지 않은 일이 있다는 걸 깨닫고는 그를 끈질기게 붙들고 늘어졌어. 그리고 어찌 되었는지 알겠나?"

"모르지."

태청진인이 자신의 머리를 가리키며 말했다.

"고루혈노는 한 시진 동안 나를 피해 달아나다가 갑자기 뇌가 녹아 흘러내리고 피부가 갈라졌으며 입으로 조각난 내장을 토하면서 죽었네."

듣고 있던 철담공이 끼어들었다.

"원래 고루혈노는 내상을 입은 상태였군."

"그렇다네. 나는 고루혈노가 죽은 후에 그의 품에서 구구흡정기공의 비급을 보았는데, 거기서 해답을 발견할 수 있었네."

태청진인은 잠시 얘기를 끊었다가 재촉의 눈길을 받고서야 계속했다.

"구구흡정기공 같은 상리(常理)를 벗어난 마공은 반드시 안정을 위한 진기인도술(眞氣引導術)을 필요로 하네. 제아무리 사나운 사냥개라 할지라도 단단히 목줄을 쥐고 있으면 안전한 것과 같이 그러하다네. 고루혈노는 너무 욕심을 부렸던 것일세. 과다하게 내공을 흡수하였으니 빨리 안정을 취해야 했는데 내가 방해를 하는 바람에 시기를 놓친 게지."

"일 리가 있군."

청면도객이 물었다.

"허면 이 아이가 구구흡정기공을 썼단 말인가?"

"제 아무리 홍오 선승이라도 아이에게 마공을 가르치진 않았겠지. 관부에서 함정을 팠다 하니, 누군가 구구흡정기공 같은 마공의 진기를 이 아이에게 주입시켰다고 보는 게 타당하지 않겠나? 이 아이는 진기운용법을 모르니 당연히 이 지경에 이를 수밖에 없었겠고."

최고수들이 기가 막혀 했다.

"허! 그것 참 절묘하군."

"당연히 일반적인 내공대결이었다면 이 아이가 질 리 없었을 테지?"

"정면에서의 내공대결이 아니라 마공의 진기를 주입하여 내부에서부터 무너뜨리다니, 어떤 놈인지 몰라도 귀책에 도가 튼 놈일세."

"그렇게까지 해서 이 녀석을 제거하고 얻는 게 무엇이라고, 쯧."

하나 얘기를 하고 보니, 자신네들의 문파에서도 장건을 없애려고 생각한 적이 있는지라 조금 뻘쭘한 면이 있었다.

"흠흠."

어색한 헛기침들을 하는 중에 장건을 보살피던 무진이 조심스럽게 물었다.

"허면 건이를 구할 수 있는 방법이 있겠습니까?"

무진의 물음에 최고수들이 태청진인을 보았다.

태청진인은 가만히 무진을 보다가, 천천히 고개를 끄덕였다.

"반탄지력이 극심하여 외부에서 유입되는 진기를 일절 허용하지 않고 있으니 건이 내부에서 폭주한 내공의 갑절 내공을 가진 자가 진기인도술을 행한다면 상태가 좋아질 걸세."

장건이 가진 내공이 적지 않은데 거기에 몽경의 내공이 더해져 있기 때문에 갑절의 내공을 가진 사람을 찾는다는 건 사실상 불가능에 가까운 일이다.

"하나 아까 고루혈노는 한 시진 만에 뇌가 녹아 죽었다고 했는데, 건이는 아직 그 정도는 아니지. 만일 이 아이에게 구결을 알려주어 스스로 진기를 인도하는 방법을 써볼 수 있다면……."

그러자 혈랑자가 웃었다.

"클클. 아이를 생각하는 마음은 알겠지만 그건 생각해선 안 되는 일이다. 구구흡정기공의 구결을 알려주려고? 그럼 이 아이는 무림 공적이 될 텐데 산다고 산 게 될까?"

혈랑자의 말에 최고수들이 제각기 다른 표정들을 지었다. 장건이 깨어났으면 좋겠다는 생각을 하면서도 또 한편으로는 마공을 일러준다는 것이 탐탁지 않은 묘한 기분이었던 것이다.

전진파의 죽림옹이 말했다.

"사실 또 한 가지 방법이 있긴 하다. 어쩌면 그 방법이 좀 더 현실적일 수도 있지."

무진이 귀를 쫑긋 세우고 물었다.

"그게 어떤 방법입니까?"

"정기(精氣)가 과하여 몸이 상하는 경우에는 말이다……."

죽림옹이 말을 하려는데 점창파의 장안대호가 끼어들었다.

"간단한 얘기를 길게 할 필요가 있나. 이 녀석의 팔다리를 잘라버리면 된다는 거 아냐?"

무진이 놀라서 입을 떡 벌렸다.

팔다리를 자른다니!

"네?"

"정기는 본래부터 천지만물을 생성하는 원천의 기운이며 또 생기(生氣)를 유지시키는 힘이 아니냐. 그러니까 비록 지금은 서로 다른 기운끼리 상충하고 있지만, 일순간에 신체가 극심하게 훼손되는 상황이 생기면 정기들이 아주 잠깐 동안 폭주를 멈추고 이 녀석을 살리는 데에 우선적인 기운을 쓰게 된단 얘기다. 그러면 반탄지력이 그만큼 줄어들 테고, 그 때에 침술을 병용하여 진기인도술을 쓴다면 꽤 효과를 볼 가능성이 크지."

"어, 얼마나 훼손을 해야……."

"글쎄? 일단 되는 대로 잘라봐야지. 워낙 반탄지력이 강하니까 팔 하나로는 어렵겠고…… 최악의 경우에는 팔다리 두 짝으로도 부족할 수도 있다."

"하, 하지만 그런 방법은 좀……."

"그 방법이라고 아주 쉬운 건줄 아느냐? 최소 삼 갑자 이상의 반탄지력을 이겨낼 수 있는 보검이 필요하고, 검기 이상을 낼 수 있는 내공도 필요하다. 침술을 행할 때에도 이 갑자 내공 정도는 있어야 하지. 다행히도 여기에 그런 조건을 갖춘 늙은이들이 잔뜩 있지 않으냐?"

"그건 그렇지만……."

살기 위해서 팔 하나쯤 잘라내야 한다면 무림인으로서는 그럴 수도 있다. 하나 팔다리를 몽땅 잘라낸다면 그렇게 하느니 차라리 죽는 게 나을 수도 있었다.

과연 어느 쪽이 옳은 일인가.

"제가 결정할 문제는 아닌 것 같습니다."

원호가 최종 허락을 하든 해야 할 터였다.

고민이 역력한 무진의 표정을 본 죽림옹이 고개를 끄덕

였다.

"아직 여유가 있으니 며칠만 더 두고 보지. 최악의 시기만 놓치지 않으면 괜찮아."

　　　　　＊　　＊　　＊

장건의 금분세수가 보름밖에 남지 않았다.

생각 외로 장건이 잘 버텨주고 있어서 열흘이 지났는데도 장건의 상태는 악화되지 않고 있었다. 하지만 또한 조금도 나아지지 않았다.

금분세수니 천룡검주와의 비무니, 그게 중요한 게 아니었다.

이제는 결단을 내릴 때였다.

소림사에 머물던 최고수들은 그날 밤을 대비해 약을 짓고 금침을 준비했다.

날이 저물어가는 저녁.

소림사의 일주문에 점잖은 풍모의 노인 한 명이 나타났다.

일주문을 청소하며 향객을 맞이하는 나한승이 노인에게로 가 합장했다.

"나무아미타불. 어서 오십시오. 본사에는 어떻게 찾아주셨습니까?"

노인은 긴 수염을 쓰다듬으며 인자한 얼굴로 물었다.

"아아. 그래, 내 자네에게 물으면 되겠군. 장건이라는 아이가 어디에 있는지 아는가?"

"예?"

약간 얼떨떨해 하던 나한승이 노인을 경계의 눈으로 보며 대답했다.

"장 형제는 몸이 좋지 않아 병상에 누웠습니다만……."

"알고 있다네. 그러니까 어디에 있느냐고 물어본 거라네."

"죄송하지만 본사는 지금 외부의 손님을 따로 들이지 않고 있습니다. 무슨 일인지 말씀을 해주시면 안에 기별을 하여……."

"허허, 답답한 친구 같으니."

나한승이 요모조모로 노인을 살펴보니 범상한 인물이 아니었다.

"아! 혹시 서가촌에서 오셨습니까?"

"음?"

"장 형제는 외원의 의방에 있습니다."

"의방이라……."

노인은 마치 소림사의 구조를 알고 있는 것처럼 의방의 위치를 떠올리려는 모습이었다.

"제가 먼저 말씀을 드려 놓을 테니 잠시만 기다려 주시면……."

"괜찮아. 그럴 것 없네."

노인은 빙긋 웃으면서 가만히 어느 한 쪽을 응시했다.

장건은 답답해하고 있었다.

정신은 또렷한데 몸이 말을 듣지 않았다. 사방에서 하는 말도 어지간하면 모두 듣고 있었다.

다만 몸 안에서 수십 종류가 넘는 이종(異種)의 내공이 사방으로 날뛰고 있어서 그것들을 온 신경을 다 집중해 다스리느라고 듣지 못할 때가 많았다.

그게 벌써 한참이 되었다. 어떻게 달래도 이종의 내공들은 좀처럼 진정될 기미가 보이지 않는다. 잠깐 조용해지는가 싶다가도 갑자기 깨어나 난동을 부렸다.

쿵쾅쿵쾅!

얼마나 날뛰는지 이리저리 내공이 부딪치는데 전신이 다 울릴 지경이었다. 그 때마다 장건은 오장육부가 쪼그라들고 근맥(筋脈)이 끊어지는 듯한 고통에 시달려야만 했다. 비명도 못 지르니 고통이 더욱 배가 되는 것만 같았다.

본래 기(氣)는 몸에서 피와 진액을 생성하여 십이정경(十二正經)을 통해 운행된다. 한데 이종의 내공들이 승강출입(昇降出入)의 질서를 지키지 않고 사방으로 튀니 제대로 기가 순행(順行)하지 못한다. 기경팔맥에서 역행하기도 하고 가늘고 좁은 낙맥(絡脈)을 비집고 들어가 손상시키기도 한다.

그래서 장건의 내부는 완전히 엉망진창이었다.

이걸 누르면 저것이 튀고, 저것을 잡으면 또 다른 게 튀니 끝없이 악순환이 반복되는 형국이다.

장건은 이종의 내공들을 달래느라 하루가 지났는지, 며칠이 지났는지도 몰랐다. 전혀 시간의 흐름을 인식하지 못하고 있었다.

억울했다.

'조금만 더 있으면 집에 가는데!'

이대로 가다간 영영 눈을 뜨지 못할까 두렵기도 했다.

'어쩌지? 어떡하지?'

사상 초유의 사태였다. 아무리 장건이라도 수가 없었다. 시간이 흐르면서 경락의 손상은 심해지고 힘도 빠져갔다. 이대로라면 상황은 악화되기만 할 뿐이었다.

장건은 점점 지쳐갔다.

그런데 그때.

[화(火)는 내외지속(內外遲速)하느니라. 기혈이 모두 허(虛)하므로 폐기(閉氣)하지 못하면 화후(火候)가 흉복(胸腹)에서 일어나게 되느니라. 혈기(血氣)를 높이면 화기의 흐름이 더뎌지니…….]

'어?'

어디선가 들려온 말소리였다. 전음소리인지 아니면 귀에 대고 얘기하는 것인지까지는 알 수 없었다.

어딘가 굉장히 익숙한 목소리이기도 했다.

장건은 낯익은 그 목소리가 이상하게 꺼림칙하다는 생각이 들었다.

하지만 목소리가 한 말에 문득 느껴보니 가슴과 배가 열기로 뜨끈하다. 열기가 빠른 속도로 맴돌고 있다.

'설마 내 상태를 두고 하는 말인가?'

말소리는 계속해서 들려오고 있었다.

[하단전과 상단전의 이환궁(泥丸宮)을 상응하여 울리도록 하면 옥로(玉爐)로부터 이환에 자하(紫霞)가 생김으로, 이로써 화(火)를 버리지 않고 온양(溫養)으로 보존하려는 것이다.]

장건은 정신을 집중하여 목소리가 하는 말에 귀를 기울이기 시작했다.

장건의 위기

제6장

내일을 준비하는 자들

 목소리가 하는 말 중에는 어려운 말이 섞여 있긴 했으나 장건이 알아듣지 못할 정도는 아니었다.
 게다가 느긋하고 천천히 들려왔으므로 장건은 좀 더 여유 있게 생각해 볼 수 있었다.
 '화기를 조절하지 못하게 되면 가슴과 배에서 화후가 일어난다?'
 화후는 불의 세기를 조절하는 것을 말하는데, 운기행공에서는 단전의 기를 전신경락으로 보내는 원동력을 일컫는다.
 이를테면 기(氣)는 상선약수라, 물처럼 위에서 아래로 흐

내일을 준비하는 자들

른다. 한데 사람의 단전은 머리보다 아래에 있으므로 기가 위로 오르기 어렵다.

 이때 화후가 기를 덥혀 위로 오르게 만드는 작용을 한다. 물이 수증기가 되어 피어오르고 식어서 다시 내려오는 것과 흡사하다. 덥혀져 오르고 식어져 내리고, 그렇게 운기행공이 자연스럽게 이루어진다.

 반대로 머리에 화기가 몰려 한참 동안 식지 않으면 기가 아래로 내려오지 못하고 순환이 불가능해진다. 곧 수승화강이 이루어지지 않은 상태가 되어 주화입마에 드는 것이다.

 물론 이것은 숨을 쉬는 원리와도 같아서 스스로 폐를 쥐어짜지 않아도 호흡이 가능한 것과 같다. 오로지 의념에 의해 자연스럽게 행해지는 일이다. 굳이 '기를 뜨겁게 덥혀서 빠르게 주천을 시켜야지.' 라 생각하지 않고 그저 기를 빠르게 주천시켜야지, 하는 생각만으로도 가능해 진다.

 하여 화후는 언뜻 생각하기에 그리 중요해 보이지 않는다. 숨 쉬는 법을 몰라 죽는 사람이 없는 것처럼 화후를 몰라도 별 문제가 없다.

 하지만 화후는 기를 움직이는 원천적인 힘이기 때문에 내공심법의 근간에 연결되어 있다. 각 문파의 독특한 내공심법은 사실상 화후를 어떻게 다루는지에 따라 갈리는 것이다.

 때문에 일부 전통 깊은 문파들에는 내공심법의 모태가 되는 화후운용심법이 따로 전해져오고 있었다. 그것은 그야말로 비전 중의 비전이라 할 수 있었다.

 그런데 지금 목소리가 장건에게 바로 그 화후에 대해서 말하려는 것이다!

 장건은 크게 심호흡을 한 후, 화후를 좀 더 상세히 느끼기 위해 감각을 총동원했다.

 명문혈에서부터 시작해 견갑골까지 이어지는 부분에 정체모를 열기가 몰려서 뭉쳐 있었다.

 '그러니까 내가 기를 다스리지 못하게 되면서 화후가 여기에 멈춰 있는 거구나?'

 장건은 목소리의 다음 지시를 떠올렸다.

 옥로는 배꼽 아래의 하단전이고 이환궁은 정수리의 백회혈이다.

 '하단전과 상단전을 울린다는 건……'

 대충 알아서 해석을 하고는 있는데 상응하여 울린다는 말은 이해할 수가 없었다.

 장건의 하단전은 난장판이었다. 너덜너덜하다고 표현할 만했다. 수십 가지의 이종 진기가 날뛰어 훼손이 심했다.

 장건은 속으로 한숨을 쉬고 상단전으로 신경을 옮겼다.

이제껏 상단전은 관심을 둬 본 적이 없었다.

그래서 백회혈에 가만히 감각을 집중해 보고 있는데 문득 묘한 기분이 들기 시작했다.

'옥로와 이환궁……?'

하단전과 상단전을 동시에 생각하고 있던 그 순간, 갑자기 장건의 몸 안에서 쾅! 하고 새하얀 울림이 일어났다.

'어어?'

장건 스스로도 어떻게 했는지 알 수 없었다.

그건 아주 순식간에 일어난 일이었다.

썩 대단한 결과가 벌어진 건 아니었다. 장건의 경락에는 여전히 이종의 진기들이 날뛰었고, 이종의 진기들이 여기저기 부딪치는 바람에 몸이 상하고 있는 것도 그대로였다.

하지만 뭔가가 달라졌다.

장건은 기이한 감각을 좇아 다시 한 번 상단전에 집중했다. 상단전만 집중해서는 아무런 일도 벌어지지 않았다. 상단전과 하단전을 동시에 인식하는 그 순간에 다시 한 번의 울림이 있었다.

쿵—!

그제야 확연히 알 수 있었다. 딱딱하게 굳어서 멈춰있던 화후가 흔들리기 시작한 것이다.

'아!'

장건은 몇 번 더 하단전과 상단전을 울렸다.
 쿵쿵거리며 진동을 하는 동안 화후가 서서히 녹아서 부드러워져 간다. 얼마 지나지도 않았는데 화후가 용암처럼 뜨끈하게 달아올랐다.
 굉장히 신기한 일이었다.
 하단전과 상단전을 떠올리는 것만으로도 양 단전이 반응하여 공명을 일으키다니!
 장건은 날뛰던 이종 진기들의 활동이 조금 약해진 것을 깨달았다.
 그렇다고 완전히 멈추거나 아주 좋아진 건 아니었다. 약간 누그러진 정도에 불과했다.
 그래도 장건에게는 희망이 생긴 셈이었다.
 '좋았어!'
 장건은 목소리의 다음 말에 귀를 기울였다.
 목소리가 이어졌다.
 [객기(客氣)가 주기(主氣)를 침해하면 오행상생에 병이 든다. 주기는 오행의 화(火)가 둘로 나뉘어 육기(六氣)가 되니, 이는 상화(相火)이고 또 군화(君火)이니라. 객기는 음양으로 태음, 소양, 양명으로…….]
 목소리는 제자에게 가르치듯 풀어 말하고 있어서 장건은 그나마 알아듣기가 편했다. 만일 단순히 짧고 난해한 구결

들로 이루어져 있었다면 장건은 전혀 이해할 수 없었을지도 몰랐다.

목소리는 차분히 말을 이어 나갔다.

[궐음풍목(闕陰風木)이 수소양삼초(手少陽三焦)에서 상화(相火)하고, 소음군화(少陰君火)는 수양명대장(手陽明大腸)에서 조금(燥金)하느니라.]

화후를 풀어냄으로써 내공을 다스릴 수 있는 힘을 되찾은 상태였다. 장건은 목소리의 말에 따라 본래 가지고 있던 내공의 운기를 시작해 보았다.

병이 들었을 경우에 저런 일이 생긴다고 하였으니 순서는 반대다

장건은 수소양삼초경의 넷째 손가락에서부터 어깨를 타고 오르는 혈도를 따라 내공을 움직였다. 유난히 수소양삼초경의 혈도 주변이 불탄 것처럼 뜨거웠는데 장건의 내공이 돌자 그곳에서 몇 개의 이종진기가 수궐음심포경과 족궐음간경의 두 궐음경으로 옮겨갔다.

이윽고 수양명대장경에서 다시 내공을 돌리자 또다시 쫓겨가듯 몇 개의 이종진기가 소음경으로 밀려갔다.

물론 밀려 나갔다가도 다시 발버둥치며 다른 데로 달아나긴 했지만 장건은 무언가의 단서를 잡은 느낌이었다.

그것은 마치 염소, 양, 소 등이 혼잡하게 섞여 있는 중에

각각의 동물들을 본래 있어야 할 우리 안으로 골라서 넣는 것과 비슷했다.

[……소양상화는 수태양소장에서 한수하고 태음습토는 수월음심포락에서 풍목하여…….]

장건은 목소리를 놓칠까 봐 다시 집중했다.

시간이 얼마나 흘렀을까?

장건은 목소리에 따라 차례차례로 운기를 했다. 목소리가 일러 준 경락의 운기 순서는 무려 칠십이 회나 되었다.

그렇게 순서에 따라 일주천을 하고 나자 한결 몸이 개운해졌다.

운기의 효과에 장건 스스로도 굉장히 놀랄 수밖에 없었다. 마구 엉켜있던 줄이 어느 정도 정리가 된 것 같은 상황이었다.

장건은 목소리의 사람에게 고맙다고 인사라도 하고 싶었으나 눈도 떠지지 않는 마당이니 방법이 없었다. 더구나 정리가 되었다 싶었던 그 줄들은 살아 있는 것처럼 다시 원래대로 돌아가려 난리였다.

한 번이라도 더 주천을 해야 했다.

[감사 인사는 나중에 받으마.]

목소리는 그 말을 끝으로 더 이상 전해오지 않았다.

장건은 낯익은 목소리라 누구인지 궁금했지만 지금은 상태가 더 나빠지기 전에 운기에 몰두할 때였다.

목소리가 일러 준 순서대로, 장건은 쉬지 않고 운기를 계속했다.

칠십이 번의 운기행공으로 일주천, 또다시 일주천……

행공의 횟수가 거듭될수록 속도도 빨라졌다.

위잉 위이이잉!

어느새 장건의 내부에는 거대한 수레바퀴가 생겨났다.

복잡하게 얽히고 꼬여 있던 이종의 진기들이 어느덧 질서 있게 정렬된 형태가 되어갔다.

사방으로 튀어가려 하던 이종 진기들이 거대한 수레바퀴에 몸을 맡기고 하나가 되어 굴러가기 시작한다. 이종 진기들이 내뿜던 고약한 사기(邪氣)들이 조금씩 밀려나오고, 이종의 진기들은 차례로 정화되어 수레바퀴에 점착되어 간다.

손상되었던 단전도 꾸물거리며 아물기 시작했다.

그건 매우 기분 좋고 상쾌한 일이었다.

장건은 행공을 하면서 여유가 생기자 비로소 한숨을 내쉬었다. 아니, 아직은 손가락 하나 까딱 못하긴 마찬가지였으니 한숨을 내쉰 것 같다고 생각했다.

'후아! 조금만 더 하면 되겠……'

그런데 그때.

밖에서 직접 나누는 말소리가 들려왔다.

"지금 자를까?"

사람들이 하는 말이 똑똑히 들려올 만큼 몸이 나아진 것이기 때문에 장건은 안도했다.

'근데 뭘 자른다는 얘기…….'

"왼팔부터 할까? 알았어."

'응?'

눈을 떠서 보고 싶었으나 눈꺼풀이 움직이지 않았다.

누군가 장건에게 가까이 다가와 조그맣게 말했다.

"건아. 널 살리기 위해서는 어쩔 수 없는 일이다. 깨어나거든 이 못난 사형을 원망하거라."

대사형인 무진의 목소리였다.

'대사형? 뭘 원망해요? 네?'

그리고 뒤를 이어 장건의 귀를 의심하게 만드는 말이 들려왔다.

"그래도 난 네가 깨어나길 꼭 부처님께 빌 거다. 부디 팔 하나로 끝났으면 좋겠구나."

또 다른 사람들이 말했다.

"검기를 써야 하니까 비켜 서거라. 어깨까지 단번에 잘라내야 한다."

"왼팔로 안 되면 다음은 어디야? 오른 다리인가?"

"다리는 더 깊이 잘라내야 하니 조심하게. 자칫하면 영 좋지 못한 데를 자를 지도 모르잖나."

"죽느냐 사느냐인데 지금 그걸 따지게 생겼누?"

"쯧쯧, 어차피 이 녀석 고자라는 소리도 있었는데 살기만 한다면야 그깟 것 좀 잘리면 어때."

"우리 같은 노인네들한테나 그깟 것이지. 아무리 고자라도 젊은 놈이 그걸 잘리면 살 맘이 들겠나?"

"거! 시끄러우니까 모르는 소리들은 좀 하지 말게. 고환은 인체에서 가장 많은 정기를 필요로 하는 부분이야. 왼쪽 팔과 오른쪽 다리로도 안 되면 다음은 고환을 잘라 낼 걸세."

마지막 말에 장건은 하마터면 주화입마에 걸릴 뻔했다.

'으아아아아악! 저 괜찮아요! 조금만 더 있으면 돼!'

안타깝게도 목소리가 나올 리 없었다.

'자르지 마—! 자르지 말라고! 거, 거기도 안 돼!'

장건이 할 수 있는 방법은 하나밖에 없었다.

목소리가 알려준 운기행공법을 최대한 빨리해서 하다못해 목소리나마 낼 정도가 되어야 하는 것이다.

장건은 이제까지 살아오면서 이만큼 집중한 적이 없을 정도로 고도의 집중력을 발휘했다.

내공을 돌리고, 또 돌리고…….

조금 상황이 나아졌다 싶자 장건은 태극경까지 이용했다. 수레바퀴의 회전력에 태극경의 묘리를 더해 강제로 이종 진기들을 끌어들였다.

속도가 엄청나게 빨라지면서 순식간에 행공의 횟수가 수회를 넘어서 수십 회를 향해갔다.

보통 이런 경우, 많은 무인들이 무아지경에 빠져 새로운 세계를 경험하게 되나 장건은 도저히 그럴 수가 없었다.

조금이라도 늦으면 팔이 날아가고, 거기서 더 늦으면 다리가 없어지고, 또 거기서도 더 늦으면 내시가 되고 마는데 마냥 편하게 정신 줄을 놓을 수 있나!

장건은 필사적으로 행공했다.

내공의 수레바퀴가 가공할 속도로 돈다.

멀찍이서부터 파도가 다가오는 듯한 소리 비슷한 울림이 장건의 단전과 전신 경락을 울렸다.

쿠구구구궁!

내부에서 전신을 울리는 굉음이 점차 커져가고 있었다. 장건이 이제껏 단 한 번도 경험해 보지 못한 거대한 울림이었다.

*　　*　　*

누워 있는 장건의 주위에는 열 명이 넘는 최고수들과 소림사의 수뇌부 몇, 그리고 무진이 둘러싸고 있었다.

원호가 고개를 끄덕였다.

"시작하시지요."

팽가의 벽력도가 도를 뽑아 들고 장건의 앞으로 다가갔다.

벽력도가 공력을 주입하자 날에 푸르스름한 도기가 맺힌다. 한껏 극도의 공력이 깃들자 우웅, 소리를 내며 도가 울렸다.

장건의 호신기와 내부의 반발력을 부숴야 하기 때문에 가벼운 검보다 묵직한 도를 가진 벽력도가 나선 것이었다.

혈랑자가 뒤에서 한 마디 했다.

"역시 사람 잡는 칼은 저게 최고지."

벽력도는 어색한 기분이 들었는지 코웃음을 쳤다.

"이런 건 사람 잡는 칼이 아니라 사람을 구하는 칼이라고 해야지."

죽림옹이 핀잔을 주었다.

"쓸데없는 소리 말고 집중하게."

벽력도의 좌우로는 죽림옹과 무영문의 화룡소 반오가 일촌 육 푼 길이의 원리침(圓利針)을 각각 열 개씩 들고 준비

중이었다.

내부에서 폭주하는 기운의 반발력이 보통이 아니라서 일반 장침이 아니라 끝이 약간 둔하게 생기고 두꺼운 원리침을 골랐다. 끝에 좀 더 많은 내공을 담기 위함이다.

죽림옹과 반오는 약간 긴장된 모습이었다.

장건의 팔을 잘라내어 장건의 몸에서 폭주하던 기운이 누그러지는 건 한순간이다. 그 짧은 순간 이십 개의 혈도에 정확한 깊이로 침을 박아 넣어야 했다.

생각대로 되지 않으면 두 사람의 손가락이 부러질 터였다.

모두가 숨을 죽이고 벽력도와 죽림옹, 반오를 주시했다.

벽력도는 호흡을 가다듬고 서서히 도를 들어 올렸다.

도법 중에서 가장 강력한 일도양단(一刀兩斷)의 자세다.

벽력도의 시선이 장건의 왼팔 어깨에 고정되었다. 벽력도는 호흡을 멈추었다. 눈이 번뜩였다.

그가 막 시퍼런 도기에 휩싸인 도를 내려치려는 순간.

들썩.

장건의 몸이 움직였다.

"으응?"

벽력도가 멈칫했다.

들썩들썩.

장건의 몸이 뉘어진 채 몇 번 흔들린다 싶더니.
덜덜덜덜덜덜!
갑작스레 마구 떨리기 시작했다!
"뭐, 뭐야?"
"무슨 상황이지?"
벽력도가 죽림옹을 보고 다급히 물었다.
"지금이라도 베어야 하는 거 아냐? 지켜보고 있으면 늦지 않겠어?"
죽림옹도 장건의 몸이 떨고 있는 걸 보았지만 섣불리 답을 내놓지 못하였다.
쿵쿵쿵쿵.
떨림이 심해져서 금세 몸 전체가 튕겨진다. 장건은 침상에서 떨어질 것처럼 튕기더니 또 금세 조용해졌다.
그러자 청면도객이 장건을 가리키며 나지막이 소리쳤다.
"자세히 봐."
장건이 몸을 떤 동안에 피부에 부스럼들이 생겨 있었다. 본래부터 있던 부스럼이 아니라 새로 생긴 부스럼이다.
그 광경을 본 최고수들의 얼굴에 묘한 감흥이 어렸다.
무슨 일이 벌어지는지 알 것 같은 표정들이다.
우드득.
뼈가 어긋나는 소리가 났다. 물론 장건의 몸에서 난 소리다.

우득, 뿌득.

징그럽게도 장건의 몸에서 계속 뼈가 뒤틀리며 소름 끼치는 소리를 냈다. 간혹 피부가 뼈에 밀려 울룩불룩 튀어나오기도 했다.

조금 뒤늦게 원호와 소림사의 원주들도 장건에게 벌어지는 일을 깨달았다.

"사백님. 건이가……."

무진이 걱정스러운 말투로 원호를 보자 원호가 전음을 보냈다.

[쉿. 가만히 보려무나. 나쁜 일이 벌어지는 게 아니다.]

느릿느릿 뼈 어긋나는 소리는 한참이나 계속 이어졌다.

어느새 최고수들도, 소림사의 승려들도 장건에게서 멀찌감치 떨어져서 장건을 지켜보고 있었다.

장건의 피부에서 시커먼 진액이 점점이 배이고, 방울이 맺혀 흘러내렸다. 좋지 않은 냄새가 방 안을 가득 채웠다.

장건의 몸을 상하게 만든 이종 진기에서 뿜어져 나온 사기였다.

우드득, 우득.

무진은 예의가 아닌 걸 알면서도 원호에게 전음으로 물었다.

[사백님. 건이에게 무슨 일이 일어나는 겁니까? 설마…….]

원호가 무진을 보고 미소 지었다.

[그래. 그 설마가 맞다.]

무진은 놀라움에 눈을 동그랗게 떴다.

환골탈태!

장건이 환골탈태를 하고 있다!

무인으로서 부럽기도 하지만 사형으로서 기분이 좋기도 했다.

환골탈태는 작은 그릇을 큰 그릇으로 변화시키는 과정이었다. 이로써 장건은 깨어나면 더욱 내공이 깊어지고 무위는 높아질 것이다.

그야말로 인간사 새옹지마라.

위기가 오히려 장건에게 큰 복으로 다가온 셈이다.

아마 장건에게 내공을 안정화시키는 운기행공법을 알려준 이도 이 같은 일이 생길 거라고는 상상하지 못했을 터였다. 장건이 역근경으로 인해 내공을 흡수할 수 있다는 것까지는 몰랐을 게 당연하다.

폭주하는 이종의 진기들을 안정시키면서 그것들을 모두 자신의 것으로 만든 장건이었다.

'아……!'

문득 무진은 장건의 환골탈태가 정말 좋아할 일인가 하는 생각이 들었다.
장건이 더욱 고수가 되어 돌아온다 치자.
그래 봤자 보름 후에는 강호를 은퇴할 몸이 아닌가!

*   *   *

장건은 약 한 시진 후에 깨어났다.
"끄응……."
입고 있던 옷은 심하게 말라붙어서 장건이 몸을 일으키자 먼지처럼 부스스 흩어졌다.
장건은 일어나자마자 팔과 다리를 확인했다.
"내 팔! 내 다리! 헉헉……."
가끔 가물거리긴 했지만 정신이 내내 깨어 있었으므로 팔다리가 잘리지 않은 건 알았지만, 그래도 눈으로 확인하고 나니 마음이 놓였다.
장건은 고개를 들어 주위를 돌아보았다.
왜 남의 팔다리를 자르려 하냐고 화를 내려 했는데, 장건을 바라보는 최고수들과 승려들의 표정이 참으로 얼떨떨해 보였다.
"왜, 왜요?"

산산노사가 한탄했다.

"허어!"

장안대호도 말했다.

"아니, 어떻게 환골탈태를 했는데 전이랑 하나도 달라진 게 없냐 그래?"

최고수들이 황당해서 저마다 한 마디씩을 했다.

"원래 환골탈태가 저래? 원래 저놈 좀 작았으니까 키도 더 자라야 하고 어깨도 떡 벌어지고 그래야 하는 거 아냐?"

"키는 똑같은 거 같고……."

"피부가 반지르르하긴 한데……."

"근육이고 얼굴이고 하나도 안 변했네?"

"무공에 적합한 몸으로 바뀌어야 하는 거 아냐. 그럼 저게 쟤한테는 가장 적합하단 뜻이야?"

"참으로 알 수 없는 일이군."

"허면 환골탈태가 아닌가? 아닌데…… 맞는데."

하지만 장건은 그들의 말에 관심이 없었다. 장건이 그들을 한 명씩 돌아보며 물었다.

"누구세요?"

"뭐가 말이냐?"

"저한테 가르쳐 주신 분이요."

"응?"

최고수들은 환골탈태에 대한 얘기를 하다말고 갑자기 서로를 의심의 눈초리로 돌아보았다.

그중에서 가장 많은 시선을 받은 것은 태청진인이었다.

"으음? 왜, 왜들 이러는가?"

철담공이 의심 가득한 어조로 말했다.

"그야 당연히 이 중에서 구구흡정기공의 구결을 아는 건 자네뿐이잖은가."

육망지 고릉이 손뼉을 쳤다.

"허! 그러면 그렇지. 누가 알려줬으니 벗어난 게지. 몸이 완전히 무너지기 일보 직전이었거늘."

태청진인이 인상을 썼다.

"내가 설사 안다고 해도 이 아이에게 마도의 수법을 알려주었겠나? 말이 되는 소리들을 하게!"

"그럼 이 아이가 구구흡정기공의 진기인도술을 모르고 스스로 해냈다는 건 말이 돼?"

"내가 그걸 어찌 아나? 아닌 말로 나 말고 누군가 다른 이가 일러 주었을 수도 있지."

"누가?"

언성이 높아지자 원호가 나섰다.

"건이에게 물어보지요."

최고수들이 한발 물러섰다.

"그러시게."

원호가 어리둥절한 장건을 보며 서두를 뗐다.

"건아. 물론 네가 그 와중에 스스로 폭주한 진기를 다스려 벗어난 것도 대단하다만, 이건 매우 중요한 일이다. 네가 들은 것이 무엇이냐?"

장건이 의아해하며 답했다.

"그게요. 여기 있는 할아버지들의 목소리는 아닌 것 같기도 하고…… 분명히 들어본 목소리였는데."

성질이 급한 장안대호가 호통을 쳤다.

"네 이놈! 조금의 거짓도 없이 사실만을 말하렷다! 만일 네가 마공을 익혔다면 그 즉시 천 갈래로 찢어 죽일 것이다!"

장건의 눈이 퀭해졌다.

"그럼 말 안 할래요."

"응?"

"죽인다는 데 뭐 하러 말해요."

"어, 그런가?"

장안대호가 뻘쭘해서 아무 말도 못하고 있자 최고수들이 장안대호를 타박했다.

"아, 괜히 애한테 소리를 질러가지고."

"쯧쯧. 저래서야 어디 가서 어른 취급 받겠어?"

"이 친구야. 젊었을 때야 대호(大虎)라고 하면 괄괄하고 패기 있어 보이지만 나이를 먹었으면 나잇값을 해야지. 목소리만 크면 능사야?"

"건아. 저 무식한 놈은 신경 쓰지 말고 차분히 말해 보거라."

장안대호는 억울한 생각이 들어 다른 최고수들에게 눈을 부라렸지만 최고수들은 장건을 달래기에 여념이 없었다. 죽인다고 장건이 죽을 거 같았으면 애초에 소림사까지 찾아오지도 않았을 터였다.

장건은 잠시 기다렸다가 기억을 되새기며 말했다.

"화는 내외지속하고 화후가 흥복에서 일어나니 이화궁과 옥로를 울려…… 궐음풍목이 수소양삼초에서 상화하여……"

원호가 말했다.

"그거면 됐다."

더 들을 필요도 없었고 더 말해서도 안 될 부분이었다.

앞부분을 조금 얘기했을 뿐인데 최고수들도 이미 알아듣고 고개를 갸웃거렸다.

"이거 마공이 아닌데?"

"본문의 심도심법(深度心法)과 유사한 데가 있어. 백도의 심법이야. 확실해."

"오운육기(五運六氣)를 이용한 공법(功法)이라니. 이건 사계(四季)와 관련된 문파의 심법이 틀림없어."

"여기 있는 사람들 중엔 확실히 없지?"

최고수들이 서로 고개를 끄덕였다.

"없네."

"우리 중에는 없어."

하지만 누가 그럴 수 있단 말인가?

산산노사가 원호에게 물었다.

"방장 대사. 소림사의 심법이 아닌 것이오?"

"그러합니다. 저희의 운기공법과는 실로 다릅니다."

"허…… 그럼 대체. 소림사가 아니면 우리인데, 소림사도 아니라 하고 우리도 아니니……."

그때 장건이 확정짓듯 말했다.

"여기 있는 분들의 목소리가 아니었어요."

최고수들은 더욱 황당했다.

"그러면 외부에서 누군가 침입했다는 뜻인가?"

당황스러우면서도 어이없는 일이었다.

소림사의 내부이며 최고수들이 바글거리는 곳이다. 수많은 이들의 이목을 피해 장건에게 전음으로 구결을 전해 주었다는 건 말이 되지 않는다.

비록 장건을 해코지한 건 아니라지만 원호도 사태가 심

각함을 깨달았다.

"한 번 알아보겠습니다."

원호가 방을 나갔다.

최고수들은 아직도 어리둥절해하고 있는 장건을 보며 의문을 떠올렸다.

"게다가 구결로 남기지 않고 굳이 풀어서 설명을 해 준 게야?"

"굉장히 친절한 자가 틀림없겠군. 다른 속셈이 없다면."

최고수들은 자신들이 외부인의 침입을 전혀 눈치채지 못했다는 점이 씁쓸하면서도 궁금하기 짝이 없었다.

* * *

원호는 사태를 파악하기 위해 의방을 나가 나한승들에게 평소와 다른 점이 없었는지 물었다. 외원에서부터 팔대호원 전체까지 답변을 해 왔으나 아무런 이상이 없었다는 보고뿐이었다.

한데 일주문에서 접객을 담당했던 나한승이 희한한 말을 했다.

"한 노인분께서 찾아왔다가 돌아가셨습니다."

"뭣이? 찾아와서 무얼 했는데?"

"아무것도 하지 않으셨습니다. 그저 장 사제가 어디에 머물고 있는지를 물으시더니, 그때부터 이각 가량을 가만히 계시다가 제게 인사를 하시곤 온 길로 다시 되돌아 가셨습니다."

얘기를 들어 보니 시간이 얼추 비슷하다.

"허?"

원호가 일주문 밖 산문을 지키고 있던 나한승들을 불러 수상한 사람이 지나갔는지 물었다.

하지만 산문을 지키던 나한승들 모두가 고개를 설레설레 저었다.

"오늘은 아무도 지나가지 않았습니다."

"정말이냐?"

"확실합니다."

서른 명이 같은 말을 했다.

노인을 보았다는 나한승이 화들짝 놀라 변명을 했다.

"그럴 리가 없습니다. 제가 왜 거짓말을 하겠습니까? 환각을 본 것도 아닙니다. 분명히 인자한 노인분이 일주문에 계셨단 말입니다."

원호는 조금을 더 생각하다가 노인을 보았다는 나한승에게 물었다.

"너는 그 노인분이 누구인지 아느냐?"

"아뇨. 저는 처음 보는 분이었습니다. 그저 웃음을 짓고 있으셨고 수염을 길게 기르셨는데…… 아! 그러고 보니 왼쪽 귀가 없었습니다."

"왼쪽 귀가?"

"예. 최근에 입은 상처처럼 보였습니다. 다 아물지 않아서요."

점점 더 오리무중이다.

"으음."

원호는 길게 침음했다.

산문 밖 나한승들의 눈을 피했다는 건 그 노인이 소림사에 온 적이 있다는 뜻이고, 아는 사람이라는 뜻이다.

분명히 원호도 알 만한 이임에 틀림없다.

알 만한 이들 중에 최근에 큰 싸움을 하고 귀를 잃었다라…….

원호는 혹시나 싶었으나 섣불리 더 추측할 수가 없었다.

최소한 확신할 수 있는 건, 노인이 산문 밖을 지키던 서른 명의 눈은 피했으면서 일주문에 혼자 있던 나한승에게만은 모습을 보인 이유다.

어렵지 않게 추측할 수 있다. 아마도 일주문의 나한승이 그 노인의 얼굴을 모르기 때문일 것이다.

그러니 아무렇지 않게 나타나 건이의 행방을 물었겠지.

내일을 준비하는 자들 243

원호는 미간을 잔뜩 찌푸렸다.

장건의 금분세수식을 앞두고 생겨난 복잡한 상황이 마음에 들지 않는다.

일단은 장건이 살아났으니 감사해야 할 일이지만, 아무리 좋은 뜻으로 행동했더라도 어딘가 모르게 찜찜한 구석이 있는 것도 사실이었다.

장건이 무사히 회복함으로써 일련의 소동은 일단락되었다.

경락에 입었던 손상도 환골탈태…… 비슷한 무언가를 겪으면서 깨끗하게 나아 있었다. 하마터면 취소될 뻔했던 금분세수식도 무난히 일정대로 진행할 수 있게 되었다.

하지만 누가 장건에게 운기행공법을 무슨 의도로 알려주었는지 수수께끼는 풀리지 않았다.

장건이 깨어난 이튿날, 원호는 장건을 찾아갔다.

소왕무와 대팔도 장건을 보러 왔다가 얼떨결에 함께 얘기를 듣게 되었다.

"중요한 얘기를 해야겠다. 천룡검주란 자에 대한 얘기다."

원호의 말에 소왕무와 대팔이 눈을 휘둥그레 떴다.

"천룡검주 고현!"

"남부의 수문장!"

원호가 소왕무와 대팔을 쳐다보았다.

"너희도 아느냐?"

"그럼요!"

대팔이 흥분해서 말했다.

"저희들 사이에서는 이미 영웅급이에요. 자그마치 백전무패! 남부무림에서는 고 대협을 아무도 건드릴 사람이 없대요. 비무첩을 보내면 그냥 알아서 졌다고 인정한다던데요!"

"또 무슨 얘기를 들었느냐?"

이번엔 소왕무가 대답했다.

"무공이 장난이 아니라고요. 어지간히 소문난 고수들도 손 한번 제대로 못쓰고 당한다는데, 정말 대단하죠. 밑바닥에서부터 하나씩 다 쳐내고 올라가다니…… 캬! 진짜 멋있는 것 같습니다."

원호가 고개를 끄덕끄덕 했다.

"그 천룡검주가 최근에 화산파의 백리도일검을 꺾었단다."

"우와앗!"

"정말요? 백리도일검 학 대협이면 검성 어르신의 수제자잖아요!"

소림사가 거의 봉문하다시피 하고 있는 상태라 속가 제자들이 듣는 외부 소식이 조금 늦는 편이었다.

"그래. 무림맹주의 자리를 놓고 비무를 벌였는데 천룡검주가 이겼지."

"무림맹주!"

전 강호 무림을 통솔하는 절대 권력을 가진 무림맹주.

한창 강호에 관심이 많은 나이에 무림맹주는 동경의 대상이었다.

문득 소왕무가 물었다.

"그런데 고 대협은 왜요?"

원호가 덤덤하게 대답했다.

"그가 건이의 금분세수식에 올 게다."

대팔과 소왕무는 두 눈을 동그랗게 뜨고 환호했다.

"이야! 고 대협이 참관하러 오는 건가요? 저 진짜 만나고 싶었는데!"

"나도!"

원호는 어쩐지 한심하기도 하고 우습기도 해서 혀를 찼다.

"참관하러 오는 거 아니다."

"네? 그럼요?"

"무림맹주의 자리를 놓고 건이에게 도전하기 위해서다."

소왕무와 대팔은 순간 얼어붙었다.

"무, 무림맹주의 자리를 놓고서라니……."

장건이 대단한 거야 알고 있었지만 무림맹주가 걸린 도전이라는 건 생각도 못 했었다.

더구나 속가 동기들 사이에서 최고의 인기인인 천룡검주가!

"그럼 건이가 이기면 건이가 무림맹주가 되는 건가요?"

"그건 아니고 무림맹주가 될 자격을 입증하기 위해서란다."

장건을 이기면 무림맹주…….

소왕무와 대팔은 장건이 존경스럽기까지 했다.

대팔이 눈을 데구루루 굴리면서 물었다.

"그런데요, 방장 사백님. 금분세수에는 원래 과거에 원한을 졌던 사람만 도전할 수 있는 거 아닌가요?"

"천룡검주는 예전에 건이에게 패배한 적이 있다. 너희들도 아마 알 거다."

"네?"

소왕무와 대팔은 원호에게 병가에서의 얘기를 듣고, 그제야 천룡검주에 대해 떠올릴 수 있었다.

"아, 원상 사백님을 일장에 쓰러뜨렸다던……."

장건도 고현을 생각해 냈다.

"그 사람이군요. 사람보다 칼이 중요하다고 했던 사람이에요."

장건은 고현에 대해 별로 좋은 감정을 갖고 있지 않지만 그렇게 대단하게 생각하고 있지도 않았다.

"마, 맞아. 전에도 이겼으니 건이가 또 이길 거야."

"암! 아무리 고 대협이라도 건이한테는 상대가 안 되지."

소왕무와 대팔의 말에 원호가 인상을 썼다. 원호는 장건에게 경각심을 일깨우고 방심하지 말라 말하려고 온 것이었다.

"천룡검주는 백리도일검이 검강으로 펼친 이십사수매화검법을 힘으로 깨뜨렸다. 쉬이 생각할 일이 아니다."

"검가앙!"

소왕무와 대팔은 검강을 힘으로 깨뜨렸다는 말에 화들짝 놀라서 장건을 쳐다보았다.

장건은 크게 표정 변화가 없었다.

"그러고 보니 그때 칼이 검기와 다르게 별처럼 반짝거렸어요."

"검강을 썼었다구?"

대팔이 놀라서 묻자 장건이 고개를 끄덕였다.

"응. 엄청 세 보였어. 스치기만 해도 옷이 타버렸거든."

장건이 너무 담담하자 원호가 꾸중하듯 말했다.

"역대 어떤 금분세수식을 보아도 좋은 일보다는 나쁜 일이 더 많았다. 일전에 한 번 이겼더라도 결코 우습게 보아서는 안 된다."

'아마도 홍오 사백조가 그를 사사한 것 같으니 더 조심해야 한다.'는 말이 입에서 맴돌았다. 장건을 심란하게 만들지 않기 위해서 확인될 때까지는 굳이 얘기하지 않으려는 생각이었다.

장건이 기의 가닥으로 머리를 긁적이면서 원호를 보았다.

"우습게 보는 게 아녜요. 그때도 이미 충분히 강해 보였거든요. 그런데 이상하게 자신감이 생겨요."

"그게 방심하는 거지, 뭐냐."

"방심이 아녀요."

장건은 손사래를 쳤다.

"말씀드리기 좀 애매한데요. 긴장은 되지만 무섭진 않은…… 그런 느낌이에요."

원호와 소왕무, 대팔이 무슨 소리를 하냐는 듯한 눈빛으로 장건을 쳐다보자 장건은 머쓱했다.

"그러니까 그게요. 뭘 해도 할 수 있을 것 같은 거예요."

무슨 생각이 들었는지 장건이 등에 맨 검을 풀었다.

그러고는 검을 뽑았다.

소요매화검의 새하얀 검신이 모습을 드러냈다.

장건은 소요매화검을 손에 쥐고 앞마당으로 나갔다.

호흡을 고르더니 천천히 공력을 끌어올렸다. 소매가 펄럭이고 옷이 부풀어 오르기 시작했다.

"뭐 하는 거야?"

소왕무가 물었다.

장건은 대답하면서 소요매화검을 하늘로 들었다.

"지난번에 했던 거."

말이 끝나기가 무섭게 소요매화검이 광채를 내며 반투명한 빛줄기를 뿜어냈다.

웅웅웅.

조용한 공명과 함께 댓 자가 넘는 검기가 솟아올랐다.

소왕무와 대팔은 일전에 보았던 광경이었다.

대단하긴 대단하지만 검기를 뿜어내는 게 지금 한 말과 무슨 관계가 있는지 알 수 없었다.

웅웅웅웅.

검명이 울리고 세 사람이 지켜보는 가운데 장건은 눈을 감았다.

지난번에는 힘껏 내공을 썼을 때 딱 이만큼만 되었다.

그런데 지금은 다르다.

'아직 더 할 수 있어.'

그때보다 한결 여유가 있었다.

장건은 단전에서 전신 경락으로 뻗어가는 내공의 흐름을 느끼면서 정신을 집중했다.

행공이 일전에는 다소 정리되지 못한 느낌이 있었다면 지금은 고르게 정비된 관도를 달리는 느낌이었다.

내공이 경락 이곳저곳을 뻗는 데 거침이 없고 흐르는 양마저도 풍부하다. 냇물이 강물이 된 듯 시원시원하게 뻗어간다. 게다가 아직도 단전에 남은 내공은 넘실거린다.

'한계를 넘을 수 있어.'

장건이 주로 사용하는 건 역근경과 대환단의 내공이었고 다른 이종의 내공들은 점차 그 큰 줄기에 흡수되어 가는 형국이었다.

그러나 이름 모를 고인이 알려준 행공법을 한 이후 오히려 이종의 내공들은 완전히 분리되었다.

이전엔 다른 색의 실들을 대충 얼기설기 모으고 감아서 한 타래를 만들고 있었다면, 지금은 따로 나눠 감아서 각각의 타래 뭉치를 만들어 둔 형태였다.

비슷한 성질을 가진 내공들끼리 합쳐져 모두 여섯 타래가 되었다.

역근경의 내공이 주가 되어 유사(類似)한 성질의 내공들이 합쳐진 상화.

대환단의 내공이 주가 된 군화.

백령무의귀천공이 주가 된 한수(寒水).

독정이 주가 된 습토(濕土).

뇌가기공이 주가 된 풍목.

전에 없다가 새로 생겨난 도가 계열의 내공인 조금(燥金).

그렇게 여섯 가지 종류의 내공들이 서로 맞물리며 돌아간다.

독공이나 백령무의귀천공은 쓸수록 소모되어 사라지는 내공이었는데 이젠 기이하게도 스스로 생겨난다. 아니, 스스로 생겨나는 게 아니라 다른 내공의 영향을 받아 생겨나는 것이었다.

이른바 상생(相生)의 이치다.

정확한 이론까지야 알 수 없었으나, 장건은 충분히 변화를 느낄 수 있었다. 죽을 뻔한 위기를 넘겼지만 또다시 새로운 무공의 세계에 눈을 뜬 장건이다.

무공이란 정말 재밌었다. 은퇴하기가 너무 아쉬울 정도로.

그래서 장건은 마지막 금분세수의 날에 누구와 싸우든 최선을 다해 보고 싶었고, 또 그러기 위해서는 자신의 한계를 알 필요가 있었다.

장건은 여섯 종의 내공을 동그랗게 배열하여 하나의 원을 만들었다. 그리고 원을 수레바퀴처럼 굴렸다. 지난번 행공 때에 배운 방법이었다. 여섯 종의 내공이 세차게 돌아가면서 더욱 강력한 공력을 일으켰다.

무려 다섯 자가 넘는 검기를 이미 내고 있는 상태에서도 그만한 여력이 남아 있었던 것이다!

소왕무와 대팔, 원호가 알았다면 경악할 노릇이었을 터였다.

우우우우웅!

수레바퀴의 회전력에 의해 장건의 전신이 울렸다. 울림이 곧 검으로 향해 더 크고 강한 검명을 울린다.

이차 검명!

장건은 이를 악물었다.

무언가가 될 듯 말 듯 모자라다.

'더!'

수레바퀴가 엄청난 속도로 한층 거세게 굴러갔다.

우우우웅!

한껏 검이 떨리더니 갑자기 멈추었다.

장건의 내부도 고요해졌다.

극한의 속도로 돌던 수레바퀴가 한 순간 진공(眞空)을 만들어 내었다.

팍!

꽃망울이 터진 것처럼 검병에서 뿌연 아지랑이가 피어났다.

수십 갈래의 아지랑이가 검신을 타고 오른다.

찬연한 무지갯빛이 아롱이며 소요매화검의 검극에 모여 별이 되었다.

소왕무와 대팔은 소름이 돋았다.

"검강!"

장건은 조용히 눈을 떴다.

자신이 들고 있는 소요매화검의 끝에 어린 별빛을 보았다.

은연중에 표정을 짓고 있는 원호와 아까부터 내내 입을 다물지 못하고 있는 소왕무와 대팔.

그들을 차례로 보며 장건이 말했다.

"이상하죠? 지금은 누구와 싸워도 질 것 같지가 않아요."

말뜻은 지극히 광오했지만, 전혀 거만하지 않은 말투로 덤덤하게 내뱉은 장건의 말이었다.

*　　*　　*

유장경은 몽경의 보고를 받은 후 서가촌에서 최고수들이 몰려갔음에도 방법이 없었다는 것까지 확인했다.

장건은 결코 살아남을 수 없었다. 아니, 살아났어도 폐인이 되었을 것이고 무공을 쓸 수 없는 몸이 되어야 했다.

그런데 멀쩡하게 살아났고, 금분세수식은 예정대로 열리게 되었다.

더구나 거기에 한 가지의 변수가 더 생겼다.

바로 검성의 재등장과 문사명의 행로(行路)다.

유장경은 얼굴을 잔뜩 일그러뜨렸다. 맞은편에 앉은 야용비도 그 뒤에 선 냉고사도 묘한 표정이다.

앞에 부복한 북해빙궁 무사의 보고가 참으로 미묘했기 때문이었다.

"뭐라고?"

유장경의 되물음에 무사가 다시 보고했다.

"검성의 행적이 걸려들었습니다."

"오판(誤判)일 확률은?"

"동(洞)."

동은 없다는 뜻이다.

일찍이 야용비는 문사명을 놓아주면서 그의 주변에 감시망을 펼쳐 놓았다. 천라지망까지는 아니었으나 문사명을 만나면 드러날 수 있게 조치해 두었다.

"계속 보고하라."

"예. 검성이 남궁가의 장원 근처에 등장한 이후 문사명이 출관했습니다. 검성과 문사명은 각기 다른 행로로 소림사로 향하고 있는 것으로 보입니다. 문사명의 행적은 계속해서 확인되고 있지만 검성의 자취는 도중에 끊겼습니다."

야용비가 턱을 괴고 중얼거렸다.

"문사명이 소림사로 가는 이유는 알겠지만, 검성은 왜?"

유장경이 이죽거리는 듯한 태도로 말을 내뱉었다.

"북해의 능력이 대단하군. 검성의 행적까지 찾아낼 정도라니."

"당연히 그럴 수 있을 리가 없잖아요?"

야용비가 신중하게 말했다.

"검성은 한동안 잠적했었고 우린 그의 흔적을 조금도 찾지 못했어요. 그런데 이제 와서 감시망이 제아무리 철저하다 한들 검성의 행적을 찾아낼 수 있겠어요? 검성은 일부러 자신을 드러낸 거예요."

"으음? 검성이? 왜 그렇소?"

"그러니까 지금 그게 궁금한 거잖아요. 왜 검성이 모습을 드러내고 소림사로 간다고 친절하게 알려 주기까지 하는지 말예요."

냉고사가 의견을 말했다.

"제자를 지키기 위함이 아닐까요. 자기가 지켜보고 있으니 경거망동 하지 말라고 우리에게 경고하는 것인지도 모릅니다."

"그 말도 일리가 있어요. 하지만 검성이 우내십존을 암살함으로써 약속을 지켰는데 왜 그 후에 우리에게 오지 않고 잠적했던 걸까요?"

"그건……."

잠시 생각하던 야용비가 고개를 끄덕였다.

"빙정석일지도 모르겠군요. 자신의 제자가 나라밀대금침술에 당한 걸 알고 소림사로 빙정석을 찾으러 간 거예요. 그간 사라졌던 건 나라밀대금침술을 해소시킬 방법을 알아내기 위해서였는지도 모르죠. 그러니 모습을 드러내서 은연중에 우리에게 경고했다는 건 맞는 추측 같아요."

야용비가 계속해서 말했다.

"여우같은 검성은 강호 무림의 살아 있는 상징이니 반드시 죽여야 하고, 계획을 어긋나게 만든 천룡검주 또한 살려둘 수 없어요. 검성의 제자는 나라밀대금침술이 유지되는 한 앞으로도 계속 써먹을 수 있겠지만."

유장경의 눈빛이 날카로워졌다.

"그렇다면 역시 금분세수식이 분수령이 되겠군. 금분세수식에는 다수의 각대문파 고수들도 참가할 거요."

"이번 금분세수식을 우리가 어떻게 대응하느냐에 따라 모든 것이 바뀌겠죠."

야용비가 살기어린 표정으로 이를 갈았다.

"가용한 모든 무력을 동원해야 해요. 눈엣가시 같은 전승자를 포함해서 강호 무림의 전력 다수를 줄이고, 우리의 계획을 원래의 궤도로 돌릴 수 있는 마지막 기회예요."

제 7 장

개회제일천(開會第一天)

　최대의 명절 중 하나인 춘절.

　가가호호(家家戶戶)에 복(福)자가 써진 붉은 등이 수없이 걸리고 사람들은 명절맞이에 여념이 없었다.

　하지만 강호인들에게는 춘절보다도 보름 뒤의 원소절이 더욱 중요한 날이었다. 원소절 나흘 전, 강호 무림의 미래를 좌우할 거대한 사건이 기다리고 있기 때문이다.

　그날 장건의 금분세수식이 열리고 또 그 자리에서 당대의 무림맹주가 결정된다.

　최소한 차후 십 년 무림의 행보가 걸린 일이었다.

　십대 문파와 오대 세가로 대변되는 거대 문파들은 상주

무림대회에서 결정된 일이 매우 탐탁지 않았다.

하나 이미 대세는 기울었고 따르지 않을 도리가 없었다.

천룡검주 고현은 강호의 대세였고, 거대 문파를 대변하던 검성의 수제자 백리도일검은 그에 맞서다 대패하였다.

고현이 장건마저 쓰러뜨린다면 그가 무림맹주로 등극함에 있어 더 이상 반대할 명분을 찾기가 어렵다.

그러다 보니 거대 문파들은 모순적이게도 오히려 고현이 아닌 장건을 응원할 수밖에 없었다.

장건은 어차피 금분세수식을 마치고 강호를 은퇴하게 되니 장건이 고현을 이겨도 별 부담이 없었다. 어찌 보면 거대 문파들의 무공을 골고루 익히고 있는 장건은 거대 문파들의 공동전인과도 마찬가지인 셈이기도 한 것이다. 따라서 장건이 이긴다면 일단은 소림사가 적잖은 명성을 가져가게 되겠지만 그것은 곧 거대 문파들 전체의 승리라고도 볼 수 있었다.

소림사가 이익을 얻는다 쳐도 차라리 중소 문파에 허리를 굽히는 것보다는 훨씬 나은 일이다.

반대로 중소 문파들의 입장에서는 당연히 고현이 이기기를 바랐다. 고현이 이긴다면 강호 무림 역사상 최초로 중소 문파들이 거대 문파들과 거의 동등한 발언권을 가질 수 있게 될 터였다.

단 한 판의 비무가 강호 무림의 판도를 이전과는 완전히 바꿀 수도 있게 된다…….

하여, 과연 승부의 향방이 어떻게 이루어질지.

장건의 금분세수식은 그야말로 강호 초미의 관심사였다.

*   *   *

장건은 금분세수식까지 남은 기간의 대부분을 명상과 건신동공으로 보냈다.

새롭게 바뀐 내공의 체계에 익숙해질 필요가 있었다. 아직 생소해서 조금씩 운용에 실수가 있다.

다행히도 소림사에 엉덩이를 붙이고 눌러앉은 최고수들에게 모르는 것을 물어보며 새로운 걸 배웠다. 최고수들도 장건에게 장건식 무공에 대한 궁금함을 물어볼 수 있었으니 결코 손해 보는 일이 아니었다.

어쨌거나 이 며칠간은 장건이 처음으로 아무런 잡념 없이 무공에만 전념할 수 있던 시간이었다.

금분세수식을 하루 앞둔 전날.

장건은 최고수들과 마지막 시간을 가졌다.

장건이 가부좌를 틀고 앉아 있고 최고수들이 주변에서 장건에게 조언을 해 준다.

"백회에서 좌우로 갈라져 양쪽 귀와 얼굴을 통해 작교(鵲橋)로…… 연기화신은 황정(黃庭)의 중단전을 솥처럼 보아……."

최고수들이 일러 준 행공법대로 운기를 마친 장건이 한참 뒤에 눈을 떴다.

눈초리에서는 금빛이 흐르고 귀 뒤의 머리칼은 살랑거렸다.

철담공이 흐뭇하게 웃었다.

"잘했다. 육근(六根) 진동 중에 반을 이루었으니 제대로 행공한 게다."

장건은 전신에 넘치는 활력과 상쾌함의 여운을 느끼면서 가벼운 숨을 내쉬었다.

운기행공을 하면 할수록 단전의 내공이 불어나고 아랫배가 단단해지는 걸 느낄 수 있었다. 피로는 말끔히 씻기고 무아지경에서 머리마저 맑아졌다.

짧았지만 근 며칠 동안 체계적으로 배운 효과는 굉장했다. 어중간한 감각으로 하는 것과 알고 하는 건 확실히 달랐다.

이것이 전통이고 기초의 중요함이라는 걸 장건은 새삼 깨달았다.

그리고 최고수들에 대한 고마움도.

장건은 가부좌를 풀고 일어났다. 부드러운 눈길로 자신을 바라보는 최고수들을 보면서 고개를 숙였다.
"그동안 감사했습니다. 그리고 저기……."
장건은 우물쭈물거리다가 용기를 내어 말했다.
"제가 일전에 무례하게 굴었던 것도 사과드릴게요."
최고수들의 얼굴에 어색함이 감돌았다.
벽력도가 일부러 세게 코웃음을 쳤다.
"되었다. 서로 주고받았으니 감사할 것도 없고, 남아(男兒)란 서로의 신념이 달라 싸울 수도 있는 거다. 네가 믿고 행한 신념이 틀리지 않았다고 생각한다면 사과하지 마라."
퉁명스러우나 어딘가 따스함이 담긴 어조였다.
장건이 눈웃음을 지으면서 고개를 끄덕였다.
"네. 만약에 다음번에도 같은 일이 있으면 또 그럴게요."
"얼씨구?"
운일도장이 어이가 없어 웃었다.
"넌 이 녀석아. 내일 치를 금분세수식이 뭐라고 생각하는 거냐. 강호에서 손을 씻고 나면 그 후로는 절대로 강호의 은원에 상관해서는 안 되는 거다. 명심해. 그 법칙을."
운일도장이 말을 하고 나서 보니 장건의 표정이 장난스럽다. 몰라서 한 말이 아니라 나름대로 농담이라고 한 것 같았다.

하지만 최고수들에게는 그리 반갑지 않은 농담이었다. 내일 이후로 장건과 무림의 일로는 만날 수 없다는 게 아쉬운 것이다.

육망지가 물었다.

"기분은 어떤고?"

장건이 조금 머쓱해하며 대답했다.

"잘 모르겠어요. 정말 집에 가서 원소절을 보낼 수 있게 되는 걸까. 팥을 넣은 달달한 경단을 먹을 수 있게 되는 걸까…… 아직 실감이 안 나요."

집이 산서성 운성이라 했으니 하남에서 팔백 리 길이다. 금분세수 이튿날이 원소절이니까 하루 만에 팔백 리를 가겠다는 얘기였다.

하지만 이 자리의 누구도 장건이 당연하다는 듯 말하는 그 말을 의심하지 않았다. 장건이라면 충분히 할 수 있는 일이다.

산산노사가 말했다.

"듣자 하니 천룡검주란 자의 무력이 보통이 아니라더구나. 조심해야 한다."

"예. 정신 똑바로 차리고 있을 게요."

장건은 마지막 인사를 했다.

"그럼 내일 뵈어요."

"오냐."

장건은 유령처럼 스르륵 미끄러지며 수련관을 나갔다. 환골탈태을 했지만 하는 행동 양식은 조금도 달라진 게 없었다.

최고수들은 장건이 나간 문을 한참이나 쳐다보았다.

청면도객이 혀를 차며 말했다.

"끌끌. 결국 아무도 얘기를 못 했구만."

북무선생이 고개를 끄덕였다.

"사실 녀석에게 사과해야 할 건 우리였는데 말일세."

반오도 눈을 감고 한 마디를 했다.

"끝끝내 미안하단 말이 나오지 않더구려. 저렇게 무공을 좋아하는 아이를……."

혈랑자가 씁쓸한 표정을 지었다.

"녀석을 벼랑 끝으로 내몬 게 우리였다는 걸 도무지 받아들일 수가 있어야 말이지."

장건과 함께 있는 동안, 최고수들도 장건의 마음을 이해하게 된 것이다.

그러고 나니 더욱 장건에게 애착이 갔다.

"원래부터 강호에는 어울리지 않는 녀석이었네. 차라리 잘 된 일인지도 모르지."

육망지의 말에 태청진인이 고개를 끄덕였다.

"금분세수식을 무사히 마치고 녀석이 무사히 집으로 돌아갈 수 있기를 지켜봐주세. 그게 우리에게 남은 일인 것 같군."

죽림옹이 헛헛하게 웃으면서 말했다.

"그리고 나면 우린 이제 문파로 돌아가 별 볼 일 없는 뒷방 늙은이 신세가 되는 거고."

최고수들은 너나할 것 없이 껄껄 웃었다.

말년에 얻은 작은 인연.

하지만 그것이 자신의 인생이나 다름없는 강호에서의 활동을 마무리하기에 최고의 인연이었음을, 최고수들은 감사해하고 있었다.

* * *

장건은 조용히 눈을 떴다.

밤새 잠을 설치다 새벽녘에야 잠깐 눈을 붙였다.

댕 댕 댕—.

아침을 알리는 다섯 번의 종소리가 울렸다.

아직 밖은 컴컴하지만 소림사의 아침은 이미 시작된 지 오래였다. 일부 승려들은 깊은 산 속 한적한 곳으로 가서 운기조식을 마쳤을 터였다.

　장건은 다른 날과 똑같이 일어나서 침구를 정리하고, 속가 제자들이 가는 불당으로 가서 새벽 예불을 올렸다.

　그러곤 공양간으로 가서 아침 공양을 먹었다.

　이제 오시(午時)까지는 무술 수련 시간이다.

　하지만 장건은 소림사의 경내를 떠날 시간이다.

　속가 제자 친구들이 모두 장건을 배웅했다.

　아직 모두가 헤어짐을 섭섭해 할 때는 아니었다. 장건은 앞으로 삼 일 간 이렇게 같은 아침을 맞아야 한다.

　원호가 계율원주인 원읍과 식의 진행을 도울 몇몇 나한승과 함께 왔다.

　"가자꾸나."

　"예, 방장 사백님."

　소왕무가 대표로 장건에게 인사했다.

　"잘 다녀와."

　장건은 소왕무를, 그리고 다른 속가 제자들을 보며 웃었다.

　"응."

　　　　　＊　　　＊　　　＊

장건과 원호, 그리고 다른 승려들은 소실산의 뒤편인 삼황채(三皇寨)로 향했다.

삼황채의 대부분을 이루는 절벽의 암석들은 대나무 수십만 그루를 한데 묶은 듯 특이한 형태였다. 세로로 길게 솟은 암석들이 까마득히 높아 하늘을 떠받치는 기둥처럼 생긴 탓에 천황(天皇), 지황(地皇), 인황(人皇)의 삼황이 머문다 생각하여 삼황채라는 이름이 붙었다.

험난한 지형의 삼황채에는 몇몇 작은 암자와 도원(道院), 삼황을 모시는 삼황행궁 그리고 불도를 닦는 적잖은 크기의 삼황선원(三皇禪院)이 있다.

장건의 금분세수식은 바로 그 삼황선원에서 행해질 예정이었다.

삼황선원으로 가는 길은 두 군데인데, 하나는 소림사에서부터 출발하여 가파른 절벽의 잔도(棧道)로 산의 허리를 빙 둘러 가는 길과 소실산 남쪽 산자락 아래의 연화사(蓮花寺)에서부터 제법 가파른 경사의 소로(小路)를 통해 오르는 방법이다.

둘 다 지형이 험하긴 마찬가지지만 왕래길이 제한되어 있으니 무슨 일이 생기든 쉽게 대응할 수 있을 거라는 생각에서 원호가 결정한 장소다.

휘이이잉!

절벽을 타고 한기를 잔뜩 품은 겨울바람이 불어왔다.

장건은 아래가 보이지 않는 절벽의 가운데에 난 잔도를 보고 조금 얼어붙었다.

세로줄로 이루어진 바위의 틈에 통나무를 박아 넣어 그 위에 판자를 깐 길이 죽 이어져 있다. 중간중간 경공으로 뛰어넘어야 하는 곳도 있었다.

"이렇게 팔 리를 가야 한다고요?"

장건이 질려서 묻자 나한승들이 웃었다.

원호도 피식 웃었다.

"왜? 겁나느냐?"

"당연히 겁이 나죠. 으아……."

아래는 천 길 낭떠러지다. 발을 조금만 헛디뎌도 저 아래 까마득한 점이 되어 떨어질 것 같았다.

하지만 허공잔도(虛空棧道)가 익숙한지 나한승들은 짐을 짊어지고도 성큼성큼 잔도를 걸었다.

장건은 차라리 소림사를 내려가서 소실산을 한 바퀴 뱅 돌아 반대편으로 올라갈까도 심각하게 고민했다.

"다 마음먹기에 달린 것이다. 평지라면 제아무리 좁은 길이라도 네가 이렇게 겁을 먹었겠느냐."

"그, 그렇긴 하지만요. 사형들은 어떻게 저리 겁도 없이 갈 수 있죠?"

장건은 숨을 크게 내쉬며 머리를 흔들어 털었다.

원호가 웃으면서 말했다.

"그래. 그럼 네게 한 가지 무공을 알려주마. 벽호공(壁虎功)이란 것이다."

원호는 손가락을 갈퀴처럼 그러모은 뒤 절벽에 박아 넣었다. 그러곤 거미처럼 순식간에 절벽을 몇 장이나 기어올랐다가 다시 내려왔다.

"우와!"

"어떠냐. 이걸 배우면 미끄러져도 다시 오를 수 있으니 무섭지 않겠지?"

장건이라면 당연히 금세 배우겠지, 하고 알려준 원호였다.

하지만 장건이라고 다 할 수 있는 건 아니었는지 장건은 머리를 긁적이고 있을 뿐이었다.

"전 무서워서 안 되겠어요."

기술 이전에 마음의 문제였다.

원호는 장건에게 밥 말고 또 다른 약점이 있다는 게 귀여웠다.

"사즉생 생즉사(死卽生 生卽死)라, 죽고자 하면 살고 살자고 하면 죽는다는 말이 병법에도 있듯 세상사가 다 그렇단다. 최고의 적은 그 누구도 아닌 나 자신의 두려움이지."

"살고자 해야 살지, 죽고자 하는 데 어떻게 사나요? 저는 살고 싶으니까 끝까지 살려고 노력할 거예요."

장건이 입을 삐죽 내밀었다.

원호는 다시 미소를 지었다. 예전에는 몰라서 되묻는 말이었을 테지만, 지금은 알고 하는 말이라는 게 어조에서 느껴졌다.

어찌 보면 이미 장건은 소림사의 그 누구보다도 강한 적수와 수많은 격전을 벌인 역전의 노장인 것이다.

"네 말도 맞다. 사람이 두려움을 모르면 그것은 짐승과 다를 바 없느니라. 두려움을 알기에 위험을 알고, 위험을 알기에 피해갈 수도 있는 것이지."

"방장 사백님이 오늘 이상해요. 너무 이랬다저랬다 하시는데요."

장건이 수상한 눈빛으로 원호를 보자 원호가 장건의 머리를 쥐어박는 흉내를 냈다.

"이놈아, 불법(佛法)이 다 그런 거다. 선문답이 괜히 선문답인 줄 아느냐?"

"하긴 그러네요."

장건도 히 하고 웃었다.

덕분에 두려움을 조금 떨쳐냈는지 장건은 잔도로 첫 발을 내디뎠다.

"휴우."

잔도로의 첫 걸음이 장건에게는 바깥세상으로 나가는 첫 걸음, 시작이나 마찬가지다.

그래서였을까?

어느새 두려움은 설렘으로 바뀌어 장건의 발걸음을 조금씩 더 가볍게 만들고 있었다.

긴 잔도를 지나 절벽과 절벽을 잇는 아찔한 구름다리를 건너 능선을 타고 삐죽 솟은 탑들과 일, 이 층의 전각들이 보이기 시작했다.

삼황선원은 제법 규모가 있었다. 삼황전, 관음전, 불조전, 문수전 등 삼십 칸에 이르는 전각들로 이루어져 있다.

장건은 이런 전각들이 어떻게 만들어졌는지 다 의아할 지경이었다.

장건과 원호들이 도착했을 때에는 진시(辰時)에서 사시(巳時)로 넘어가기 조금 전이었다. 일찌감치 일어난 삼황선원의 승려들이 깨끗하게 선원의 안팎을 청소해 두었다.

원호는 장건을 데리고 전각 중 한 곳으로 향했다.

단층 전각의 활짝 열린 문 안으로 특이하게도 무량수불과 옥황상제상이 함께 보였다.

그 앞쪽에는 드높은 봉우리들을 배경으로 제법 널찍한 마당이 있고 몇 개의 좌석과 천막이 쳐져 있었다. 천막의 아래에 허리 높이의 상을 두었는데 향불과 금색 대야, 그리고 붉은 융단이 깔려 있다.

장건은 작은 떨림에 크게 심호흡을 했다.

원호가 떠는 장건의 어깨를 부드럽게 토닥였다.

"걱정 말거라. 첫날에는 흔히 아무런 일도 일어나지 않는단다. 특히나 이번처럼 상대가 정해진 경우는 더 그렇겠지."

"예?"

"상대의 심리를 압박하기 위해 느지막이 나타나기도 하고, 마지막에 나타나는 게 모양새도 살고 그렇잖으냐? 손님들도 마지막 날이나 되어야 다들 오고 그럴 게다. 그나저나 순서는 다 외웠겠지?"

"네, 다 외웠어요."

긁적긁적.

장건은 뒷머리를 긁었다.

곧 손님들이 한 명 두 명 찾아오기 시작했다.

좌석은 수십 개였는데 의외로 참관객은 그리 많지 않았다.

그간 장건과 함께 있던 각 문파의 최고수들 열세 명과 흰 면사를 쓴 기묘한 분위기의 면사인(面紗人)과 차가운 표정의 중년인. 그리고 근엄한 분위기의 장년인 둘까지.

도합 열일곱 명이 전부였다.

아무리 마지막 날이 중요하다 치더라도 사람이 너무 적다. 심지어는 장검의 금분세수식은 무조건 보러 오겠다던 양소은과 백리연, 하연홍, 제갈영도 보이지 않았다.

댕 댕.

사시를 알리는 종이 울리자 장건은 향을 둔 상 앞으로 가서고 원읍이 그 옆에 서서 식을 진행했다.

원호는 주관자로 다른 손님들의 옆쪽 좌석에 자리했다.

원읍이 개식(開式)을 선언했다.

"개회제일천! 그럼 지금부터 첫날의 의식을 시작하겠습니다."

개식 선언을 하고 난 후 원읍은 상 옆의 붉은 초에 불을 붙였다.

나한승이 장건에게 세 개의 향을 건네었다. 장건은 두 손으로 향을 받아 높이 치켜들었다.

"향을 세 번 태우시오."

장건은 한 번에 세 개씩, 세 번 향에 불을 붙여 향로에 꽂았다.

"술을 세 번 올리시오."

장건은 나한승에게 술잔을 받아 하늘 높이 세 번을 든 후 바닥에 뿌렸다.

"여러 무림 동도들의 앞에서 천지신명께 맹세하는 의미로 세 번의 절을 올리시오."

원읍이 참관인들에게 부탁해 자리에서 일어서도록 했다.

참관인들이 모두 일어서자 장건은 향로 앞에 크게 세 번의 절을 했다.

이후 나한승이 금색대야에 깨끗한 물을 담아 장건의 앞으로 가져왔다.

원읍이 장건에게 날카로운 한 자루의 비수를 건네며 고개를 끄덕였다. 장건은 긴장한 얼굴로 약지 끝을 비수로 그었다.

똑 똑 똑.

새빨간 세 방울의 피가 나한승이 들고 있는 대야에 떨어졌다.

나한승이 피가 들어간 대야를 상 위에 올려두었다.

아직 손을 씻을 수 없다. 세 번째 날 모든 의식이 끝나야 맑은 물에 손을 씻고 은퇴식을 마칠 수 있었다.

"돌아서거라."

원읍이 장건에게 작은 목소리로 이르자, 장건은 참관인들을 향해 돌아섰다.

원읍이 큰 소리로 말했다.

"강호의 율법에 따라 지금부터 삼 일 동안 이 자리에서 금분세수식을 진행할 것입니다. 천지신명 앞에 과거의 연을 흘려버릴 것을 맹세하실 분은 앞으로 나와 주십시오."

예상대로 아무도 나오지 않았다.

본래는 강호에서 맺은 악연은 물론이고 좋은 인연도 함께 흘려야 하는 자리였으나, 좋은 인연을 맺었는데 굳이 찾아와 절연을 선언하는 사람은 없다.

어쨌든 아침의 순서가 끝났고 이제부터는 해가 지기 전까지 기다리기만 하면 개회제일천의 하루가 끝난다.

"와 계신 분들에게 인사라도 하도록 해라."

장건은 네모난 붉은 융단 옆에 서서 참관객들과 일일이 인사를 했다.

최고수들은 장건을 잘 알고 있었으니 가볍게 손을 흔들었고, 중년인 두 명은 원호가 소개했다.

"여기 이쪽은 한 자루 섭선을 쓰며 강호에서 중도의 길을 걷고 계시는 백학옹 대협. 옆의 분은 전통 깊은 금천문의 문주 나기검(羅杞劍) 화우 대협으로 두 분 모두 나와는 친분이 있으시다."

장건이 합장을 했다.

"안녕하세요."

백학옹과 화우가 포권을 해 보였다.
"반갑네."
"어려운 길을 선택했군."
원호가 옆으로 옮겨가며 흰 면사인과 냉막한 표정의 중년인을 소개하려 했다.
"이분 시주들께서는……."
하지만 면사인은 장건을 향해 가볍게 고개를 숙여 보이는 것으로 인사를 대신했고, 곁의 중년인은 묵묵히 서 있을 따름이었다.
금분세수식에 찾아온 이유를 굳이 밝히기 원하지 않는 이들도 많으니 원호도 더 물을 수가 없었다.
"찾아주셔서 감사합니다."
장건이 합장하며 인사말을 함으로써 그 자리에 있는 모두와 인사가 끝났다.
장건은 자리에 깔린 융단 위에 정좌하고 앉아 전각으로 들어오는 대문을 쳐다보았다.
그러곤 조용히 자신을 찾아올 연자를 기다렸다.
지루하지만 어쩔 수 없었다. 어차피 삼 일을 기다려야 하는 일이었다.
하나 담담한 장건과 달리 원읍과 원호는 조금 의아한 감정을 감추기가 어려웠다.

원읍이 원호에게 전음으로 물었다.

[방장 사형. 아무리 첫날이라도 너무 사람이 없는 것 아닙니까?]

백학옹과 나기검 화우는 막역한 친구 사이로 이미 며칠 전부터 삼황선원에서 머물고 있었다. 그걸 생각하면 오늘 삼황선원을 오른 이는 정체모를 여인과 중년인, 둘 뿐이라는 말이 된다.

원호도 침음했다.

[그렇군. 이상한 일이야.]

아무리 생각해도 어딘가 한구석이 찜찜했다.

장건이 맺은 인연이 많지 않다고 해도 이 숫자는 너무 적은 편이었다.

하여 원호는 한 명의 나한승을 시켜 바깥 사정을 알아보고 오도록 시켰다.

* * *

소실산의 아래에는 때아닌 인파들이 몰려 있었다.

대부분이 무림인인데 시끌벅적하게 소란스럽다.

"이게 무슨 짓이오!"

무림인들이 항의하자 칼을 찬 관병들이 사람들을 노려보

았다.

 관병들이 앞길을 가로막고 서 있다. 산 아래에서 오르는 길을 막고 있으니 무림인들이 오르지 못해 이 소동이 벌어지고 있었던 것이다.

 덕분에 수백 명이 넘는 인원들이 몇 시진째 발을 동동 구르기만 하고 있었다.

 "삼황채로 가려고 새벽부터 찾아왔는데 이렇게 길을 막고 있으면 어쩌란 말입니까? 이유나 알려주시오."

 관병 중 한 명이 대답했다.

 "몇 번을 말해야 알아듣겠느냐. 이곳은 출입금지다."

 "언제까지요?"

 "모른다."

 청년 한 명이 소리쳤다.

 "거짓말 마시오! 나는 아까 백의를 입은 일남일녀가 오르는 것을 내 눈으로 똑똑히 보았소!"

 챙!

 관병들이 칼을 뽑고 으르렁거렸다.

 "잡혀가고 싶으냐?"

 "뭣이? 내가 너 따위가 무서워서 이러는 줄 알아!"

 청년도 칼을 뽑고 관병을 노려보았다.

 청년에 가세한 일부 무림인들이 청년의 뒤에 우르르 몰

려와 함께 관병들을 노려보았다. 여차하면 자신들도 함께 싸우겠다는 무언의 동조였다.

관병들이 조금 흠칫했다.

험악한 대치 상황이 벌어졌다. 관병의 수는 고작 십여 명이라 무림인들과 싸운다면 몸이 성치 않을 터였다.

관부에 불만이 많은 요즘이라 분위기는 더욱 흉흉했다.

그때 적당히 살집이 있는 듬직한 체구에 비단옷을 입은 중년인이 사이에 끼어들었다.

중년인이 양쪽에 읍을 해 보이며 달랬다.

"자자, 잠시만 진정합시다. 관에서도 이유가 있으니까 길을 막고 있는 것 아니겠습니까. 여기 계신 분들은 모두 좋은 뜻으로 오셨을 터인데 어찌 그리 흥분하십니까."

관병과 대치하던 이들이 중년인을 백안으로 쳐다보았다. 옷차림새를 보아 무인으로 보이진 않고 벼슬에 있거나 부유한 이임에 틀림없었다.

"우리가 좋은 뜻으로 온 것 같소? 귀하는 대체 누군데 앞을 막은 거요?"

사람 좋은 인상의 중년인이 다시 읍을 해 보이며 허리를 숙였다.

"오늘 삼황선원에서 금분세수식을 하는 장가의 아비 되는 사람입니다."

그 말에 몇몇 사람들이 흠칫했다.

장건의 부친이라면 소문난 거상이다. 강호에서 상인을 천시한다고 하지만 그래도 장건의 부친이라면 얘기가 다른 것이다.

그러고 보니 뒤쪽에 짐을 잔뜩 실은 마차의 행렬이 줄지어 있는데 죄다 진상을 상징하는 기를 꽂았다.

"음. 장 대인이셨구려. 실례했습니다."

"아닙니다. 본인도 삼황선원을 올라야 하니 난감하던 차였습니다."

장도윤은 넉살좋게 관병들에게 다가갔다.

"복장을 보면 일반 관아에서 오신 분들은 아닌 듯 하고, 몇 가지를 좀 여쭈어도 되겠습니까?"

관병들은 불편한 얼굴로 인상을 썼다.

"물어봐도 우리가 대답해 줄 수 있는 얘기가 없다."

"말씀만 들어주셔도 괜찮습니다. 흠흠, 제가 자식 놈의 행사에 찾아주신 분들을 위해 먹을 것과 감사의 선물들을 좀 준비했는데…… 다는 아니어도 몇 분만 어떻게 안 되겠습니까? 아, 물론 여기 계신 분들께도 섭섭하지 않으시게끔 충분한 답례를 할 것입니다."

천하에서 손꼽는 거상이 하는 말이다. 관병들은 잠깐 동안 망설이는 듯 하였으나 이내 정색을 하고는 불처럼 화를 냈다.

"안 된다!"

"허면 이유만이라도 알 수 있겠습니까?"

"그것은……."

관병들이 서로 눈치를 보자, 장도윤의 뒤에 시립해 있던 진상의 총관이 관병들에게 다가가 긴 봉투 하나씩을 슬쩍 건네었다.

"소소합니다."

슬쩍 전표가 삐져나와 금액이 보인다. 관병들은 눈을 휘둥그레 뜨고 꿀꺽 침을 삼켰다.

하지만 그럼에도 불구하고 관병들은 끝끝내 뇌물을 받지 않았다.

"돌아가라!"

"한 번만 더 허튼짓을 한다면 그땐 당신부터 체포할 것이다!"

장도윤은 난색을 표했지만 별수 없이 돌아서야 했다.

장도윤이 호위와 짐꾼들이 있는 자신의 마차로 돌아가자 그곳에서 기다리고 있던 양소은과 백리연, 하연홍과 제갈영의 네 소저가 장도윤을 맞이했다.

"어떻게 되었어요, 아버님?"

장도윤에게 달라붙으며 재빨리 물은 제갈영이었다. 다른

세 소저들이 선수를 놓쳐 안타까워했다.

그러나 중요한 건 장건의 금분세수식이다.

장도윤이 고개를 설레설레 내저었다.

"안 되겠소."

양소은이 말했다.

"관병 녀석들이 뭐라고 하는데요? 제가 한 번 가 볼까요?"

양소은의 괄괄한 성격이 그리 싫지 않았는지 장도윤이 미소를 지어 보였다.

"될 일이었으면 벌써 되고도 남았을 것이오. 백 냥짜리 전표를 마다하였으니, 이런 경우에는 돈보다 목숨이 귀한 경우라 꽤 지체 높은 이의 명령을 따른다 봐야 할 거요."

네 소저들이 모두 놀랐다. 백 냥이면 보통의 관병들이 거부할 수 있는 액수가 아니었다. 그만큼 길을 비켜주기 어렵다는 뜻이다.

백리연이 제갈영에게 질 새라 말했다.

"말씀 편하게 하세요, 아버님."

"허허, 그럴까?"

"금분세수식은 삼 일 째가 제일 절정기니까 너무 걱정 마세요, 아버님."

"그래?"

장도윤은 잠시 관병들이 막고 있는 오르막길을 쳐다보았다. 벌써 몇몇 사람들은 발걸음을 돌려 돌아가거나 아예 모닥불을 피우고 자리를 잡기도 하였다.

"아무래도 오늘 안으로는 어려울 듯싶으네. 총관."

"예."

"여기 있는 분들에게 먹을 것과 차, 담요를 나눠드리고 우리도 오늘은 여기에서 야숙할 준비를 하게."

"알겠습니다."

총관이 짐꾼들을 부려 몰려 있는 사람들에게 먹을 것 등을 나눠주는 사이 장도윤은 네 소저들과 마차에서 추위를 피했다. 뜨거운 차를 마시며 나눌 대화는 무궁무진하게 남아 있었다.

산속의 밤은 빨리 찾아오는 법.

해가 넘어가며 땅거미가 깔리는 유시(酉時).

나한승이 징을 쳤다.

뎅 뎅!

원읍이 종료를 선언했다.

"이것으로 개회제일천을 마치겠습니다. 내일 아침 사시에 개회제이천을 이어 하도록 할 것입니다."

장건이 융단에서 일어나 합장했다.

"감사합니다."

금분세수식의 첫날, 개회제일천은 그렇게 아무런 소득 없이 조용히 마무리되었다.

왔던 이들도 모두 자리에서 일어섰다.

원읍의 손짓에 따라 나한승들 몇이 참관객들에게 가 산 밑의 상황을 설명했다.

"하산길이 봉쇄되었다고 합니다. 본사로 돌아가는 길이 있으나 날이 어두워져 위험하고, 여기 선원에 방을 마련해 두었으니 오늘은 그곳에서 쉬시지요."

면사인과 중년인은 말없이 나한승을 따라 바로 선원 안으로 이동했다.

백학옹과 화우, 원호의 두 지인과 최고수들만 자리에 남았다. 최고수들은 앞 상에 남은 음식들을 집어먹으며 투덜댔다.

"결국 이 녀석들이 한 놈도 못 왔단 말이지."

"아주 꽁꽁 틀어막은 모양인데."

서가촌에 와 있던 후기지수들이 한 명도 오지 못한 것이다.

산 아래에서 관병들이 오르는 길을 막고 있으니 어쩔 수가 없었을 터였다.

원호가 다가와 사과했다.

"소승의 불찰입니다. 제가 부덕하여 제대로 살피지 못하였습니다. 내일은 시간이 좀 걸리더라도 본사의 문을 열고 허공잔도를 이용할 수 있도록 하겠습니다."

"그게 뭐 방장 대사의 잘못인가. 제 놈들이 절벽이라도 타고 올라왔어야지."

"껄껄! 하여간 젊은 녀석들이 겁만 많아요. 우리 땐 하늘 같은 사조가 시키면 죽는 시늉까지 했는데 말야."

"겁 많은 놈들이 허공잔도는 걸어오긴 하겠나?"

최고수들이 왁자지껄 웃었다.

제일 축제 분위기인 것은 최고수들이었다. 어쩌면 이 삼 일간은 그들이 함께 강호에서 보낼 수 있는 마지막 시간이기 때문일지도 몰랐다.

* * *

장건의 금분세수식 둘째 날.

어제와 마찬가지로 사시에 개회제이천이 선언되었다.

하지만 참관객 숫자 역시 어제와 변함이 없었다.

"도대체 이게 무슨 일이지?"

오늘은 비록 뒤쪽이지만 소림사를 통해 돌아올 수 있게 조치를 해 두었다. 한데도 정오까지 한 명도 오지 못한 것이다.

"도무지 이해할 수 없는 일이군."

원호를 비롯해 장건이나 다른 이들도 의아했다.

그때 나한승 한 명이 허공잔도 쪽 길을 통해 선원으로 왔다.

"큰일 났습니다."

"무슨 일이냐!"

그렇지 않아도 기다리고 있던 참이라 원읍이 얼른 말을 하라고 나한승을 다그쳤다.

"본사의 정문을 관병들이 막고 출입을 통제하고 있습니다."

"뭣이?"

실로 황당한 일이었다.

"무슨 이유라던가?"

"모르겠습니다. 무작정 길을 막고 안 된다는 말만 계속하고 있습니다."

백학옹이 섭선을 탁 치며 불쾌한 심기를 내비쳤다.

"이건 완전히 대놓고 방해하는 셈이 아닌가!"

금천문의 문주 화우가 분통을 터뜨렸다.

"소림사가 주관한 행사를 관부에서 나서서 방해하는 이유가 무엇인지, 내 직접 묻고 오겠네!"

원호가 만류했다.

"손님에게 그런 일을 시킬 수야 있겠습니까. 제가 알아보겠습니다."

길을 막고 있는 이가 강호인이라면 무력으로 해결할 수 있겠으나 관부가 막고 있으니 누가 가든 마찬가지일 터였다.

허면 차라리 소림사의 주지인 원호가 가는 것이 가장 낫다. 원호가 원읍에게 행사를 부탁하고 허공잔도를 통해 소림사로 되돌아갔다.

벽력도가 장건에게 농을 던졌다.

"막는 게 아니라 보호하는 것 같구나? 내일까지 관부에서 보호해 준다면 금분세수를 날로 먹겠어."

장건이 어리둥절해하며 되물었다.

"안 오면 좋은 건가요?"

죽림옹이 크게 웃었다.

"안 오면 너한테야 좋겠지. 내일의 비무 결과를 눈이 빠져라 기다리고 있는 녀석들이야 똥줄이 타겠지만."

하기야 무림맹주가 걸린 비무고 또 그 때문에 다른 이들이 도전을 포기했다 하니 중요한 비무임에는 틀림없었다.

그런데 그때까지 한 마디도 하지 않고 있던 면사인이 말했다.

"그럴 리가 없잖아요?"

옥구슬이 구르는 듯 맑은 목소리였다.

놀란 최고수들과 백학옹, 화우가 한구석 의자에 앉아 있는 면사인을 쳐다보았다.

면사인이 다시 말했다.

"금분세수는 과거의 인연들을 정리하는 자리예요. 과거의 인연을 정리하지 못한 금분세수가 무슨 의미가 있나요? 금대야에 백 번 손을 씻더라도 과거는 사라지지 않아요."

정면으로 반박하는 듯한 말투에 괜히 농을 던진 벽력도와 죽림옹은 무안한 꼴이 되고 말았다.

장건이 고개를 갸웃하다가 물었다.

"그럼 금분세수를 왜 하나요?"

면사인은 어이가 없는 투로 대답했다.

"그러니까 지금 말하고 있잖아요. 그런 금분세수는 아무런 필요가 없다고."

"그래서 하는 말이에요. 과거의 인연을 정리하는 자리가 금분세수라면 저는 과거에 남에게 목숨을 걸 만큼 원한을 산 일이 없으니까 금분세수가 필요 없다는 뜻이에요."

면사인이 날카롭게 쏘아붙였다.

"그럼 왜 굳이 금분세수를 하려는 거죠?"

"더 이상 누군가 제 뜻과 상관없이 제 삶에 끼어드는 걸 원치 않아서예요."

장건의 당당한 대답을 듣고 면사인은 피식 실소를 흘렸다.

"금분세수를 한다고 무림과의 인연이 아주 끝날 거라고 생각한다면 오산 아닐까요? 말로만 은퇴를 한다고 해서 복잡한 일을 다 끝낼 수 있다면 누구나 금분세수를 할 거 아닌가요?"

"저도 다 벗어던질 수 있다고 까진 생각하지 않아요. 적어도 은퇴를 하고 나면 관부의 높은 분들이 저를 죽이러 오는 일은 없을 거라고 약속했으니, 그 정도나 믿으면 믿는 거죠."

면사인이 흠칫했다가 다시 물었다.

"그럼 무림인들은? 무림인들이 그대를 죽이러 오는 건 신경 쓰지 않는다는 건가요?"

"신경 쓰이죠."

"그럼?"

장건은 당연하다는 듯이 대답했다.

"다 잡아서 관가에 넘기려고요."

"……."

면사인은 한 대 맞은 듯 말을 잃고 멍청해졌다.

금분세수는 명시된 양식도 없고 강제성도 없다. 강호에서 암묵적으로 용인된 약속일뿐이다.

고대 무림에서는 금분세수를 어기면 문파까지 멸문시킬 정도로 매우 신성한 의식이었다는 설도 있고, 민간에서 행하는 고희연(古稀宴)처럼 단순히 노고수들이 강호에서 오래 살아남았다는 의미의 잔치였다는 설도 있었다.

 하나 금분세수가 어떻게 전래되었든 현재에 있어서 금분세수는 사뭇 다른 양상을 띠고 있었다.

 일반적으로 세대교체가 되며 자연스레 뒷선으로 물러나는 전대 고수들의 은퇴와 현역에서 은퇴하는 금분세수는 차이가 있는데, 전대 고수들은 은퇴해도 여전히 무림인인데 반해 금분세수로 은퇴를 하면 더 이상 무림인이 아니라는 게 바로 그 다른 점이었다.

 금분세수를 하고 나면 우선 과거 소속되었던 문파의 일에 관여할 수 없고 다른 이도 은퇴자에게 문파의 일을 부탁할 수 없다. 은퇴자는 무림의 분쟁에 일절 끼어들 수 없는 것이다.

 그것은 곧 무림과 은퇴자의 분리를 의미했다. 하여 은퇴자가 민간인으로 되돌아간다면 그는 더 이상 관과 무림의 불가침 협약 대상이 아니게 된다.

 이를테면 무림인끼리의 칼부림은 용인되어도 민간인의 칼부림은 국법으로 다스려진다. 가령 누군가 은퇴자에게 무력으로 위해를 가한다면 그는 무림인일지라도 민간인을 해친 셈이 되어 국법에 따라 처벌받게 되는 것이다. 반대로 은퇴자가 누군가에게 함부로 무력을 행한다면 그 역시 국법에 따른 처벌을 피할 수 없다.

물론 그런 점들을 감수하고 복수를 하려는 자들은 어디에나 있지만…….

어쨌거나 강호에서 모든 판단과 행동의 가장 큰 기준이 무력이었다면, 민간으로 돌아가서는 그 잣대가 법으로 바뀐다.

비록 최근에야 다소 무림과 민간의 경계가 허물어지긴 했어도 여전히 그 점이 유효한 건 마찬가지다.

장건이 면사인에게 말하는 건 바로 그 점이었다.

은퇴를 함으로써 강호의 모든 사건으로부터 자유로워진다고 말할 수는 없으나 자신을 괴롭히려는 자를 잡아서 관부에 넘기는 건 가능한 것이다.

장건은 계속해서 말했다.

"여태까진 그냥 참거나 했는데 소용없는 것 같아요. 친구가 되고 각서를 쓰고 강해지고…… 그래도 다 소용없었어요. 언젠가 제 소중한 사람들이 다칠 것 같아서 가만있을 수도 없고요. 그렇다고 제가 사람을 함부로 죽이고 그럴 수도 없으니까 결국은 이 길 밖에 없는 거예요."

면사인이 가만히 듣고 있다가 어이없는 투로 중얼거렸

다.

"하기야 무림에선 사람을 죽여도 죄가 아니지만 민간에서는 사람을 죽이면 범죄지……."

틀린 말은 아니었다. 더구나 장건이라면 누가 해를 끼치러 찾아오든 다 사로잡을 만한 능력도 있다.

장건이 최고수들을 보며 한 마디 했다.

"할아버지들, 나중에 저 집에 간 다음에도 또 저 괴롭히시면 다 관가에 모셔갈 거예요!"

최고수들이 발끈했다.

"우리도 바빠! 맨날 너랑 놀아줄 수 있을 것 같냐?"

"은퇴하면 골방에서 안 나올 게다! 오라 그래도 안 간다."

장건은 고개를 끄덕였다.

"그럼 됐어요."

"이야…… 저놈 많이 컸다."

"우리가 언제 이런 소릴 듣고 살았나."

최고수들도 장건의 말이 장난인걸 아니까 웃으면서 굳이 더 따지고 들진 않았다.

하지만 최고수들은 여전히 면사인에겐 관심이 있었다.

죽림옹이 슬슬 일어나더니 면사인 쪽으로 털레털레 걸어갔다.

"벙어린 줄 알았더니 딱 부러지게 말도 잘 하는구먼. 그래, 말 나온 김에 뉘 가문의 영애인지 얘기 좀 해 보게나."

갑자기 죽림옹이 멈칫했다.

면사인 옆에 시립해 있던 중년인이 어느샌가 자신의 앞을 가로막고 있었다.

중년인은 싸늘한 눈으로 죽림옹을 내려다보았다.

"무례한 짓은 용서하지 않는다."

죽림옹이 눈을 찌푸렸다.

"이놈, 말이 짧다?"

가뜩이나 심심하던 차라 최고수들이 흥미 있게 죽림옹과 중년인을 지켜보았다.

"어차피 올라올 사람도 없을 것 같은데 한 판 해 봐."

"그래. 놀면 뭐 해. 밥값이라도 해야지."

싸우면 내력이 드러나지 않을 수가 없다. 다른 최고수들도 은근히 면사인과 중년인의 내력을 궁금해하고 있었다.

하지만 주관을 하는 소림사 입장에서는 아니다. 원읍이 황급히 다가와 말렸다.

"두 분께 양해를 부탁드립니다. 제 얼굴을 보아서라도 조금만 참아주시면 안 되겠습니까."

최고수들이 실망했다.

"에이, 좋다 말았네."

원읍이 면사인에게도 반장하며 고개를 숙였다.
"소저께도 제가 대신 사과를 드리겠습니다. 죄송합니다."
면사인은 별말 없이 고개를 살짝 끄덕였다.
원읍이 한시름 놓으며 다시 장건이 있는 천막으로 돌아왔는데 장건이 원읍을 불렀다.
"사백님."
"응?"
장건이 정말로 궁금하다는 표정을 지으면서 물었다.
"저분한테 왜 소저라고 하셨어요?"
원읍은 그게 무슨 말이냐는 듯 장건을 쳐다보았다.
장건이 고개를 갸웃거리며 다시 말했다.
"방금 저분을 소저라고 부르셨잖아요."
"그랬지."
"왜요?"
어찌 된 영문인지 장내의 공기가 완전히 얼어붙었다.
"……."
냉정한 표정의 중년인도 조금 안색이 굳은 듯한 모습이었다.
원읍은 괜히 아리송해져서 고개를 갸웃했다.
"그야……."

옆으로 길게 늘어진 갓 형태의 관모와 속이 보이지 않는 면사 덕에 머리와 얼굴은 통째로 가려져 있었다. 하지만 희고 하늘거리는 늘어진 옷가지며 나긋한 걸음걸이, 영롱한 목소리를 들으면 누구라도 당연히 소저라 생각하지 않겠는가?

 갑자기 면사인이 소리를 쳤다.
 "무, 무슨 소리를 하는 거죠!"
 면사인의 목소리에서 당황함이 그대로 느껴졌다.
 면사인을 바라보는 최고수들의 눈초리가 묘해졌다. 그냥 넘어갔으면 장건이 무슨 소릴 하나 했을 텐데 당황하니 그게 더 수상쩍은 면이 있었다.
 반오가 장건에게 물었다.
 "그래. 네가 한 얘기가 무슨 뜻이냐?"
 장건은 왜들 그러나 싶은 얼굴로 대답했다.
 "아, 전 사백님이 여자인지 남자인지 어떻게 한 번에 알아보고 그렇게 부르셨는지 궁금해서요."
 원읍이 장건에게 되물었다.
 "그럼 네가 보기엔 저 소저…… 음 그러니까 저 시주가 여자가 아니란 말이냐?"
 "그게 아니구요. 전 봐도 잘 모르겠어서요."
 최고수들이 떨떠름한 표정을 지었다. 어쩐지 속은 느낌

이 드는 그런 표정들이었다.

"아따, 저놈도 되게 심심했나 보네."

"저놈 말장난이 늘었어. 집에 가려니까 아주 좋아 죽나 봐."

"이놈아, 그냥 보면 몰라?"

장건이 어색하게 웃었다.

"아하하, 어르신들도 보면 아세요?"

"당연히 보면 알지."

"저만 모르나 봐요."

"웃긴 놈일세. 천하의 미녀 넷을 옆에 끼고 있으니까 다른 여자는 여자로 안 보인다는, 뭐 그런 뜻이냐?"

"하하, 죄송해요. 그런 뜻은 아니었어요."

원읍이 장건을 꾸중했다.

"흰소리 하지 말고 진중히 앉아 있거라."

"죄송합니다, 사백님."

장건은 고개를 꾸벅 숙였다가 들면서 면사인……과 눈이 마주쳤다. 아니, 얼굴이 가려져 있긴 하지만 눈이 마주친 것 같은 생각이 들었다.

'이상하네.'

여전히 장건은 그를 불러야 할 때 소저라 해야 할지 소협이라 해야 할지 알 수가 없었다.

'언젠가 비슷한 위기를 본 적이 있는 것 같은데. 누구였지?'
 장건은 고개를 갸우뚱했다.

제8장

개회제삼천의 날

 원호는 팔 리나 되는 허공잔도를 날듯이 뛰어 소림사 경내에 도착했다. 과연 일주문 아래에 몇 명의 관병들이 소림사를 찾아온 무림인들을 막고 있는 게 보였다.
 계속 실랑이가 벌어지는 터라 나한승들이 중간에서 쩔쩔매고 있는 모습이었다.
 원호는 계단을 내려가 곧바로 관병들을 다그쳤다.
 "내가 여기 주지요. 대체 무슨 일이외까?"
 아무리 명령을 받은 관병들이라도 소림사의 방장인 원호까지 무시할 수는 없었는지 약간 주눅 든 말투로 대답했다.
 "본관들은 명을 받은 대로 이행할 뿐이니, 이해해 주시기 바랍니다."

원호가 다시 물었다.

"책임자가 누구요."

관병들 중 한 명이 말했다.

"연화사로 가 보십시오."

원호는 고개를 끄덕이고는 아직도 들어가지 못하는 무림인들을 향해 사죄했다. 그 와중에 서가촌에서 온 각대 문파의 후기지수들은 초조한 얼굴로 몇 번이나 사조들의 안부를 묻기도 했다.

얘기가 끝나자 원호는 곧 경공을 펼쳐 연화사로 달려갔다.

산문 밖까지 나가 산을 반 바퀴 돌아야 하기 때문에 적잖은 시간이 걸렸다. 원호가 연화사에 도착했을 땐 벌써 신시(申時)가 다 지나가고 있었다.

연화사 쪽에서 삼황채로 오르는 길에는 여전히 소림사로 가지 못한 한 무리의 사람들이 자리하고 있는 중이었다. 아마도 허공잔도를 지나려면 어느 정도의 경공술이 필요하기 때문에 기다린 듯했다.

"방장 대사님!"

원호가 나타나자 제일 먼저 달려온 이들은 양소은이었다.

"방장 대사님! 저 관병들이 길을 막고 안 비켜줘요!"
"나도 알고 있단다."
네 소저들이 모두 오고 장건의 부친인 장도윤까지 원호에게 와 인사했다.
"나무아미타불. 장 대인도 오셨군요. 오랜만에 뵙습니다."
"예, 그동안 찾아뵙지 못해 송구합니다."
이윽고 다른 이들도 원호에게 몰려와 어찌 된 사태인지 물었다.
원호가 사람들을 향해 반장하며 말했다.
"지금 제가 가서 알아볼 터이니, 조금만 기다려 주시기를 부탁드립니다."
원호가 왔으니 그나마 사태에 진전이 있을 거라 생각한 사람들이 길을 열어 주었다.
원호는 앞을 막고 있는 관병들을 향해 갔다.
"책임자를 만나고 싶네."
미리 얘기가 되어 있었던 듯, 관병 한 명이 원호를 안내했다.
머잖아 연화사가 모습을 드러냈는데 그 앞쪽에 말과 마차들이 있었고, 족히 백여 명은 되어 보이는 다수의 관병들과 그보다 좀 더 고위의 병사들이 삼엄한 경계 중이었다.

도대체 무슨 일인지 원호가 궁금해하고 있을 때, 연화사의 대문이 열렸다.

그리고 그곳에서 한 명의 노인이 병사들의 사이로 걸어 나왔다. 머리에는 둥그런 관모를 썼고 이무기를 금빛 실로 화려하게 수놓은 풍성한 망룡포(蟒龍袍)를 입고 있었다.

백발에 하얀 눈썹이었으나 묘하게도 수염 한 올 보이지 않는 말끔한 얼굴의 노인이다.

하나 눈빛만은 굉장히 날카로웠다. 원호를 보는 눈은 분명 웃고 있었으나 섬뜩할 정도로 눈초리가 매서웠다.

"천하제일대소림사의 주지스님을 이렇게 모시게 되어 심히 죄송하옵니다. 하나 소관 또한 언제 한 번 만나 뵙고 싶었사오니 이것도 인연이 아니오리까?"

가늘고 뾰족한 억양은 마치 여성 같고 말투도 흔히 사용하는 말이 아니었다. 더구나 양손을 서로 반대쪽 소매에 깊이 넣고 읍을 하며 허리를 숙이는데 절이 보통 사람보다도 훨씬 깊다.

원호는 소름이 끼칠 정도로 놀랐으나 내색하지 않고 태연히 반장으로 답했다.

"나무아미타불. 공사가 다망하신 정 독주(督主)께서 이곳까지는 어찌 왕림하셨습니까?"

그 말에 읍을 하던 중인 노인의 눈이 더욱 가늘어지며 웃음을 띠었다.
 당대 최고의 위세를 자랑하는 실세 중의 실세, 흠차총독 동창관교판사태감(欽差總督東廠官校辦事太監).
 바로 동창의 우두머리 정안이었다.
 나는 새도 떨어뜨린다는 권력자가 소림사의 지척에까지 왕림한 것이다!
 정안은 웃음을 거두지 않으며 재차 읍을 했다.
 "그러고 보니 귀사에 많은 실례를 하였사옵니다. 하나 이가 모두 귀인의 안전을 위함이니 양해해 주실 것이라 믿사옵니다."
 누가가 보면 정안이 굽실거리는 것처럼 보일 테지만, 그것은 단지 오랜 세월 몸에 익은 동작일 뿐이다. 사람을 오싹하게 만드는 오만한 눈빛을 보면 속생각이 전혀 다름을 알 수 있었다.
 원호는 정안의 눈을 조금도 피하지 않고 대답했다.
 "물론 동창의 일을 제가 일일이 들을 순 없는 일이겠지요. 하나 폐사(弊寺)에도 내일까지 중요한 행사가 있습니다. 찾아온 손님들을 마냥 내칠 수도 없으니 독주께서도 폐사의 입장을 보아주십시오. 도대체 무슨 일입니까?"
 정안이 빙긋 웃었다.
 "춘절에 황족이 도관과 사찰에서 제례를 올리는 건 원호

대사님도 익히 아시는 일이 아니옵니까?"

"춘절이 지난 지 이미 오래고 모레면 원소절입니다."

"황궁의 사정이란 범인(凡人)으로서는 도저히 이해할 수 없는 일입지요. 저희는 그저 명령을 따를 뿐이옵니다."

원호가 슬쩍 눈썹을 찡그리자 정안이 계속해서 말했다.

"어제부터 연화사에서 경리 공주를 모시고 제례를 지내는 중이고, 제례가 끝날 때까지 공주님의 신변을 지키는 것이 제가 받은 명이옵니다."

원호의 눈빛이 변했다.

"정 독주."

말투에서 서늘한 기운이 느껴졌다.

정안은 수십 년 황궁에서 살아남은 노환관답게 속으로 흠칫했을 텐데도 겉으로는 웃으면서 전혀 내색하지 않고 있다.

"말씀하옵소서."

원호는 웃음기 하나 없이 정안을 노려보았다. 불가 기공이 은연중에 흘러나와 눈동자 안에서 금빛이 흐른다. 원호가 나지막하지만 살기 어린 투로 말했다.

"인내하는 것에도 한계가 있소이다."

동창의 수장인 정안도 일반적으로 상상 못할 고수다. 쉽게 위축하지 않고 웃는다.

"흘흘. 세간에 알려진 것처럼 성격이 범 같으시옵니다."

"범이 아니라 쥐도 궁지에 몰리면 고양이를 무는 법이오. 본사를 핍박한 것도 모자라 제자를 살해하려 하고 이제는 강호 무림 전체의 행사까지 방해하는 중이잖소? 장담컨대 생각보다 많은 걸 잃게 되실 거외다."

뒷감당을 어떻게 할 거냐는 말도 아니고, 직접 던지는 명쾌한 협박이었다.

그 말에는 정안도 조금 놀란 듯했다.

"소관은 나이가 들어 강호의 행사에 많이 무지하옵니다. 하나…… 생강도 늙은 생강이 맵고 늙은 여우에게는 힘보다 꾀가 있는 법입지요."

"통행금지를 풀어주시겠다는 뜻이오?"

"그렇습니다. 한데 흉악한 사내들이 시퍼런 칼을 들고 연화사 앞을 아무 제지 없이 오간다면, 경비를 맡은 소관의 체면은 물론이고 공주님도 많이 불안해하실 것이 아니겠사옵니까?"

"본론을 말씀하시오."

"연화사에서 삼황선원으로 오르는 길은 계속해서 폐쇄할 것이옵니다. 대신 내일 소림사에서 가는 길은 열어드리지요."

위험한 허공잔도로 팔 리나 되는 길을 갈 수 있는 이는 그리 많지 않다. 경공을 할 줄 알아야 하니 실제로 참석할 수 있는 인원은 얼마 되지 않을 터였다.

그래도 원호는 그나마 감사해야 했다. 어쨌거나 천룡검주는 들어올 수 있을 게 아닌가.

"고맙소."

"다만 한 가지 조건이 있습니다."

정안이 눈을 가늘게 뜨고 말했다.

"삼황선원의 입장을 소관의 부하들이 통제하도록 하겠사옵니다."

원호의 표정이 굳었다.

"그게 무슨 뜻이오?"

"삼황선원에서 연화사까지 내려오는 길도 있지 않사옵니까? 언제 어떤 일이 생길지 모르는 흉흉한 세상이옵니다. 입장할 강호인들의 병장기를 소관이 잠시 맡아두겠다는 말씀이옵니다."

"금분세수식에는 십대 문파와 오대 세가의 선배님들도 계시오. 그분들에게 병기는 큰 의미가 없소."

"우리 두 사람 모두 그런 조치가 아무 필요 없다는 건 잘 알고 있는 얘기옵니다. 하나 제가 모시는 고귀한 분이 보시기엔 또 다른 법입지요."

"명분 말이오?"

"그렇지요. 명분이 중요한 거지요."

"으음……."

원호가 고민하자 정안이 한 마디를 덧붙였다.

"심려 마시옵소서. 천룡검주라 했던가요? 그이의 병장기는 그대로 들려 보내도록 하겠사오니 금분세수식을 진행하는 데 있어 하등의 불편함이 없을 것이옵니다."

원호는 쉽게 대답할 수가 없었다.

다른 이도 아닌 동창이 직접 나선 행사다. 아무리 생각해도 어딘가 모르게 꺼림칙한 거래였다.

하지만 선택의 여지가 없었다.

원호가 고개를 끄덕였다.

"알겠소. 그리하리다."

* * *

그날 밤.

연화사의 깊숙한 내원의 정자에 몇 사람의 그림자가 어른거렸다.

동창의 독주인 태감 정안과 면사인, 냉막한 표정의 중년인 세 사람이다.

정안이 눈을 가늘게 뜨고 웃으면서 면사인을 보고 말했

다.

"자신은 있으시겠지요? 일을 이리 크게 벌려놓고 이번마저도 실패한다면 황상의 진노를 피하기 어려우실 것이옵니다."

면사인이 코웃음을 쳤다.

"이쪽은 걱정 말고 그쪽이나 신경 쓰세요. 내일 확실히 정오 직후에 삼황선원을 중심으로 신속히 천라지망을 펼칠 수 있어야 할 겁니다."

정안이 허리를 굽혔다.

"물론이옵니다. 그러기 위해서 경리 공주님까지 모셔가며 이 난리를 피운 것 아니겠사옵니까. 혹시 모를 변수를 없애기 위해 모든 상황을 저희의 통제 하에 두었지요. 첫날 둘째 날의 길을 모두 봉쇄하였으니 내일 모든 일정이 치러지는 것이옵지요."

"바로 어제, 검성의 흔적이 이곳에서 발견되었어요. 만에 하나 검성을 놓친다면 큰 화가 될 거예요."

"내일 정오, 종 어사와 유 부장께서 일천 금위군과 이천 궁수, 일만의 도부수를 이끌고 천라지망을 펼치면 검성은 물론 개미 새끼 한 마리 삼황선원에서 나갈 수 없을 것이옵니다. 다만, 그러기 위해서는 완벽히 천라지망이 펼쳐질 때까지 검성을 비롯한 삼황선원의 무림인들이 전혀 눈치를

채지 못해야 합니다. 어려운 일입지요. 다시 한 번 묻겠습니다. 가능하시겠습니까?"

면사인이 끄덕이더니 고갯짓으로 어딘가를 가리켰다.

"흐흐. 자신 있느냐고?"

음침한 웃음소리와 함께 정원 구석에서 조용히 있던 이가 걸어 나왔다. 두건을 깊이 눌러쓴 허리가 구부정한 노인이었다.

노인이 정원의 한 가운데에 있는 연못으로 걸어갔다. 먹이를 주려는 줄 알았는지 연못의 잉어들이 모여들기 시작했다.

노인은 품에서 손바닥 안에 들어가는 크기의 종이로 접은 봉지를 꺼냈다. 조심스럽게 봉지를 펼치자 칙칙한 색의 분말가루가 나타났다. 노인이 새끼손가락의 뭉툭하고 긴 손톱으로 분말가루를 쿡 찍어서 연못 위에 뿌렸다.

"나기니분(拏枳儞粉)."

보이지도 않을 만큼의 적은 양이라 옆에서 보는데도 무엇을 뿌리는지 알 수 없을 정도였다.

풍덩풍덩!

각양각색의 잉어들이 먹이를 서로 먹겠다고 마구 수면위로 입을 빼끔대며 튀어 올랐다. 잠시간 아무 일도 일어나지 않았다.

노인이 가만히 잉어들의 행태를 지켜보고 있자 정안이 말했다.

"남방 독곡(南方 毒谷)의 사갈마존(蛇蝎魔尊). 사천 당문 독선과 쌍벽을 이루는 귀하의 독술은 익히 들어 알고 있으나, 상대는 최고의 고수들로 이루어진 집단이옵니다."

"흐흐흐."

돌연 사갈마존이 손을 휘둘렀다.

퍼드득!

수면 위로 튀어 올랐던 잉어 한 마리가 사갈마존의 손에 쥐어지며 펄떡댔다.

사갈마존은 다른 손으로 손가락 한 마디 정도의 작은 약병을 꺼냈다. 그리곤 한 손으로 뚜껑을 열어 한 방울의 액을 연못에 떨어뜨렸다.

"공반나수(栱畔拏水)."

통, 무색 투명한 액이 연못에 떨어지고 나서도 별 다른 일은 벌어지지 않는 듯싶었다.

한데 갑자기 숨 한 번 들이쉬기도 전에 갑작스레 잉어들이 배를 뒤집기 시작했다. 연못을 가득 채웠던 수십 마리의 잉어들이 호흡을 잃고 수면에 둥둥 떠오른 건 거의 동시였다.

연못이 부글거리는 거품으로 가득해졌다.

사갈마존은 사악하리만치 섬뜩한 미소를 지었다.

"남방에서만 서식하는 일천 독충과 삼천 독초에서 취한 독으로 본인의 최대 역작이지. 나기니분과 공반나수, 하나로는 아무 변화도 일어나지 않으나 이 혼루쌍독이 합쳐진다면 그 어떤 독공의 고수라 할지라도, 설사 독선이 복귀한대도 오장육부가 녹아내리는 걸 막을 수 없을 것이야."

가공할 살상력에 면사인이 낮은 소리로 감탄했다.

"과연 사갈마존!"

사갈마존이 클클대며 웃었다.

"이미 나기니분은 며칠 전 삼황선원 내에 살포를 마쳤다. 흐흐흐. 그러니까 이 한 병의 공반나수만 있으면 삼황선원에 있는 수백 명의 인간들은 한 줌 고혼(孤魂)이 되고 말겠지."

정원이 마치 여인처럼 호호 하고 웃었다.

"든든하군요. 사갈마존의 독과 금의위의 천라지망이 합쳐진다면 지옥의 야차라도 그 둘을 모두 빠져나갈 수는 없을 것이옵니다. 그리고 세상 사람들은 그 모든 일이 주화입마로 정신이 나간 검성이 벌인 짓으로 알게 되겠지요."

면사인이 날카로운 목소리로 말했다.

"눈엣가시인 전승자와 검성, 우리의 말을 거역한 천룡검주! 그리고 수백의 고수들이 한꺼번에 죽는다면, 강호 무림은 우리의 뜻대로 걷잡을 수 없는 혼란 속에 빠져들 거예요!"

퍼드드득!

사갈마존의 손에 들려 살아남은 유일한 잉어가 몸을 흔들어댔다.

사갈마존은 길다란 혀로 잉어의 비늘을 핥았다.

"오늘 야참은 잉어찜이 매우 좋을 것 같군."

잉어찜은 대개 만찬의 마지막에 나오는 요리다.

사갈마존은 이번 일을 만찬으로 비유하여 자신감을 드러낸 것이다!

* * *

원호는 깊은 밤까지 잠을 이루지 못했다.

불길함이 엄습했다.

"으음……."

내일 금분세수식의 마지막 날을 아무런 사고 없이 무사히 마칠 수 있을까?

과연 동창이 삼황선원으로 오르는 길을 봉쇄한 것이 우연의 일치일까?

무엇보다도 정안의 음습한 눈빛이 마음에 걸렸다.

"만일 동창에서 무엇인가를 꾸미고 있다면……."
그들이 노리는 것은 아마도…….
원호의 미간이 주름살을 깊게 만들며 찡그려졌다.
"장건?"
왜인지는 알 수 없으나 관부는 계속해서 장건을 노리고 있었다.
비록 무림맹의 맹주 자리가 걸린 비무가 예정되어 있다고는 하나, 무림을 좋아하지 않는 관부에서 사정을 봐줄 리는 없는 것이다.
하지만 내로라하는 최고의 고수들이 모두 모인 자리였다. 관부나 동창이 위험을 무릅쓰고 일을 벌인다는 건 생각하기 어려웠다.
그럼에도 불구하고 원호는 자꾸만 불안해졌다.
"으으음."
원호는 고뇌하며 손가락으로 탁자를 톡톡 두드렸다. 그리곤 새벽녘에 동이 터올 때 즈음에야 마침내 결심했다.
"그래. 뒷일이야 어찌되었든 내 목숨을 걸고서라도 건이를 무사히 내보내는 게 우선이다. 그게 과거 내가 건이에게 저지른 과오를 사죄하는 유일한 길이기도 하고."
원호는 나한승을 불러 급히 무언가를 이른 후 초조하게 날이 밝기를 기다렸다.

*   *   *

 외부에서 무슨 일이 벌어지고 있든 금분세수식의 둘째 날도 무난히 지나가고 셋째 날이 찾아왔다.
 강호가 주목하고 있는 날이라 보기 무색할 만큼의 고요함이었다.
 하나 그것이 태풍전의 고요함이라는 걸 모르는 이는 없었다.
 대체로 금분세수식의 마지막 날이 중요한 건 사실이었지만 이번만큼 중요한 날은 아마도 없었을 터다.
 때문에 마지막 날에는 제법 많은 사람들이 찾아왔다.
 무림맹주의 탄생을 눈으로 직접 볼 수 있는 기회가 아닌가!
 물론 그중 대부분은 연화사로 갔다가 발길을 돌려야 했다. 다시 소림사로 돌아가면 꽤 오랜 시간이 걸리고, 또 소림사로 간다고 해서 허공잔도를 경공으로 통과할 자신도 없었던 것이다.
 허공잔도를 넘어서 찾아온 참관객들도 좋은 기분만은 아니었는데, 미리 소림사의 승려에게 얘기를 듣긴 하였으나 자신의 병기를 내려두어야 한 탓이다.

삼황선원으로 향하는 유일한 길목인 구름다리에서 환관 둘이 무인들의 무기를 수거했다.

그래도 삼황선원까지 도착해 금분세수식의 개회제삼천에 참석한 이는 모두 백여 명이나 되었다.

장건은 입구로 들어오는 사람들을 힐끗힐끗 보았다.

소왕무와 대팔은 속가 제자들의 대표로 참가했는데, 그중 대팔이 장건을 보고 히죽 웃었다.

"누굴 찾어?"

하지만 벌써 누굴 찾는지 안다는 투다.

장건은 괜히 얼굴이 빨개졌다.

"어, 그냥."

"저기 소저들이 온다!"

대팔이 문을 가리키며 말했지만 장건은 돌아보지도 않았다.

"누가 오는데?"

"……안 보고도 알아?"

"응. 발걸음 소리나 기운이나, 하나도 안 느껴지는걸."

"재미없는 놈."

소왕무가 대팔을 보고 혀를 찼다.

"건이가 속겠냐. 지금 최고로 민감할 땐데. 쯧쯧, 띨띨하긴."

대팔이 소왕무에게 눈을 부라렸다.

"너나 잘해. 무서워서 오줌 질질 싸기 일보 직전인 주제에."

아닌 게 아니라 워낙 높은 절벽을 가로질러 온 탓에 소왕무는 다리를 후들거리고 있었다. 안색은 창백하고 식은땀까지 흘렸다.

"임마, 사람이 완벽할 수는 없는 거 아니냐."

"아냐. 완벽한 게 있어."

"어?"

"넌 완벽하게 부족한 놈이야. 흐흐."

"허? 그게 무슨 개소리야, 미친놈아."

소왕무와 대팔이 투닥대는 걸 보고 장건이 웃었다. 소왕무와 대팔도 투닥대기를 멈추고 장건을 보았다.

"오늘 잘 해라."

"집에 가더라도 우리는 계속 친구인 거다, 알지?"

장건은 고개를 끄덕였다.

"응. 그래."

소왕무가 말했다.

"그리고 소저들은 오늘 못 올라올 거야. 아까 미리 연락 받았어."

장건이 조금 섭섭해하는 표정을 짓자 소왕무가 달랬다.

"무공을 못하는 소저가 한 명 있으니까, 그래서 다들 같이 아래에서 기다리겠대. 네 아버님도 오고 싶어 하셨지만 워낙 오는 길이 위험하니까, 소저들이 말동무를 해드리겠다고."

"아아…… 고마워."

부친이 왔다는 얘기는 원호에게 들었기 때문에 거기까지 신경 써주는 소저들이 고마운 장건이었다.

하지만 실상은 좀 달랐다.

양소은과 백리연, 제갈영 셋은 장건의 금분세수식에 참가하려는 생각이었는데 경공을 할 수 없는 하연홍이 그냥 남아 있겠다고 하자 어쩔 수 없이 남았다. 장도윤과 있으면서 혼자 점수를 딸까 봐 나머지 셋도 불안해진 것이었다.

어쨌든 장건은 섭섭함을 잊고 한결 마음이 편해졌다.

"우린 가서 손님들 시중을 들어야 하니까, 이따 보자."

"다치면 안 된다!"

소왕무와 대팔은 일을 하러 가고 장건은 다시 혼자 남았다.

이제 올 사람들은 거의 다 온 듯, 문으로 들어서는 이가 뜸해졌다.

이른 아침인데도 사람들이 제법 모이자 경내가 시끌벅적 소란스러워졌다. 이리저리 인사를 하거나 향후 강호의 미래에 대해 논하거나 한다.

그러다가 어느 순간 경내가 조용해졌다.

수화문을 통해 한 명의 영준한 청년이 등장한 순간이었다.

"저길 봐!"

"천룡검주다."

"저자가 그 유명한 남부의 수문장인가?"

바로 장건을 상대하기 위해 찾아온 천룡검문의 고현이었다.

고현은 수수하고 단정한 청의를 입었는데 허리에는 예의 낡아 보이지만 새 것처럼 번쩍거리는 묘한…… 고검을 찼다.

그의 뒤에는 무당의 청우와 육검문의 삼상비 석흠이 대표로 동행하고 있었지만 그들은 병기를 맡겨서 빈손이다. 희한하게도 늘 같이 붙어 다닌다던 태상은 보이지 않았다.

고현은 당당한 태도로 걸어 들어왔다.

고현이 주변에는 눈길 하나도 주지 않고 식을 준비 중인 장건의 앞으로 다가간다.

그러곤 장건과 마주섰다.

사람들이 숨죽여 둘을 지켜보았다. 둘은 한참이나 말이 없었다. 노려보는 것도 아니고 그냥 담담한 눈으로 보는 데 그것이 더 보는 이들을 긴장케 했다.
 마침내 고현이 먼저 입을 열었다. 그의 첫마디는 인사가 아니었다.
 "한 달 걸렸소."
 지켜보던 사람들이 의문을 떠올렸다.
 "날을 갈아 원래대로 만드는데 걸린 시간이오."
 장건은 고현을 빤히 보았다.
 예전에도 강한 고현이었지만 지금은 어딘가 달랐다. 훨씬 여유롭고 온몸에는 기이한 기류가 흘렀다.
 게다가 언뜻 무방비로 아무렇게나 서 있는 듯한데, 실제로는 빈틈이 전혀 없는 그런 자세였다. 여차하면 바로 출수할 수도 있는 모양새다.
 '어?'
 장건의 눈동자가 흔들렸다.
 이것은 분명히……!
 그때 고현이 말했다.
 "대대로 내려온 본문의 보검을 훼손한 죄, 오늘은 반드시 빚을 받아갈 것이오."
 원호가 끼어들었다.
 "나무아미타불. 아직 식이 시작되지 않았으니 자리로 돌아가 주시게나."

고현은 원호를 힐끗 곁눈질로 보더니 참관객들의 좌석으로 돌아갔다.

장건은 고현을 잠시 더 쳐다보다가 고개를 돌렸다.

원호가 장건의 어깨에 가볍게 손을 얹었다.

"긴장하지 말고. 넌 잘 해낼 수 있을 거다. 집에 돌아가야지?"

"예, 사백님."

장건은 심호흡을 했다. 아까까지는 떨리지 않았는데 막상 고현을 보고나니 조금씩 불안감이 밀려들었다.

고현의 무위에 겁을 먹은 게 아니라 그가 보인 익숙한 기세가 장건을 찜찜하게 만들었기 때문이었다.

댕— 댕—.

징소리가 울리고, 사시가 되었다.

의식을 시작할 시간이었다.

장건은 지난 이틀과 마찬가지로 향을 태우고, 술을 올리고 절을 한다.

믿을 수 없이 조용한 가운데 치러진 의식이었다.

장건은 차분히 의식을 마치고 돌아섰다.

모두가 바로 직후의 일을 기대하며 장건을 바라보고 있었다.

이내 원읍이 군웅들을 향해 큰소리로 외쳤다.

"강호의 율법에 따라 오늘이 지나면 더 이상 과거의 일로 은원을 따질 수 없습니다. 마찬가지로, 본사의 제자 장건 또한 과거의 인연을 빌미로 강호의 일에 개입할 수 없습니다. 이를 천지신명 앞에 고하며, 과거의 은원을 청산코자 하는 분은 앞으로 나와 주십시오!"

사람들의 시선이 이번엔 고현에게로 향했다.

이것은 약속된 대결이다.

금분세수식을 빙자한 차세대 천하제일을 가르는 대결.

때문에 장건은 굳이 원하지 않았지만 거부할 수가 없었다.

장건에게 금분세수식은 은원을 해소하는 자리라기보다는 통과의례와도 같았다. 고현에게야 장건이 원수라 할지라도 장건에게 고현의 존재는 그저 장건을 괴롭혔던 다른 무인들이나 별반 다를 바가 없었다.

반대로 말하자면, 장건에게 고현은 장건을 괴롭혔던 무인들 전체를 상징한다는 의미이기도 하다.

무림맹주. 강호 무림을 대표하는 자.

장건은 이 기묘한 통과의례를 반드시 무사하게 지나고 싶었다.

그래야 멀쩡히 집으로 돌아갈 수 있다…….

장건은 고개를 들어 청명하게 맑은 겨울 하늘을 보고, 다시 고개를 내려 고현을 보았다.

마음의 준비는 끝났다!

고현과 눈빛이 마주쳤다.

이윽고 고현이 장건을 보며 막 앞으로 나오려 하는데, 갑자기 그 둘을 방해하는 목소리가 들려왔다.

"천지신명께 맹세코! 장 소협과 나! 둘 중 하나는 오늘 이 자리에서 멀쩡히 걸어 나갈 수 없을 것이오!"

쩌렁거리는 고함 소리가 장내를 울렸다.

고현이 아니라 다른 쪽에서 들려온 목소리였다. 모두의 고개가 돌아갔다.

수려한 외모였으나 어쩐지 단정치 못한 복장으로 조그마한 소녀와 문으로 들어서는 약관의 청년이 있었다.

청년이 흐트러진 머리카락을 영웅건으로 질끈 동여매더니 장건을 향해 걸어가며 다시 한 번 소리쳤다.

"장 소협! 나 문사명이 화산의 명예를 걸고 본문의 검을 찾으러 왔소이다!"

화산파의 문사명이?

참관객들이 대체 이게 무슨 일인가 하며 술렁거렸다.

웅성웅성.

참관객들 중에는 문사명이 실종되었다가 오늘에야 나타난 것으로 생각한 이도 있었고, 또 문사명이 검왕의 진전을 이어받았다는 걸 알고 있었기에 큰 기대감을 가진 이도 있었다.

하지만 이미 고현과의 대결이 기 예정된 마당에 불시 난입한 상황이니……

다들 주관측의 입장인 소림사가 어떻게 이 상황을 수습할지 지켜볼 수밖에 없었다.

원읍이 나섰다.

"문 소협. 잠시 기다려 주시겠습니까? 순서가……."

문사명은 원읍의 말을 단칼에 잘랐다.

"대사께서 은원을 해결하고자 하는 자 앞으로 나서라고 하여 나섰는데, 왜? 뭐가 잘못됐습니까?"

"그게…… 고 대협과의 비무가 이미 내정되어 있었소."

"알지도 못하는 내정 따위 내가 알 바 아닙니다. 대사께선 방금 천지신명 앞에서 고한 말을 스스로 뒤집을 셈입니까?"

"그, 그건……."

"아무렴 됐고. 대사는 몰라도 난 내가 천지신명 앞에서 맹세한 건 지켜야겠소. 비켜나시오."

원읍은 난감했다. 천지신명을 걸고 한 말이라 함부로 취소할 수도 없었다.

고현이 조금만 더 빨리 대답했더라도 이런 일은 없었겠

지만, 고현이라고 일이 이리 될 줄은 몰랐을 터였다.
"비키지 않으면, 베겠소."
문사명이 살기를 줄기줄기 내뿜었다.
원읍도 보통 무인은 아닌데 문사명의 살기를 받는 순간 몸이 오싹해져서 자기도 모르게 주춤하고 말았다.
'검성의 제자가 이, 이 정도였나?'
소림사의 원 자 배 무승이 약관의 문사명에게 기세에서 밀리고 있다!
원호는 원읍이 이마에서 식은땀까지 흘리는 것을 보고 대경하여 소리쳤다.
"무슨 짓인가! 어서 살기를 거두게!"
참관객 중에서도 평소 엄하기로 이름난 대광문(大光門)의 쌍검수사(雙劍秀士) 권문이 문사명을 손가락질하며 앞으로 걸어 나왔다.
"어린 후배가 여기 많은 선배들 앞에서 너무 거드름을 피우는구나!"
문사명이 발끈해서 쌍검수사 권문을 쳐다보았다.
"명백히 따지자면 이곳에서 나의 배분을 논할 수 없다는 걸 알게 될 것이오!"
권문이 생각을 해 보고 흠칫했다.
문사명은 검성의 제자. 검성 세대의 무인들이 은퇴한 거나 다름없는 상황에서 문사명의 배분은 매우 높았다.

하나 권문은 물러서지 않았다.

"배분에 관한 나의 말이 실수였음을 인정하겠다. 하나 고 대협이 이미 일전에 장 형제와의 대결을 강호에 선포한 바 있고 이번 대결이 무림맹의 설립에도 중대한 영향을 끼치는 바, 이제 와 그대가 난입하는 것은 도리에 어긋남이 있지 않겠는가!"

문사명이 검지와 중지를 붙여 검결지를 쥔 채로 권문을 가리켰다.

"화산의 검을 되찾는 데 있어 강호의 그 어떤 대소사(大小事)도 먼저일 수 없음을, 마지막으로 주지시켜 드리리다."

"오만하게 굴지 마라! 무림맹 설립에 얼마나 많은 형제들이 문운(門運)을 걸고 있는데……!"

그 순간.

찌익!

얇은 옷감을 찢는 듯한 소음이 울리며 문사명의 검결지에서 푸른빛이 일렁이는 검기가 발출되었다.

거의 석자 이상 발출된 검기가 권문의 목젖을 노리고 있었다.

참관객들은 크게 놀랐다. 검에서 검기를 발출하는 것과

맨손에서 발출하는 것은 수준이 다르다.

"맨손으로 검기를!"

과연 검성이 화산의 배분을 엉망으로 만들면서까지 제자로 받아들일 만하다는 생각이 들 정도다.

쌍검수사 권문은 닿지도 않았는데 목젖이 따끔거려 견딜 수가 없었다. 조금만 움직여도, 말 한 마디만 더 해도 목이 꿰뚫릴 것 같았다.

"으음……!"

권문은 신음 소리를 뱉으며 문사명을 노려보았다.

문사명은 아랑곳 않고 원호와 참관객들을 둘러보며 말했다.

"경고하오. 소림사든 그 누구든 상관 않겠소. 정 내 앞을 막고 싶으면 목숨을 거시오."

원호가 쓴웃음을 지었다. 문사명의 무위는 인정할 만하나, 맨손으로 검기를 부린다고 겁먹을 원호가 아니다. 오히려 문사명의 치기 어린 행동이 너무 어린아이 같았다.

"문 소협, 그간 무공이 일취월장하였구려. 하나 지금은 공력을 거두시오. 본사의 행사에서 계속 난동을 부린다면 부득이 손을 쓸 수밖에 없소이다."

곤을 든 나한승들이 곳곳에서 모습을 드러냈다. 십수 명이 담에서부터 마당을 둘러싸듯 하고 있다.

문사명은 뜻한 대로 되지 않자 서서히 감정이 격해졌다.
 이리저리 고개를 돌리던 문사명의 눈에 장건이 들어왔다. 장건은 '문 소협이 왜 저러나.' 하는 표정이었지만 문사명은 마치 장건이 자신을 우습게보고 있는 것처럼 느꼈다.
 장건은 문사명을 가만히 보다가 등 뒤에 맨 검을 풀었다.
 매화나무가 승천하는 용처럼 검집을 휘감아 돌고 있는 것이 틀림없는 화산의 삼대 보검 중 하나인 소요매화검이다.
 장건은 그 검을 문사명에게 내밀었다.
 "가져가세요."
 지켜보던 참관객들이 어이없는 얼굴을 했다. 곧 일부가 풉 하고 웃음을 터뜨렸다.
 장건의 입장에서야 달라니까 준 것이지만, 사실 검을 받으러 왔다는 건 그런 의미가 아니다. 검을 맡겼을 때에는 실력으로 이기고 다시 받아가겠다는 의미다.
 그러나 장건이 검을 그냥 내밀었으니 그건 둘 중 하나다. 자기가 문사명을 이길 수 없음을 시인하고 되돌려주는 것이거나 혹은 문사명이 아무리 해 봐야 자기를 이길 수 없으니 불쌍하다고 그냥 가져가라는 것.
 물론 장건의 담담한 표정은 후자라 생각하게 만든다.

"큭큭."

"끌끌끌."

여기저기서 웃음이 터져 나왔다.

문사명은 조롱을 받아 얼굴이 붉어졌다. 그 순간 조금씩 눈이 핏빛으로 물들어가기 시작했다.

"나를……."

순식간에 문사명의 의복이 팽팽하게 부풀었다.

찌익!

바닥을 평평하게 하여 덮은 청석판에 금이 간다.

문사명이 돌발 행동을 할 거라 감지한 원호가 외쳤다.

"제압하라!"

나한승들이 달려들었다.

문사명의 눈이 완전히 새빨갛게 물들었다.

그가 진각을 밟으며 포효했다.

쾅!

"나를 얕보지 마라!"

무수한 돌들이 비산했다.

다가서던 나한승들은 곤을 휘둘러 날아오는 돌멩이들을 쳐냈다.

타닥, 탁.

그러곤 다시 문사명을 압박하려 하는데, 분위기가 심상

치 않았다.

"어엇!"

문사명이 양손으로 큰 원을 그리면서 단전 앞으로 모았다. 둥그런 공을 손으로 감싸 쥔 모양새다. 강렬한 공력이 느껴진다 싶더니 그의 주변에 떠오른 돌멩이들이 퍽퍽 쪼개지기 시작했다. 정확히는 날카로운 칼로 가르는 것 같다.

"조심해!"

나한승들이 재빠르게 방비하며 뒤로 물러났다.

문사명의 단전 바로 앞에서부터 날카로운 검기가 둥글게 모아졌다가 그의 손짓에 따라 튕겨 나가고 있었다. 돌멩이가 순식간에 잘려나갈 정도니 사람은 말할 것도 없다.

순식간에 문사명의 반경 이 장 여가 둥그런 모양으로 수없이 난도질 되었다. 그 반경 끝에는 권문이 있었다.

"아앗!"

권문이 급히 검을 뽑으며 호신기를 펼쳤고 원호가 쾌속한 신법을 써서 날아왔다.

그러나 그보다도 먼저 고현이 움직였다.

훅! 하는 소리와 함께 눈 깜짝할 사이에 고현이 권문의 앞을 가로막았다. 고현이 검집째 뻗어 가볍게 일검을 그었다.

따당!

권문에게 날아들던 문사명의 반원검기가 고현의 검파(劍波)에 가닥가닥 부러졌다. 부러진 검기가 공기 중에서 빠르게 사그라졌다.

"젊은 친구가 성격이 급하군."

고현은 문사명의 눈자위에서 붉은 기운이 넘실거리는 걸 보았다. 눈동자의 실핏줄이 터져 붉어지는 건 그럴 수 있으나 눈자위에 붉은 기운이 돈다는 건 좋지 않은 징조다.

"태상?"

고현의 눈이 일그러졌다.

태상과 같은 상태를 보이는 것이 우연이 아닌 듯 보였다!

고현이 검을 내렸다.

"문 소협, 우리 잠시 얘기를 해야 할 것 같……."

쾅!

문사명이 다시 진각을 밟았다. 폭발적으로 신법을 펼치자 문사명의 몸이 길게 늘어나는 것처럼 보였다. 눈에서 흐르는 붉은 기운이 실처럼 허공을 가로질렀다.

"문 소협!"

고현이 아차 하는 사이에 문사명은 장건에게 쇄도했다.

쨍!

귀청을 울리는 예리한 쇳소리가 들리더니 문사명이 오른손으로 아래를 찍어 누르고 있는 모습이었다.

장건은 급한 김에 소요매화검을 위로 들어 막았다. 문사명이 누르고 있는 검집의 중간에서 끽끽대며 불꽃이 튀었다. 문사명의 장심에서 튀어나온 검기 때문이다.

"건아!"

소림사의 승려들과 소왕무, 대팔이 놀라서 외쳤다.

사실 그들만큼이나 장건도 속으로 꽤나 놀란 터였다.

'왜 이렇게 빠르지?'

문사명의 움직임이 생각보다 훨씬 빨랐다. 어지간하면 장건은 막기보다는 피하는 걸 선호하는데 지금은 그럴 여유도 없었다. 그야말로 눈 깜짝하는 순간보다 빠르게 벌어진 일이었다. 조금 전 약하게 검기를 뿌렸던 건 눈속임이었던 듯 지금의 검기는 훨씬 강력했다.

게다가 문사명의 공격 형태가 일반적인 검법과 상이(相異)하다. 아마도 검을 쥐지 않고 검기를 뽑아내어 쓰기 때문에 방향이나 궤도를 추측하기가 어렵기 때문인 것 같았다.

"죽인다……."

문사명은 이글거리는 눈으로 장건을 노려보며 말을 내뱉었다.

바라보고 있는 것만으로도 오싹할 만큼 지독한 살기가 배어 있었다.

장건은 울컥했다.

"나는 죽을 만큼 잘못한 게 없는데, 어째서죠? 어째서 그렇게 다들 나를 죽이려 드는 거죠?"

그게 싫어서 강호 무림을 떠나겠다고 하는 건데도…….

장건은 서럽기까지 했다.

문사명이 혼이 나간 사람처럼 중얼거렸다.

"네가 죽어야…… 사부님이 나를 돌아봐 줄 거야……."

문사명은 더듬거리다가 갑자기 이를 악물었다.

"그러니까 죽어!"

장건이 대꾸도 하기 전에 문사명이 은영각(隱影脚)으로 장건의 낭심을 올려 찼다. 장건이 몸을 회전하며 옆으로 피하자 문사명이 다시 손가락을 뻗었다.

퍼퍼퍽!

장건의 뒤를 검기가 좇으며 거푸 바닥을 찍었다. 돌 부스러기가 마구 휘날리는 가운데 문사명이 왼손으로 검결지를 쥐어 허공을 훑었다.

다섯 개의 검기가 서로 엇갈려 쏟아졌다.

장건은 불영신보와 천종미리보를 동시에 운용하여 촘촘하게 찔러오는 검기를 피했다.

쫘악!

바닥에 수많은 검흔이 생겨났다.

"그만두라고 했잖아요!"

문사명은 장건의 외침에도 아랑곳 않고 공격을 이어갔다.

장건은 기의 가닥을 뽑아 들었다. 주먹을 퍼붓듯 기의 가닥들이 뭉쳐서 문사명을 타격했다.

문사명은 보이지 않지만 기의 파동을 느끼고 흠칫 놀라 쌍장을 뻗었다. 전면에 검기의 창살이 튀어나와 그물망처럼 장건의 기의 가닥을 뒤덮었다.

퍼퍼펑!

문사명의 전면에서 폭음이 연신 터져 나왔다.

장건은 문사명이 이리 쉽게 기의 가닥을 막아 낼 줄 몰랐으나 잠깐의 시간을 벌었다.

장건이 찰나의 순간 거리를 벌린 후 원읍에게 물었다.

"지금 시작해도 되는 거예요?"

원읍은 바로 대답을 해 줄 수 없었다. 아직 정리가 제대로 안 된 상황이어서 판단하기가 애매했다.

"어, 음……."

문사명은 대답을 들을 필요도 없다는 듯 재차 장건을 공격해갔다.

예리한 은빛 검기가 허공을 가르며 장건을 반으로 쪼개려 든다. 싸움은 둘째 치고 치명적인 살초만 전개하는 문사명의 태도가 장건을 화나게 만들었다.
"이씨, 진짜!"
장건도 폭발하기 직전이었다.
내공은 배로 늘었고 신체는 활력으로 가득하다. 누구와 싸워도 겁이 나지 않는다. 그저 식순이라던가 절차에 어긋나게 하고 싶지 않을 뿐이다.
하지만 이런 식이라면 더 이상 참을 수 없다.
장건은 날아오는 문사명의 검기에 맞서 공력을 일으켰다. 발밑에서부터 소용돌이가 일면서 장건의 옷이 팽팽하게 부풀기 시작한다.
그때 문사명이 퍽 소리와 함께 갑자기 옆으로 튕겨졌다.
쿠당탕탕!
문사명은 바닥에 두 번이나 튕기면서 나가떨어졌다가 벌떡 일어났다.
"크윽!"
문사명이 고통스러운 표정으로 옆구리를 잡고 고현을 노려보았다.
고현은 우장을 쭉 뻗은 채였다가 천천히 팔을 회수했다.
"장 소협을 쓰러뜨리는 건 나요."
고현이 문사명을 손가락으로 가리키며 말했다.
"그러니까 문 소협은 거기서 지켜보면서 조금 진정하는

게 좋겠소."

아닌 게 아니라 문사명은 한 대를 크게 얻어맞고 확실히 진정이 된 상태였다. 눈가에 어렸던 붉은 기운이 많이 누그러져 있었다.

하지만 가라앉는가 싶던 붉은 기운이 다시 살아났다.

문사명이 살기를 내뻗으며 고현에게 윽박질렀다.

"나를 막는다면 귀하의 목숨도 장담하지 못할 것이오!"

"음."

고현이 눈살을 찌푸렸다.

아무래도 문사명의 일이 쉽게 해결될 것 같지 않은 기분이 들었다.

금분세수식은 완전히 난리통이다.

소림사의 승려들은 주관하는 입장에서 식이 제대로 이루어지지 않으니 안절부절이었다.

하지만 최고수들은 신이 났다.

"지금 검기 다루는 것 봤나?"

"기가 막히는군."

"살기가 너무 짙어서 그렇지, 허공에서 검기가 막 쏟아지는 거 같은데 저런 건 나도 처음 보네."

운일도장이 말했다.

"화산파의 검공일세."

"응?"

"저게 화산파의 검공이라고?"

최고수들과 일부 참관객들이 운일도장을 쳐다보았다. 운일도장이 수염을 쓰다듬으며 자랑스럽게 말을 이었다.

"매화검법은 오묘한 검초로도 유명하지만 실제로는 검기와 강기의 무공이기도 하네. 매화의 꽃송이를 그려내기 위해서 검기와 강기를 섬세하게 다룰 줄 알아야 한다지."

"호오, 일리가 있는 말이네. 그래서 저렇듯 검기를 자유자재로 다룬다?"

"그렇다네."

최고수들은 눈을 빛냈다.

"아쉽다, 아쉬워."

사람이 셋이니 결국은 어떻게 대진이 만들어지든 한 명은 어부지리로 이득을 보게 될 수밖에 없었다. 이 좋은 구경을 전부 할 수는 없다는 게 아쉬운 것이다.

사실 그 생각은 고현도 마찬가지였다.

방해꾼인 문사명을 먼저 쓰러뜨리고 나서 장건과 싸우면 좋겠지만, 그게 쉽지 않은 탓이었다.

문사명에게 진다는 생각은 하지 않았지만 문사명도 결코 만만한 상대로는 보이지 않았다. 아직 숨겨 놓은 재주를 다

펼친 것 같지 않다.

하물며 그 뒤에 싸워야 할 상대가 장건이다. 최고의 몸 상태로 싸워도 이기기 쉽지 않은 마당에 한 번 힘을 빼고 싸운다는 건 지려고 작정한 거나 다름없다.

하여 고현은 최대한 문사명을 설득하려 해 보았다.

"문 소협. 그대와 나, 우리 둘 모두 알고 있소. 우리가 다툰다면 그다음에 누구도 장 소협을 상대할 수 없음을."

문사명은 어째서인지 장건에 대한 분노가 가라앉질 않고 있었다.

"나는 상관없소! 내 앞을 가로막는 자, 몇 번이든 벨뿐이오! 장 소협을 죽일 때까지 나는 멈추지 않을 거외다!"

그 순간 소왕무가 자리를 박찼다.

"보자보자 하니까 진짜 너무하네! 자기 스승만 믿고 남의 행사에서 난동 피워도 되는 거야?"

문사명의 눈에서 살기가 피어올랐다.

"죽여 버릴 테다! 함부로 나의 사부님을 언급하지 말라!"

문사명이 번개처럼 팔을 휘둘렀다.

바닥이 긁혀나가면서 쏜살같이 검기가 쏘아져나갔다. 거리가 대여섯 장은 족히 떨어져 있었는데 순식간에 반이나 좁혀졌다.

"앗!"

소왕무가 소림사의 속가 중에서는 꽤 대단한 실력이라지만 아직 검기도 제대로 뽑아낼 줄 모른다. 시대에서 손꼽히는 무재인 문사명의 검기 공격을 막을 수 없었다.

소왕무가 몸을 피하려 했는데 문사명의 검기가 세 개로 갈라졌다. 몸을 움직이면 공중에서 동강날 판이다.

"젠장!"

소왕무는 팔 하나 잃을 각오를 하고 몸을 웅크렸다.

하지만 문사명의 검기는 허공에서 폭발했다.

퍼펑 퍼퍼펑!

연거푸 다섯 번이나 무엇인가에 부딪쳐 폭발하며 세 갈래의 검기가 이리저리 튕겨 나다 소멸했다.

그리고 이후에 다시 몇 개의 장력이 검기가 소멸된 자리에 꽂혔다.

퍼퍽!

바닥의 청석이 박살 나며 비산했다.

장력을 쏘아낸 최고수 반오와 북무선생, 원호와 원읍이 어리둥절한 얼굴표정을 지었다.

"얼레?"

"음?"

문사명의 검기를 소멸시킨 건 그들이 쏘아낸 장력이 아니었다.

이전에 벌써 검기를 소멸시킨 기운이 있었다.

문사명이 고개를 홱 돌려 장건을 쳐다보았다.

장건의 머리카락과 옷자락이 펄럭이고 있었다. 문사명이 장건보다 소왕무와 가까운 거리에 있었는데 그보다 더 빠르게 기의 가닥을 쏘아내 막아 낸 것이다.

장건이 조용히 말했다.

"그쯤 안 하시면 더 이상 못 참아요."

문사명의 눈이 다시 붉어지기 시작했다. 문사명이 이를 갈며 말을 내뱉었다.

"참으라고…… 강요하지 않겠다!"

원호가 그 모습을 보더니 장건에게 말했다.

"문 소협이 살의에 사로잡혀 제정신이 아닌 모양이다. 여긴 내게 맡기거라."

장건이 고개를 저었다.

"아녜요. 제가 상대할 게요."

"금분세수식을 원활히 진행하는 게 내 소임이잖으냐."

"하지만 지금 쫓아낸다고 해서 문 소협이 저에 대한 원한을 풀진 않을 것 같아요. 금분세수식이 끝나더라도 끈질기게 저를 쫓아다닐 텐데요. 그럴 거면 이 자리에서 풀겠어요."

그 말도 틀리진 않은지라 원호는 잠시 고민했다. 하나 문사명의 살기가 너무 짙어서 불안한 생각이 들었다.
그런데 고현이 끼어들어 말했다.
"미안하지만 장 소협이 나보다 먼저 문 소협을 상대하도록 내버려 둘 순 없겠소. 나 역시 장 소협에게 볼일이 있으니까 말이오."
장건은 호기가 치밀었다.
"그럼……."
좀처럼 양보를 못하겠다고 고집을 피우는 고현과 광기에 사로잡혀 말이 통하지 않는 문사명.
장건이 그 둘을 차례로 보며 말했다.
"둘 다 덤비세요."
고현이 어이가 없어 되물었다.
"뭐요?"
문사명도 뜻밖의 일이라 주춤했다.
원호가 장건을 나무랐다.
"인석아! 지금 무슨 말을 하는 게냐!"
최고수들과 참관객들도 장건의 패기에 혀를 내둘렀다.
장건은 말 대신 온힘을 다해 단전에서부터 내공을 끌어올렸다.
쿠구구구구구―.
양쪽 발밑에서부터 일어난 회오리가 장건의 다리를 타고

허리를 돌아 어깨를 감고 머리 위로 올랐다. 머리카락이 하늘로 치솟고 옷이 팽팽하게 부푼 채 심하게 바람에 나부낀다.

바닥이 떨리고 작은 돌 부스러기들이 공중으로 서서히 떠오른다.

장건은 거기에서 한 번 더 단전을 쥐어짰다.

"으아아아아!"

퍼퍼퍽!

돌 부스러기들이 떠오르다가 장건이 내뿜는 기파에 부딪쳐 순식간에 모래로 부서진다.

콰드드드득.

장건이 딛고 있던 자리에서부터 둥근 동심원을 그리며 바닥이 두부처럼 뭉개진다.

모두가 입을 쩍 벌렸다.

최고수들이나 참관객, 소림사의 승려들은 모두 느낄 수 있었다.

어마어마한 장건의 존재감을.

둘 모두를 상대하겠다는 장건의 자신감이 어디에서 나온 것인지를.

최고수들은 혀를 내둘렀다.

"미친놈. 괴물 같은 놈."

달리 표현할 말도 없었다. 그것이면 족했다.

"후우, 후우."

장건은 스스로의 힘에 숨이 가빠져 심호흡을 했다. 그 어느 때보다 기력이 충만했다.

고현과 문사명은 자기들도 모르게 서로를 쳐다보았다. 말은 없었지만 뜻은 통했다.

저 가공할 힘에 맞설 방법은 하나뿐이다.

원치 않았지만 자연스레 둘의 마음이 합해졌다.

고현과 문사명, 둘이 동시에 고개를 돌려 장건을 보았다.

장건이 둘을 향해 손짓했다.

"시작하죠."

고현은 광채 찬연한 천룡검을 뽑아 들었고 문사명도 양손에서 넉 자도 넘는 검기를 뽑아냈다.

"이야아아앗—!"

낭랑한 기합소리와 함께 누가 먼저랄 것도 없이 둘은 장건이 내뿜는 거대한 기의 권역 속으로 뛰어들었다.

〈다음 권에 계속〉

독공의 대가

권이백 신무협 장편소설

ORIENTAL FANTASY STORY & ADVENTURE

**짜임새 있는 전개,
유쾌한 이야기로 독자들을 사로잡다!**

사냥꾼이자 독인, 두 가지 정체성을 지닌 소년 왕정.
전대미문인 그의 독공지로(毒功之路)에 주목하라!

dream books
드림북스

魔劍王

마검왕

나민채 퓨전무협 장편소설

FUSION ORIENTAL FANTASY STORY

『죽지 않는 무림지존』, 『천지를 먹다』
베스트 셀러 작가 나민채의 스펙터클한 퓨전 무협
『마검왕』을 가장 빠르게 보는 방법!

Dream Books

'스마트폰으로 접속!'

KakaoPage 마검왕을 제일 먼저 만나보세요!

dream books 드림북스

박정수 판타지 장편소설
FANTASYSTORY & ADVENTURE

뱀파이어
무림에 가다

인간으로서 숨 쉬는 법을 잊었으나 잊지 않으려는 자,
핏줄의 계보를 거슬러 어둠의 일족이 된 자,
붉은 눈의 그림자이며, 야현이라 불리는 자,
그가 무림으로 돌아왔다!

핏빛 눈동자로 연주하는
공포의 선율, 죽음의 송가!

뱀파이어로서 다시 무림에 발을 들인 그날에도
다만 운명은, 찬연히 빛날 따름이었다.

dream books
드림북스

ORIENTAL FANTASY STORY & ADVENTURE
요도 김남재 신무협 장편소설

요마전설

妖魔傳説

**NAVER 웹소설 인기 무협
요도 김남재가 전하는 또 하나의 전설!**

유아독존 대요괴 백호와 천하절색의 미녀 월하린!
그들이 펼치는 유쾌하고 기상천외한 강호종횡기!

dream books
드림북스

양경 신무협 장편소설

무당신마

『화산검선』,『악공무림』의 작가 양경!
그가 선보이는 또 다른 신무협의 세계!
『무당신마(武當神魔)』
도가의 성지 무당파에서 새로운 마(魔)가 태동한다!

dream books
드림북스

무당전생

정원 신무협 장편소설

ORIENTAL FANTASY STORY &

문피아 골든 베스트 1위, 소문난 명품 무협!

환생은 했지만 재능도, 기연도 없다.
폭력과 죽음이 난무하는 무림에서 믿을 건 오직 전생의 기억.

무당파 사대제자 진양. 그가 가는 길을 주목하라!

dream books
드림북스

DREAMBOOKS

DREAMBOOKS

DREAMBOOKS

DREAMBOOKS★